新　潮　文　庫

オデッセイの脅威を暴け

上　　　巻

クライブ・カッスラー
中　山　善　之　訳

新　潮　社　版

7711

天使とともに歩む
わが妻バーバラとの愛の思い出に

謝辞

イマン・ウィルケンズとその著書『かつてトロイアがあった場所』に心より感謝している。彼はホメーロスが言及したトロイア戦争にまつわる謎《なぞ》を解く、より実際的な道筋をまぎれもなく提示した。

同時に、マイク・フレッチャーとジェフリー・エヴァン・ボザニックの水中酸素吸入器に関する専門知識にも感謝の意を表する。

オデッセイの脅威を暴け

上巻

主要登場人物

ダーク・ピット………………NUMA特殊任務責任者
ダーク（・ジュニア）………ピットの息子。NUMA所属海洋技術者
サマー…………………………　〃　娘。NUMA所属海洋生物学者
アル・ジョルディーノ………　〃　同僚
ルディ・ガン…………………　〃
ハイアラム・イェーガー……NUMAのコンピューター専門家
ジェームズ・サンデッカー…提督。NUMA長官
パールマター…………………史料蒐集家
ローレン・スミス……………下院議員
スペクター……………………《オデッセイ》謎のCEO

恥辱の夜

紀元前一一九〇年頃
海辺に近い丘陵に立つ要塞《ようさい》

それは簡潔な造りながら、人間の好奇心に対する深い洞察力を織りこんで仕掛けられた罠《わな》だった。しかもそれは、その働きをものの見事に果たした。無様なその奇怪な代物《しろもの》は、平らな板から四本の木製の脚が突き出ていて、高さは六メートルあった。脚に載っている外被は三角形で、その前後は吹き抜けになっていた。尖塔《せんとう》状の前面には丸いこぶが突き出ていて、正面には目を表わす切り口が入っていた。被《おお》いの側面は牛革で覆《おお》われている。四本足を支える平らな板は、地面に水平に置かれていた。それに類するものに、トロイアの人たちはいまだかつてお目にかかったことがなかった。

想像力の豊かな一部の者には、おぼろげながら脚が硬直した馬に似ているように見えた。

トロイア人たちは翌朝、ギリシアの軍勢が自分たちの要塞都市を取り囲んでいるものと思いこみ、この一〇週間そうであったように戦闘態勢を採った。しかし、下手に広がる平野に人影はなかった。彼らの目に映るのは、敵の戦陣跡の灰燼《かいじん》の上空に棚引く分厚い煙の帳《とばり》だけだった。ギリシア兵やその船団は消えうせてしまっていた。真夜中のうちに、ギリシア兵たちは補給品、軍馬、武器や戦車を船団に積みこみ、謎《なぞ》めいた木製の化け物だけを残して出帆したのだった。トロイア側の斥候は戻ってくると、ギリシアの戦陣は放棄されたと報告した。

ギリシア軍勢による包囲が終わったことに狂喜したトロイア人たちは、要塞の正門を大きく左右に開くと、両軍の軍勢が衝突し、度重なる戦闘で血を流し合った広々とした平野へどっと繰り出した。はじめのうち、彼らは半信半疑だった。一部の者は、何かの企《たくら》みだと疑い、その代物を燃やしてしまえと主張した。しかし彼らは間もなく、それが不細工な木製の脚に載っている人畜無害の外被に過ぎないことを突き止めた。ある男が木製の脚の一つによじ登って覆いの中に入り、中が空洞であることを見届けた。

「ギリシア人がこんな馬しか作れないのなら」その男は声を張りあげた。「われわれが勝利を収めても何の不思議もない」

群衆は声を立てて笑い、トロイアの王プリアモスが戦車で到着すると、歓喜のシュプレヒコールを浴びせた。王は地表に下り立つと、彼らの歓声に応《こた》えた。つぎに王は奇妙な形をした構造物の周りを歩きながら、正体を突き止めようとした。

　脅威をもたらすおそれなしと納得がいったので、これは戦利品であると王は宣言し、ころに載せて市の正門まで平野を過《よぎ》って引いていき、襲撃してきたギリシア軍勢に対する輝かしい勝利の記念として立てておくように命じた。

　祝勝会は、同僚に置き去りにされたギリシア人捕虜一人を、二名の兵士が群衆を縫って連れてきたために中断された。捕虜の名前はシノーンといい、イタケーの王にしてトロイアを包囲した強大なギリシアの攻囲軍の指揮官の一人でもある勇猛なオデュセウスの縁者として知られていた。プリアモス王の姿を目《ま》の当《あ》たりにすると、シノーンは年配の王の足元にひれ伏して命乞《ご》いをした。

「なぜに置き去りを食ったのか？」王は答えを迫った。

「わが甥《おい》は私の敵対者たちの言い分に耳を貸し、戦陣から私を放り出したのです。船団が出帆するおりに木立の中へ逃げ込まなかったなら、私はきっと船尾に繋《つな》がれて溺《おぼ》れ死ぬかサメに食われていたでしょう」

　プリアモスは注意深くシノーンを観察した。「この奇妙な代物にはどんな曰《いわ》くがあるのか？　どんな目的があるのか？」

「あなたの要塞をどうしても奪い取れないうえに、怪力無双の英雄アキレスが戦場で命を落としたので、神の恩寵《おんちょう》から見放されたと彼らは信じたのです。この構造物は、航海の無事と故国への安着を願っての捧《ささ》げ物として作られました」

「なぜこんなに大きいのか?」

「名誉の品として市内に運び込めないようにするためです。運び込まれたりしたら、われわれの時代におけるギリシア最大の敗北の印とされかねない」

「なるほど、彼らの考えは理解できる」賢明にして老練なプリアモス王は微笑《ほほえ》んだ。

「しかし彼らは、それが市の外にあっても同じ目的を果たしうることを見落としている」

大勢の男たちが丸太を切り出し、ころ用に整えた。こんどは別の大勢の男たちがロープを集めて二本の引き綱をつくると、戦利品を曳《ひ》いて海と要塞都市との間に広がる平野を横切り始めた。ほぼ一日中、遅々として進まぬやたらに大きく不細工な代物を彼らは汗みずくになって引っぱり、要塞に通じる斜面を引き上げる際には、さらに多くの男たちが彼らに代わってロープを引いた。午後遅くに牽引《けんいん》作業は終わり、大きな構造物は市の正門前に立った。住民たちは群れをなして現れ、この二ヶ月余りではじめて敵の恐れなく自由に外を出歩いた。群衆は立ちどまると、いまやトロイアの木馬と呼ばれている代物を畏怖《いふ》の眼差《まなざ》しで見つめた。

果てしなく続くかと思われた戦闘がついに過ぎ去り、興奮と歓喜に沸く市内の女性や娘たちは塀の外へくりだし、花を摘んで花輪を作っては不恰好《ぶかっこう》な木製の生き物を飾った。

「平和と勝利は私たちのものよ!」彼女たちは嬉々《きき》として声を張りあげた。

しかし、プリアモスの娘で、未来について不吉な予言や見通しを抱いていることで精神的に不安定だと世間から見なされていたカッサンドラは叫んだ。「あなたたちは分からないの？　それは罠よ！」

ひげを蓄えた神官ラーオコオーンは同意した。「君たちは嬉《うれ》しさの余りだまされている。ギリシア人の捧げ物を信じるとは、愚かなことだ」

ラーオコオーンは身体《からだ》をひねり力いっぱい槍《やり》を馬の腹に投げつけた。槍は矢柄まで木部に突き刺さって震えた。群衆は疑い深い常軌を逸した振る舞いに、声に出して笑った。

「カッサンドラとラーオコオーンは狂っている！　この妙な形の化け物は無害だ。厚板と丸太を結び合わせたものに過ぎない」

「愚か者たちが！」とカッサンドラ。「間抜けだけよ、ギリシア人シノーンの言を信じるのは」

ある戦士は彼女の目を見据えた。「これがトロイアに帰属したいま、われわれの都市はいつまでも陥落しないと彼は言っている」

「彼は嘘《うそ》を言っているのよ」

「あなたは神からの祝福を受け入れられないのか？」

「それがギリシア人のもたらしたものなら受け入れられない」とラーオコオーンは答えると、うろつき回る人の群れを押しのけながら通りぬけ、忌々《いまいま》しげに大股《おおまた》で市街へ向かった。有頂天の群衆に理性はなかった。敵は去ったのだ。彼らにとって、戦争は終わったのだ。いまは祝福のときだった。

二人の懐疑論者は、群衆を虜《とりこ》にしている至福感ゆえに無視された。一時間と経《た》たぬうちに、彼らの関心は薄れ、人々は怨敵《おんてき》ギリシア人相手に収めた勝利を祝う大宴会をはじめた。木管や金管楽器の奏《かな》でる調べが、城壁の内側で鳴り響いた。歌と踊りがあらゆる通りを埋めつくした。ワインが家という家のなかを、山を下る流れさながらに駆け巡った。ゴブレットが差し上げられて飲み干されるたびに、笑い声が鳴り響いた。

神殿では男女の神官が香を焚《た》き、詠唱し、神々や女神たちに捧げ物をして、あまたの戦士をあの世へ送った無残な争いが終わったことを感謝した。喜びにあふれる人々は王や軍の英雄、歴戦のつわもの、負傷兵や勇敢に戦った尊い死者のために乾杯した。「ヘクトール、ヘクトール、われわれの偉大な勇士。生きながらえて、われわれの勝利を満喫できなかったのはなんとも残念だ」（訳注　ヘクトールはプリアモス王の息子で、トロイア第一の勇士だが、アキレスに殺された。後出）

「愚かなギリシア人たちは、いわれなく私たちの強大な都市を襲った」一人の女性は輪を描いて激しく踊りながら叫んだ。

「まるで懲《こ》らしめられた子供のように逃げ去った」別の女性が声を張りあげた。

かくしてワインが血流を経巡るにつれて、王族はそれぞれの宮殿で、金持ちは高台に陣取る広い屋敷で、貧しい者は市の内側の塀にしがみついて風雨をしのぐ掘っ立て小屋で、愚にもつかぬ事を並べたてた。彼らはトロイア中で祝い、包囲されている間に蓄えておいた貴重な食糧の残りを飲み食いし、時が止まってしまったかのように浮かれ騒いだ。真夜中になるころには、羽目をはずした酒宴も密《ひそ》やかなものになり、高齢のプリアモス王の臣下たちは深い眠りに落ち、憎きギリシア人に自分たちの都市に攻囲戦を仕掛けられてから初めての平和で、頭は朦朧《もうろう》となってしまっていた。

　多くの者は勝利のシンボルとして正門を開けて置きたがったが、まだいくらか正気の者の意見がそれを制し、正門は閉ざされて留め金が掛けられた。

　彼らは一〇週間前に北と東から出帆して、緑の海を数多くの船で押し渡り、トロイア大平原に囲まれた湾に上陸したのだった。低地の大半が沼沢地《しょうたくち》に占められているのを見極めると、海上に突き出ている岬に戦陣を構え、船団の荷下ろしをした。

　竜骨にはタール塗料を施していたので、喫水線下の船腹は黒かったが、上部の船体は船団に参加しているさまざまな王の好みで色とりどりだった。いずれの船も長いオールを操る漕《こ》ぎ手によって推進し、舵《かじ》は船尾に搭載されている大きなオールで取った。船首と船尾はまったく同形なので、どちらの方向へも漕ぐことができる。風に向かって帆走することはできないので、大きな四角い帆は船尾から風が吹くときに限って張る。前後には船楼が張りだし、鳥といっても専《もっぱ》らタカかハヤブサの彫像が船首の柱に鎮座している。乗員の数は、戦士が一二〇名乗り込んでいる兵員移送船から、補給船では二〇名とばらついていた。大半の船の乗員は、指揮官と水先案内人を含めて五二名だった。

小さな王国の長《おさ》たちは緩やかな同盟を組んで、沿岸の町を急襲して略奪した。二〇〇年後のヴァイキングとよく似ている。彼らはアルゴス、パイロス、アルカディーア、イタケー、その他一〇種に余る地域の出だった。当時としては大男たちと見なされていたが、身長が一六〇センチに達する者は稀《まれ》だった。彼らの戦いぶりは勇猛で、打ち伸ばした青銅製の胴よろいで身を守っていた。その青銅板は身体の前面を覆い、革製の紐《ひも》で結ばれていた。青銅製の兜《かぶと》は長髪の頭にしっくりと納まっていて、角がついているものや、髪の先端を突き立てているものもあったし、ほとんどの場合、持ち主の兜飾りが浮き彫りにされていた。すね当てと呼ばれる武具は、下肢と両腕を覆った。

彼らは槍の名手で、好んで用いた。短剣は槍が破損するかなくなったときに限って使った。青銅器時代の戦士は、弓矢を臆病者《おくびょうもの》の武器と見なしていたので滅多に使わなかった。彼らは六枚から八枚の牛革を、青銅で縁取りをした柳の枠に革紐で縫い付けた盾に身を隠して戦った。ほとんどは円形だったが、8の字の形のものも多かった。

不思議なことに、ほかの王国や文化圏の戦士たちとは異なり、ギリシア人たちは騎士となって馬を用いることも戦車で突進することもしなかった。戦車は戦士や補給品を戦陣に送り届けて引き返す移送用にもっぱら利用された。ギリシア人たちはトロイア人と同じく、徒歩で戦うのを好んだ。しかし今回の戦いは、単に征服し支配権を得て一地域を統治するためのものではなかった。単なる略奪目当ての戦争ではなかった。それはほぼ金にも匹敵する貴重な鉱物の所有権を得るための侵略だった。

ギリシアの船団はトロイアに到着するまでに沿岸の町や都市を襲って、大量の宝物や、女子供が大半を占める大勢の奴隷《どれい》を奪い取っていた。しかし、トロイアの分厚い塀と決死の防護者たちに守られている膨大な富については、想像をめぐらすしかなかった。

上下の別なく戦士たちは、岩だらけの岬の突端に立っている都市を見つめ、そのどっしりとした石の塀とその真ん中にそびえている王宮のたくましい塔の群れを観察しているうちに、一様に心もとなさを感じた。現に自分たちの目標地点を眼前にするや、この土地は略奪してきたほかの町や都市とは異なり、長くだらだらと戦陣を張らなくては陥落させられないことが明らかになった。

その事実は、ギリシア軍勢が上陸するなりトロイア人たちが要塞都市から打って出て襲い掛かり、船団の残りがまだ到着していないばかりか、主力も下船していないうちに侵略船団の先兵たちがほぼ完全に追い返されてしまったことで、痛烈に思い知らされた。トロイア人は間もなく数で圧倒し、ギリシア軍勢をさんざん痛めつけると、安全な正門の背後に引き返した。

それから一〇週間、すさまじい戦闘が平野のそこここで繰り返された。トロイア人は頑強に戦った。死体は重なり合い、両陣営の偉大な英雄や戦士が戦いで命を落とすと、ギリシア軍の野営地からトロイアの要塞の塀に向けて投げ捨てられた。一日の終わりには、両陣営で薪がうずたかく積み上げられ、死者は荼毘《だび》に付された。しかる後に、燃え尽きた薪の跡に墓石代わりの塚が建てられた。数千名が死んだが、戦争はいつになっても止むことがないかのように縮小の気配をまったく見せなかった。

プリアモス王の息子でトロイア最高の勇士でもある勇猛果敢なヘクトールは、兄弟のパリスと同様に戦死した。強大なアキレスとその友パトロクルスは、ギリシア側の大勢の死者の列に加わった。自軍の最大の英雄アキレスを失い、ギリシア側の指揮官アガメムノーン王（総大将）とメネラーオス王（アガメムノーンの弟）は攻囲に見切りをつけて故国へ向けて出帆する決心をした。要塞の塀は手ごわすぎて突入不可能なことは証明ずみだった。食糧の備蓄は底をつき、余儀なく近郊を荒らしまわったが、やがて地表から農産物は姿を消してしまった。それに引き換え、トロイア勢は今回の戦争に参加した、王国外の同盟国から補給を受けていた。

敗北必至で気落ちしたギリシア軍が、野営地を引き払って船荷を降ろす計画を立てはじめたときに、イタケーの王オデュセウスが土壇場《どたんば》の策として巧妙な計画を提案した。

トロイア人たちがお祭り騒ぎをしている間に、ギリシアの船団は夜陰に乗じて引き返してきた。彼らは昼間に潜伏していた、近くの島テネドスから勢いよく漕ぎ出した。二枚舌のシノーンが点火した烽火《のろし》に導かれて、彼らはふたたび海辺に着いて武具をまとうと、より合わせて編んだロープ製の吊《つ》り索で巨大な丸太を運びながら、平野を静かに横切っていった。

月の気配すらない真《ま》っ暗闇《くらやみ》に助けられて、彼らは見咎《みとが》められることもなく、正門からわずか一〇〇メートル以内の地点で停止した。オデュセウスに率いられた斥候たちは、這《は》って巨大な馬に似た建造物を迂回《うかい》すると、正門に近づいた。

地上の監視塔では、シノーンが眠りこけている衛兵二人を殺した。正門を一人で開けるつもりはまったくなかったので――高さ九メートルある両開きのドアを固定している太い横木を持ち上げるには、屈強な男が八人必要だった――彼は声を潜めて下にいるオデュセウスに呼びかけた。

「衛兵たちは死んだし、全市民は酔いつぶれているか眠り込んでいる。正門を打ち破るまたとない好機だ」

オデュセウスは早速、すこぶる大きな丸太を運んでいた男たちに、先端を持ちあげて例の馬の内部へ伸びている小さな傾斜板に乗せろと命じた。その間に、一つの班は末端を押しあげ、ギリシア人の別のグループは上って木馬の中に入り込み、丸太を尖塔《せんとう》形の屋根の下に引っ張りあげた。いったん中に収まると、それは空中に持ち上げられ吊り索に掛けられた。トロイア人はまったく気づいていなかったが、オデュセウスが考え出した木馬は、馬ではなく破城槌《づち》だった。

破城槌に入り込んだ男たちは、丸太を限度いっぱいまで後ろに引くと前方へ投げ出した。

丸太の先端を覆《おお》っている嘴《くちばし》状の青銅製の突起が、木製の門を鈍い音もろともに打ちすえると、蝶《ちょう》番《つがい》止めの門は震えこそしたが、開け放つことはできなかった。突起は何度となく、厚さ三〇センチの横木に支えられた門に叩《たた》き込まれた。一撃ごとに細かい裂け目が走ったが、破れはしなかった。ギリシア人たちは、打ち続ける音をトロイア人たちに聞きとがめられ、塀越しに眺めて下手の軍勢を見破り、早飲み込みの歓喜で寝ぼけている戦士たちに警告するのではないかと案じた。塀の一番高い場所に陣取っていたシノーンも、物音を聞きつけた住人がいはしないかと注意深く見張っていたが、まだ起きている者たちは、遠い雷鳴だと思いこんでいた。

無駄骨だと思われだしたそのとき、不意に門の蝶番の一つが外れた。オデュセウスはもう一度強力な一撃を加えるよう破城槌内の部下を励まし、両腕を丸太に掛けると、一撃を加えるために筋肉の力を振り絞った。戦士たちは持てる力を全部出しきって、頑強な門に嘴状の突起を打ちこんだ。

　はじめのうち、門は屈服しそうになかったが、やがてギリシア人たちは息を呑《の》んだ。門は残っている蝶番にしばらく縋《すが》りついていたが、引き裂くような悲しげな呻《うめ》きを発すると後ろ向きに要塞《ようさい》の内側へ倒れこみ、大きな音を轟《とどろ》かせながら石畳の舗道に横たわった。

　飢えた狼《おおかみ》の群れさながらに、ギリシアの軍勢は狂ったように咆《ほ》えたてながらトロイアへ突入した。押しとどめようのない潮流のように、彼らは通りという通りに流れこんでいった。一〇週間に及んだ、なんの成果もなく戦友の死のみをもたらした終わりなき戦闘で胸に鬱屈《うっくつ》していた苛立《いらだ》ちが、血を呼ぶ残忍な行為となって溢《あふ》れ出した。誰一人、彼らの剣や槍の前では無事でいられなかった。彼らは家々に乱入しては凶器を所かまわず振りまわし、男たちを殺し、価値ある品を強奪して女子供を略取すると、目に映るあらゆるものに火を点《つ》けた。

　美しいカッサンドラは神殿に駆けこんだ。護衛兵たちが守ってくれるので安全だと思ったのだ。しかしトロイア攻囲軍の勇士アイアースにそんな気遣いなどはなかった。彼は神殿の女神像の下で、カッサンドラを犯した。後に彼は後悔の念にかられ、自分の短剣に身を伏せて命を絶った。

　トロイアの戦士たちは、復讐《ふくしゅう》の念に凝り固まっている敵に太刀打ちできなかった。べッドから転げ出たものの、ワインで泥酔《でいすい》し、朦朧として混乱していたため、弱々しい抵抗をしただけで、立ち上がったその場で無残に殺された。何者も悪逆な猛襲に耐えられなかった。いかなる物をもってしても、破壊の波を押しとどめることはできなかった。どの通りも、激しく流れくだる血で深紅に染まった。攻囲されたトロイア人は戦い、そして倒れ、死衣に包まれて最期《さいご》の息をあえぎつつ無残に死んでいった。大半の者は、自分の家が燃えあがり、家族が征服者たちに引き立てられていくのを目の当《ま》たりにし、妻たちの悲鳴や子供たちの泣き叫ぶ声に加えて、市内の夥《おびただ》しい犬の吠《ほ》え声を耳にしながら命を落とした。

プリアモス王、彼の従者、それに衛兵たちは惨《むご》たらしく殺された。彼の妃ヘクバは連れ去られ、奴隷の身となった。宮殿の宝物は略奪され、柱や天井の黄金は剝《は》ぎ取られ、美しい壁掛け布や鍍金《めっき》された家具類は持ち去られたうえに、かつて壮麗だった内部は炎で焼け落ちた。

ギリシア人たちはみな、血染めの槍や剣を携えていた。狼の一団が羊小屋の群れに乱入して、暴れまくったのに似ていた。年老いた男女は恐ろしすぎて動けなかったり、虚弱すぎて逃げられず、殺戮《さつりく》を免れることができなかった。

一人また一人と、トロイア側の勇士たちは切り倒され、やがて血に飢えたギリシア人に槍を振るえる者は一人もいなくなった。市内の燃えさかる邸《やしき》の中では、財産と家族を守るために戦って命を落とした者たちの死体が、その場にそのまま倒れていた。トロイア人の味方――トラキア人、リュキア人、キコニア人、それにミシュア人――は勇敢に戦ったが、たちまち制圧されてしまった。誇り高き女性戦士アマゾンはトロイア軍と共に、相応の反撃を加えて憎き侵略者を数多く殺したが、彼女たちも攻めこまれて全滅した。

いまや市内のありとあらゆる邸と掘っ立て小屋が炎上しており、炎に覆いつくされた空の下で、ギリシア人たちはやりたい放題の放逸、略奪、殺戮にふけった。見るも無残な光景はとどまるところを知らぬげであった。

やがて、ギリシア人たちはその夜の血なまぐさい蛮行に飽き、略奪品を抱え、戦利品として奴隷にした人間を小突きながら、炎上中の都市を離れてそれぞれの船へ向かった。捕らわれた女たちは、夫の死を嘆きつつ引ったてられて哀れっぽく泣き叫びながら、おびえている子供たちをいざなった。自分たちが見知らぬギリシアのさまざまな土地で奴隷としてすごす恐ろしい境遇に直面していることが、彼女たちには分かっていた。それは彼女たちが生きている野蛮な時代の慣《なら》わしであったし、そのことを嫌悪《けんお》してはいたものの、最後にはこれも定めと受け入れることになる。後に捕獲者の妻に迎えられ、子供を産んで長い実りある人生を送った者もいる。虐待《ぎゃくたい》され酷使されて、早死にした者もいる。彼女たちの子供の生き様に関する記録は、まったく存在していない。

ギリシア軍が引き上げても、恐怖感は剣によって殺された者たちと共に消え去りはしなかった。殺戮を免れた者の多くが、炎上する邸の中で死に瀕《ひん》していた。屋根の火を噴いている梁《はり》が落下して、大勢が火達磨になって命を落とした。火炎の燃えたつ色が、悲惨とおびただしい混乱の上空に広がっていた。その赤にオレンジ色の混じったどぎつい輝きに、海辺から逆巻く閃光《せんこう》と灰燼《かいじん》を伴って漂い流れこむ雲は染め上げられた。この種の蛮行は、その後何世紀にもわたって何度となく繰り返される。

数百人は近くの森の中に逃げ込んで、運よく死と破壊を免れた。ギリシアの船団がかつてやつてきた北東の水平線の向こうに姿を消すまで、彼らは森に隠れていた。生き残ったトロイア人たちは、徐々にかつての豪壮な要塞都市に戻ってきたが、頑丈な塀はくすぶりながら重なり合っている廃墟《はいきょ》を取り囲んでいるにすぎず、人肉の焼ける異臭が立ちこめていた。

彼らはどうにも家を建て直す気力を奮いおこせず、別の土地へ移り住んで新しい都市を作ることにした。長い歳月が経過し、焼け落ちた瓦礫《がれき》の灰燼は海風にあおられて平野に散り、石畳の舗道や塀はじわじわと塵埃《じんあい》に埋もれていった。

やがて都市は再建されたが、以前の輝きを取り戻すことはできなかった。度重なる地震や旱魃《かんばつ》、悪疫《あくえき》に痛めつけられて都市はついに屈服し、二〇〇〇年にわたって放置されて荒れるにまかされてきた。しかしその名声は、ふたたび脚光を浴びた。四〇〇年後に、ギリシアの詩人ホメーロスが書きあげた生気に満ちた叙事詩の余慶であった。それはトロイア戦争とギリシアの英雄オデュセウスの航海として知られるようになる。

オデュセウスは狡知《こうち》にたけ、殺戮や暴力行為にも決して反対ではなかったが、捕虜にした女性を奴隷にすることに関しては同僚の軍人ほど野蛮ではなかった。彼は部下の悪事を許していたが、彼自身はあまたの部下の命を奪った憎き敵勢を打ちのめす間に手に入れた宝物しか持ち去らなかった。ギリシア軍の中で、女性を内妻として連れ去らなかったのはオデュセウスただ一人だった。彼は妻のペネロペーが、そして息子が懐《なつ》かしかった。二人にはもう長く会っていなかったので、風に乗ってできるだけ早く、イタケー島にある自分の王国へ戻りたかった。

神々に生贄《いけにえ》を捧《ささ》げると、オデュセウスは焼け落ちた都市トロイアを後に広大な緑の海に乗りだし、彼の率いる小船団は追い風を受けて南東の故国へと向かった。

海上で激しい嵐《あらし》に襲われてから数ヶ月後に、九死に一生の命拾いをしたオデュセウスは磯波《いそなみ》を潜《くぐ》り抜けて、パイアーケス人の島（シェリア）の岸に這いあがった。疲れきった彼は浜辺近くの重なり合った木の葉の中で眠ってしまい、後ほどパイアーケスの王アルキノウスの娘ナウシカーに見つけられる。関心をそそられた彼女は、まだ生きているかどうか、男の身体《からだ》を揺すって確かめた。

オデュセウスは目覚めると、美しさに魅せられて女性を見つめた。「かつてデロス島で、あなたのような美しい方に出会ったことがある」

すっかり心惹《ひ》かれたナウシカーは、難破した男を父の王宮へ案内した。オデュセウスは宮殿に着くとイタケーの王であることを明らかにし、鄭重《ていちょう》に受け入れられ尊敬された。アルキノウス王とその妃アレーテは恵み深く、帰国用に一艘《そう》の船をオデュセウスに提供してくれたが、それは王や廷臣たちに激しい戦いとトロイアを発《た》ってからの冒険にまつわる興味深い話を聞かせる約束が条件だった。オデュセウスを讃《たた》える豪華な宴会が催され、彼はさっそく自分の手柄と悲劇について話すことに同意した。

「トロイアを後にして間もなく」彼は話しはじめた。「風が逆向きになり、わが船団は遥《はる》か外海まで押しやられた。一〇日続きの時化《しけ》の後、やっとわれわれは珍しい土地の岸に着いた。その地で部下や私は、名称不明の木になる、常時夢見心地にしてくれる果実（ロータス）を食べているために、ロータスイーター（ロートパゴス）と呼ばれる現地人たちに、大変心温かく親しく迎えられた。一部の部下はロータスを食べて早々と無気力になり、もはや船で国へ帰る意欲をなくしてしまった。故国へ帰る航海がその地で終わってしまうおそれに気づいた私は、気乗りしない部下たちにそれぞれの船に引き返すよう命じた。われわれは手早く帆を張り、速やかにオールを漕《こ》いで海へ出た。

　私は東に寄り過ぎていると誤って信じていたために、夜は星を、昼間は太陽の昇降を目安にしながら舵《かじ》をとって西へ航海した。船団はいつも吹き降っている温かい雨に押し流されて、樹木が密生しているいくつかの島にたどり着いた。そうした諸島には、キュークロープスと称している種族が住んでいたが、彼らは大量の羊とヤギを飼っているものぐさな田舎者だった。

　私はパーティーを組んで、食べ物を探しに出かけた。われわれはある山の側面で、動物たちが外に出ないように入り口に柵《さく》を何本か差し渡した、畜舎代わりの洞穴にさしかかった。われわれは神のお恵みに甘えることにして、航海に備えて羊やヤギを繋《つな》ぎはじめた。不意に足音が聞こえ、間もなく小山のような一人の男が入り口を塞《ふさ》いだ。彼はなかに入ってくると、大きな岩を転がして開口部に押しこみ、飼育している羊たちの世話をした。われわれは物陰に隠れ、息遣いすら潜めた。

　やがて彼は、囲炉裏でくすぶる残り火を吹いて燃えあがらせると、洞穴の奥にしがみついているわれわれを見とがめた。夜の闇同様に黒い丸い一つ目の、キュークロープスほど醜い顔をしている人間はいない。『何者だ?』彼は答えを迫った。『なぜわが住まいに入り込んだのだ?』

『われわれは侵入者ではない』と私は答えた。『樽《たる》に水を満たしたくて上陸した』

『お前たちはおれの羊を盗みに来たのだ』巨人は声を轟かせた。『友人や隣人たちを呼びつける。たちまち何百人もやってくるから、お前たちを茹《ゆ》でてみんな食ってやろう』

われわれは長く激しい戦いを経てきたギリシアの戦士ではあるが、たちどころに数的に圧倒されることは分かった。私は羊を囲っている細長い棒に目をつけ、その先端を剣で鋭く尖《とが》らせた。つぎにワインがいっぱい入っているヤギ皮の袋を持ちあげて、彼に話しかけた。ほら、キュークロープス、このワインをやるからわれわれを生かしておいてくれ。

『お前の名前は？』彼は答えを求めた。

『母や父は、〝ダレデモナシ〟と呼んでいる』

『なんて間抜けな名前なのだ？』醜い怪物は一言も発せずにヤギ皮の袋に入ったワインを飲み干すと、たちまちのうちにひどく酔って前後不覚に眠りこんだ。

私はすぐさま例の長い棒を取り上げると、眠りこけている巨人に走り寄り、鋭い先端を彼のたった一つの目に突きたてた。

苦痛に悲鳴を上げながら彼は外へよろめき出ると、棒の先端を目から引き抜き大声で助けを求めた。近くに住んでいるキュークロープスたちが彼の叫び声を聞きつけ、様子を見にきた。彼らは叫んだ。『襲われたのか？』

彼は泣き叫びながら答えた。『〝ダレデモナシ〟に襲われた』

こいつは頭がおかしいのだ、と彼らは思ってそれぞれの家へ引き返した。われわれは走って洞穴から逃げ出し、船へ向かった。私は目の見えぬ巨人を、大きな声で散々侮辱してやった。

『羊の贈り物をありがとうよ、おめでたいキュークロープス。それから友達にどうして目を怪我《けが》したのだと訊《き》かれたら、イタケーの王オデュセウスにやられた、まんまと騙《だま》されたと言うがよい』」

「その後に難破して、このパイアーケスに上陸したのか？」善良なる王は尋ねた。

オデュセウスは首を振った。「もっと何ヶ月も経《た》ってからです」彼はワインを一口飲んでから話を続けた。「強力な海流と風のせいで遥か西まで運ばれたわれわれは陸地を見つけ、アイオリアと呼ばれる島に錨《いかり》を下ろしました。そこはヒッポーテスの息子で神々に愛されている、善良なアイオルス王の土地でした。彼には六人の娘と六人のたくましい息子があったので、息子たちを説得して娘たちと結婚させた。彼らはみな一緒に住み、たえず祝宴を開き考えつく限りの贅沢《ぜいたく》を楽しんでいました。

親切な王に補給をしてもらったわれわれは、間もなく荒海に乗り出しました。海が凪《な》いでから七日目に、ライストリューゴーン市の港に到着しました。岩だらけの岬の間の狭い入り口を通り抜けて、私の船団は投錨《とうびょう》しました。再び固い大地に上陸したことを感謝しながら、われわれは近郊の探検をはじめ、水を汲《く》んでいる美しい一人の乙女に出会いました。

ここの王様は誰かと訊くと、その娘は父親の宮殿へわれわれを案内してくれた。ところが宮殿に着いたわれわれは妃《きさき》が巨木ほど大きいことを知り、その並外れた姿に唖然《あぜん》となった。

彼女は夫のアンティパーテスを呼んだ。彼は妃よりさらに大柄でキュークロープスの倍あった。そんな桁《けた》違いの大きさに恐れをなして、われわれは船団へ駆け戻った。しかし、アンティパーテス夫妻が警報を発したため、たちまち数千の頑健なライストリューゴーン人が森のごとく出現し、岬の断崖《だんがい》の上から大きな投石器で石をわれわれに投げつけた。それも単なる石ではなく、われわれの船ほど大きい丸石だった。私の船だけが、猛攻撃を逃れた。わが船団のほかの船はすべて沈められてしまいました。

部下たちは港に投げ出され、ライストリューゴーン人たちは彼らが魚であるかのように槍《やり》を突き刺し、死体を岸に引っ張っていって持ち物を奪いとると、その肉を食べてしまった。数分のうちに、私の船は開けた安全な場所にたどり着いたが、ひどく悲しかった。友人や同僚が失《う》せてしまったばかりでなく、トロイアで略奪したあらゆる宝物を運んでいた船団も同じ憂《う》き目《め》にあった。われわれが押収《おうしゅう》した膨大な量のトロイアの黄金は、ライストリューゴーン港の底に沈んでいます。

悲しみに胸ふさぎながらも、ひたすら航海を続けているうちに、キルケのアイアイエー島に出くわしました。そこは女神と崇《あが》められている有名な麗《うるわ》しい女王キルケの国だった。私は美しい髪を見事に編みあげたキルケに魅せられて友人となり、彼女と付きあいながら月が三回りする間、腰を据えてしまった。私はもっと滞在したかったのだが、部下たちは故国イタケーへの旅を続けることを主張し、さもなければ私抜きで出帆すると強硬だった。

キルケは私が立ち去ることに涙ながらに同意したが、もう一航海するよう訴えた。

『ぜひともハーデスの邸へ出向いて、亡《な》くなった人たちのことについて相談するがいい。彼らは心安らかな死へあなたを導いてくれるはずです。それに、航海を続ける際にはセイレーンたちの歌に用心してください。彼女たちの歌声はきっとあなたやあなたの部下を誘惑して、岩だらけの島で難破させて死に至らしめるからです。耳を塞いで、彼女たちの陽気な歌を聴かないことです。ひとたびセイレーンたちの誘惑を逃れれば、漂い岩と呼ばれる険しい岩山の脇《わき》を無事通過できます。何者も、鳥たちですら、そのうえを通り越すことはできません。通り抜けようとした船は一艘を除きことごとく、漂い岩で最《さい》期《ご》を迎え残骸《ざんがい》と船乗りの死体を残しました』

『ところで、通過したその船は？』私は訊いた。

『有名なイアーソンと彼のアルゴ船よ』

『すると、その後はわれわれも穏やかな航海を続けられる？』

キルケは首を振った。『こんどは天まで届く二番目の巨岩に出会うけど、その側面は釉を塗った骨壺《こつつぼ》なみに磨きあげられているので、登るのは不可能です。中央部には洞穴が一つあって、そこには恐ろしげな化け物スキュラが居座っており、近づくものには片端から恐怖を見舞うのです。彼女は蛇に似たすこぶる首が長い六つの頭をもっており、人間など瞬時に嚙《か》み殺してしまう三列の歯が顎《あご》の上下に備わっている。注意してくださいよ、彼女は頭を投げ出して、あなたの乗組員をさらってしまうから。早く漕ぐのです。さもないと、きっと命を奪われます。つぎに、カリュブディスが潜んでいる海域を通過しなくてはなりません。これは大きな渦巻のことで、あなたの船を深みに引きずり込まずにはおりません。あれが眠っている間に通過するために、時間を見計らうように』

キルケに涙ながらの別れを告げると、われわれは船内の持ち場について、オールで海面をたたき始めました」

「あなたは本当に黄泉《よみ》の世界へ航海なさったのですか？」アルキノウスの美しい妃は、青ざめた顔で訊いた。

「ええ、私はキルケの指示に従い、われわれはハーデスとその恐ろしい死者の国に向かって航海しました。五日後、ふと気づくとわれわれは濃い霧に包み込まれていました。この世の果ての下を流れる、大河オーケアヌスの流域に入っていたのです。空は消えうせ、われわれは太陽の光がけっして差しこむことのない、永久の闇《やみ》の中にいました。われわれは船を岸に乗り上げました。私一人だけ下りて、不気味な闇の中を歩いていくうちに、山の側面にある広大な洞穴に出ました。そこで私は座りこんで待ちました。ほどなく霊魂たちが、恐ろしげな唸《うな》り声を発しながら集まり始めました。危うく気絶して感覚を失いそうになったとき、母が現れました。私は母が死んだことを知りませんでした。トロイアを発ったときは、まだ健在だったのです。

『わが息子よ』母は低い声でつぶやきました。『お前はまだ生きているのに、なぜ闇の世界へきたのか？　まだイタケーの自分の家には着いていないのか？』

私は目に涙を浮かべて、トロイアから故国へ向かう航海中の悪夢さながらの旅やおびただしい数の戦士を失ったいきさつを母に話しました。

『二度と息子に会えぬものと思い、私は失意のうちに命を落としたのよ』

私は母の言葉に泣き、抱きしめようとしたところ、母は正体のない一筋の煙さながら、幻があるばかりで、私の両腕はむなしく重なり合いました。

彼らは連れだってやってきた。かつて面識があり尊敬していた男女が。彼らは現れると私に気づき、無言のままうなずくと洞穴に向かって戻っていった。私は以前の同僚で、トロイア戦争で総大将を務めたアガメムノーンを見かけて驚いた。『あなたは海で命を落としたのですか？』と私は訊いた。

『いや、妻とその愛人が反逆者の一隊を引き連れて私を襲ったのだ。私は善戦したが、圧倒的な数に押しつぶされた。やつらはプリアモスの娘カッサンドラも殺した』

その後、高貴なアキレスが友人のパトロクルスやアイアースと連れ立って現れた。彼らはそれぞれの家族について尋ねたが、私は何も教えてやれなかった。昔話をするうちに、やがて彼らも黄泉の国へ戻っていった。ほかの友人や戦士の霊魂は私の脇に立って、それぞれに物悲しい話をして聞かせた。

あまりにも多くの死者に会ったために、私の心は悲しみで溢《あふ》れんばかりになった。やがて、もう誰の姿も見えなくなったので、私はその悲惨な場所を後にして船に乗りこんだ。後を振り返らずに死衣の霧を通り抜け、ようやく日の光に再び照らされて、セイレーンたちに向かって進路をとったんです」

「遭難しないで、セイレーンを通り抜けられたのか？」王が尋ねた。

「ええ」とオデュセウスは答えた。「ですが、航走するのに先立って、私はロウの大きな塊をとりだし、剣で小さく切り刻みました。こんどはその断片を柔らかくなるまでこねて、乗組員の耳栓に使いました。私をマストに縛りつけろ、私がいくら針路変更を訴えても無視しろ、さもないときっと岩山に衝突するぞと彼らに命じました。

セイレーンたちは、われわれの船が岩山の脇を通りぬけようとすると早速、魅力たっぷりな歌を歌いはじめた。『私たちのところへきて、甘美な歌に聴きほれるがよい、有名なオデュセウスよ。私たちの調べを聴き、私たちの胸の中へ来たれ。あなたは必ずや魅せられ、いっそう賢くなるだろう』

彼女たちの調べと声はなんとも催眠的で、私は部下たちに針路を変えてくれと懇願したが、彼らが私をますますきつくマストに縛りつけてオールを漕ぐ手を早めるうちに、やがてセイレーンたちの声はもう聞こえなくなった。そこではじめて部下たちは耳のロウを取りだし、私をマストから解いてくれた。

岩山の島を通り抜けたとたんに、われわれは大波と海の大きな咆哮《ほうこう》に出くわした。もっと強く漕ぐように部下を励ましながら、私は舵とりをして荒れ狂う海に船を走らせた。私は恐ろしい怪物スキュラのことを部下に話していなかった。話していたら、彼らは漕ぐのをやめ、怯《おび》えて船倉に固まっていたことだろう。岩に囲まれた海峡にさしかかり、カリュブディスの逆巻く水域に入っていくと、われわれは無残にも渦巻の中に押しこまれてしまった。まるで大釜《おおがま》の中でサイクロンに捕まったような感じがした。これで最後かと一瞬ごとに思い定めている間を突いて、スキュラは上空から一挙に襲い掛かり、その悪辣《あくらつ》な頭部はもっとも果敢な六名の戦士を掠《かす》め取っていった。空中に引っ張りあげられ、鋭い歯だらけの顎に嚙み砕かれる彼らの絶望の叫びが聞こえた。彼らは瀕死《ひんし》の苦しみにかられて私のほうに腕を伸ばし、恐怖のあまり悲鳴を上げている。それは忌々《いまいま》しい航海全体を通じて私が目撃した、最も無残な光景でした。

外海へ逃れ出ると、雷鳴が天空を引き裂きはじめた。雷が船に落ち、硫黄の臭《にお》いが立ちこめた。恐るべき力に船はばらばらに裂かれ、乗組員は荒れ狂う海中に投げ出され、たちまちのうちに溺《おぼ》れ死んでしまった。

私はかろうじてマストの一部を見つけた。丈夫な革紐《かわひも》が絡《から》まっていたので私はそれを利用して、割れた竜骨の一部に腰を縛りつけた。一時しのぎの筏《いかだ》にまたがって私は沖合へ運ばれていき、風と潮任せで漂流しました。何日も過ぎても、私はまだかろうじて生きており、私を乗せた筏はカリュプソーの国オーギュギア島に乗りあげた。彼女はすこぶる蠱惑《こわく》的で頭がよく、キルケの姉妹だった。彼女の四人の家来が海辺の私を見つけて彼女の宮殿へ運んでいくと、彼女は快く受け入れて看病をしてくれ、私はすっかり健康を取り戻しました。

私はしばらくオーギュギア島で楽しく過ごしました、カリュプソーの愛情こまやかな心配りを受けながら。彼女は私の傍らで眠りました。四つの泉水がそれぞれ別の方向に水を噴き上げている見事な庭園で、私たちは戯《たわむ》れたものです。色鮮やかなさまざまな鳥の群れが枝の間を飛び交っている瑞々《みずみず》しい森が、あの島を取り囲んでいました。清純な泉が、繁茂するブドウのつるに縁取られた静かな牧草地を縫って流れていました」

「どれくらいカリュプソーと暮らしたのかね？」王は尋ねた。

「七ヶ月もの長い間」

「なぜ、さっさと船を見つけて出帆しなかったの?」妃のアレーテが訊いた。

オデュセウスは肩をすくめた。「あの島には探そうにも船がなかったからです」

「では、最終的にはどうやって発《た》ったの?」

「親切で心優しいカリュプソーは、私の悲しさを見抜いていた。彼女はある朝私を起こすと、あなたに国へ帰ってもらうのが私の願いであると話しました。彼女は道具類を提供してくれ、森の中に私を案内して、私が木を切り出して航海に耐える筏を作る手助けをしてくれた。彼女は私のために牛皮の帆布を縫い、筏に積み込む食料と水を用意してくれた。五日後に、出発の準備は整いました。旅立たせる辛《つら》さに彼女がもらす哀切な泣き声に、私は悲しんだ。彼女は女のなかの女で、あらゆる男性の憧《あこが》れだった。妻のペネロペーへの愛が勝っていなかったなら、私は喜んで留まったでしょう」オデュセウスは黙りこんだ。片方の目に涙がにじんだ。「私が去った後のわびしい日々の悲しみゆえに、彼女は死んだのではないかと案じています」

「あなたの筏はどうなったのです?」ナウシカーが疑問を呈した。「漂着したあなたを、私は見つけたのですが」

「一七日間、凪《なぎ》が続いていたのですが、突然、海は怒り狂った。雨がたたきつけ、突風が吹きぬける激しい嵐《あらし》に、帆布は引き裂かれて持っていかれてしまった。一難去ったものの、今度は大波が襲ってきて、もろい私の筏をさんざん打ち据え、筏はかろうじて繋《つな》がっている状態になってしまった。二日漂流したすえに、私はこちらの海辺に打ち上げられ、その場で、美しく優しいあなたナウシカーに見つけていただいたわけです」彼は間を置いた。「かくして、私の過酷にして悲痛な物語は終わりです」

宮殿内の全員は、オデュセウスの信じがたい冒険譚《たん》に呆然《ぼうぜん》として座っていた。間もなく、アルキノウス王は立ちあがり、来客に話しかけた。「かくも傑出されたお客様を親しくお迎えできたのは私どもの光栄とするところであり、加えてこのようなすばらしい形で私たちをもてなしてくださったことに深く感謝するものであります。そこで、心からの感謝の印として、あなたを故国イタケーへお連れするために、私の最速の船と乗組員を差しあげる次第です」

オデュセウスは感謝の言葉を述べたばかりか、これほどの配慮はもったいないとも思った。しかし彼は、切実に帰途につきたかった。「お別れします、有徳のアルキノウス王と優雅な妃アレーテ、それにあなた方のお姫さま、心優しいナウシカーに。宮殿で幸せにお暮らしになるとともに、常に神々の恩寵《おんちょう》がありますように」

そう言い終わると、オデュセウスは敷居をまたぎ、船へと案内された。順風で海は穏やかだったので、オデュセウスはついにイタケー島の自分の王国にたどり着き、息子のテーレマコスと再会した。同時に彼は妻のペネロペーが求婚者たちに悩まされているのを知り、その男たち全員を排除した。

これで〝オデュセイア〟物語は終わりである。この叙事詩は何世紀にもわたって生きながらえ、読んだりその話を聞いた人はみな好奇心と想像力を掻《か》き立てられてきた。ただし、叙事詩は真実そのものではない。あるいは、ほんの一部しか真実ではない。たとえば、ホメーロスはギリシア人ではない。それに、〝イリアース〟と〝オデュセイア〟は、伝説が語っている場所では起こっていない。

オデュセウスの本当の物語はまったく別物で、それが明らかになるのは後のことである、それもずっとずっと後の……

第一部　地獄に勝る海の怒り

1

二〇〇六年八月一五日
キーウエスト、フロリダ

ハイジ・リシャーネス博士は、ひと晩一緒に外出するため夫に会いに行く支度をしながら、最後に超高速スキャンオペレーション衛星が収録した最新の画像をちらっと見た。肉付きがよく銀色がかった灰色の髪を束髪にしたハイジは、八月のフロリダの高温と湿度に負けないで快適に過ごすための緑色の短パンとそれに似合いのトップという姿で机に向かって座った。

彼女はすんでのところで、明日の朝までコンピューターの接続をあっさり切るところだった。しかし彼女のコンピューターに送られてきた最後の画像には、なにやら識別し切れないものがあった。その画像はアフリカ沿岸沖に位置するカポヴェルデ諸島南西の、大西洋上の衛星から送られて来たものだった。彼女は腰を据えて、モニターのスクリーンを一段と真剣に見つめた。

訓練されていない目には、スクリーン上の画像は紺碧《こんぺき》の海の上空に無心の雲が二つ三つ漂っているようにしか見えなかった。だが、ハイジはもっと恐ろしい気配を見てとった。彼女はわずか二時間前に撮られた画像と見くらべた。積雲の塊が猛烈な勢いで増大していた。彼女は国立海中海洋機関（NUMA）で大西洋海域のハリケーンの監視と予測を一八年間担当してきたが、今回は彼女の記憶にあるどの嵐《あらし》の成長をも上回っていた。嵐の形成期にある二枚の画像を、彼女は引き伸ばしはじめた。

彼女の夫のハーリーはもじゃもじゃの口ひげを生やした陽気な顔をした男で、頭は禿《は》げ上がり、縁なし眼鏡を掛けている。その彼が苛立《いらだ》ち顔で彼女の部屋に入ってきた。ハーリーも気象学者だった。しかし彼のほうは米国気象課で気象データの分析官を務めており、海上にある民間および個人の航空機や船舶に気象予報を出していた。「何を手間取っているんだ？」彼はじれったげに腕時計を指差しながら言った。「クラブ・ポットに予約してあるんだぞ」

顔を上げぬまま、彼女は身振りでコンピューターに並んでいる二枚の画像を示した。

「これらは二時間の間隔で撮られたものなの。気づいたことを聞かせて」

ハーリーは長い間、二枚を見つめていた。やがて額にしわを寄せて眼鏡の位置を正すと、いっそう食い入るように身を乗り出した。「猛烈な勢いで増大している」

「速すぎるわよ」とハイジは言った。「この速度で増大したら、どんな巨大な嵐になるか見当もつかないわ」

「分かるものか」ハーリーは考えこみながら応じた。「竜頭蛇尾に終わるかもしれないぞ。よくあることだ」

「確かに。だけどたいていの嵐は、これだけ強大になるには何日も、ときには何週間もかかるわ。この嵐は数時間のうちに、急速に成長したのよ」

「その進路やどこで勢力のピークに達して最大の打撃を与えるか、予測するのはまだ時期尚早だ」

「この嵐は予測がつかなくなるような嫌な予感がするわ」

ハーリーは微笑《ほほえ》んだ。「増大ぶりを絶えず知らせてくれるだろうね？」

「気象課には真っ先に知らせるわ」彼女は夫の腕を軽く叩《たた》きながら言った。

「この新しい友だちの名前はまだ考えていないのか？」

「私が予想しているような猛威を振るう嵐になったなら、リジーってつけるつもりよ。斧《おの》で人殺しをしたリジー・ボーデンにちなんで」

「季節的にちょっと早くはないかな、Lで始まる名前は。ぴったりの感じはするが」ハーリーは妻にハンドバッグを手渡した。「どんな成長をするか、明日たっぷり観察する時間はある。腹がすいちゃったよ。さあ出かけて、カニを食べよう」

ハイジはオフィスを出る夫に素直に従い、灯りを消してドアを閉めた。しかし募る不安は、自分たちの車のシートに滑り込んでも薄れはしなかった。彼女の心は食事にはなかった。彼女の心には、恐ろしく強大になる可能性のきわめて高い成長中のハリケーンにまつわる不安がわだかまっていた。

大西洋では、ほかのどんな名前で呼ぼうとも、ハリケーンはハリケーン以外の何物でもない。しかし太平洋では違う。そこでは台風と呼ばれるし、インド洋でも違う。そこではサイクロンの名で通っている。ハリケーンは自然界でもっとも強大な力で、しばしば火山の噴火や地震のもたらす破壊力を上回り、遥《はる》か広大な地域に破壊をおよぼす。人間なり動物の誕生と同様に、ハリケーンの発生も相互に関連する組み合わされた環境を必要とする。まず、アフリカの西海岸沖の熱帯の海水。水温は二七度近くあるほうが望ましい。つぎに、その海水が太陽にあぶられて、膨大な量の水蒸気が大気中へ蒸発する。その湿気は上昇して空気の低温層に入りこみ、凝縮して積雲を作るいっぽう、広範囲にわたる雨と雷を伴う嵐をもたらす。この組み合わせが、成長過程の暴風雨を活気づけ、幼児期から青春期へ移行させる熱を提供する。

いまや空気は渦を描いて攪拌《かくはん》され、最高六一キロに達する速度で回転している。そうした増大一途の風は、界面空気圧の低下をもたらす。低くなるほど風の回転は強力になり、惰性でますます速度を上げながら回転を続け、ついには渦巻を形成する。そうしたさまざまな要素に育《はぐく》まれた、気象学者たちが呼ぶところのシステムは、爆発的な遠心力を発生し、風の強固な壁を回転させて、驚くほど穏やかな台風の目の周囲に雨を降らせる。目の内部では太陽が輝き、海も比較的穏やかで、恐ろしいほどのエネルギーの唯一《ゆいいつ》の手掛かりは高さが上空一五キロにも達する、狂乱状態の環状の白い壁だけである。

今日まで、このシステムは熱帯低気圧と呼ばれてきたが、いったん風速が時速七四マイル（時速一一八キロ強。秒速三三メートル余り）に達すると、それはれっきとしたハリケーンとなる。やがて、その風速しだいだが、ハリケーンは尺度を与えられる。時速が七四から九五マイルの間の風は分類一に属し、最弱と見なされている。分類二は中程度で、風速最大一一〇マイルまで。分類三は一一一から一三〇マイルの風で強力。一五五マイルまでは最強で、ハリケーン・ヒューゴーは一九八九年に、サウスカロライナのチャールストン以北の海辺の建物の大半を一掃した。そして最後に登場する、最大のつわものは一五五マイル以上の風である。この最後の代物《しろもの》は大災厄と命名されており、ハリケーン・カミールは一九六九年にルイジアナとミシシッピを襲った。カミールは二五六名の死者を残していったが、テキサスのガルベストンを完膚なき廃墟《はいきょ》と化した一九〇〇年の猛烈なハリケーンがもたらした死者八〇〇〇名に較《くら》べれば物の数ではない。数だけを挙げるなら、記録を立てたのは一九七〇年のサイクロンで、バングラデシュの沿岸を襲って五〇万近い死者を出した。

損害額では、一九二六年に南東フロリダとアラバマを破壊した強大なハリケーンが総計八三〇億ドルのつけを残して行き、インフレを惹起《じゃっき》した。驚いたことに、その災難で命を落としたものはわずか二四三名に留まった。

ハイジ・リシャーネスをふくめ誰一人として考慮していなかったが、ハリケーン・リジーは類を見ない魔性の持ち主で、襲い来るその猛威は大西洋海域における従来のハリケーンの記録を取るに足りないものにしようとしていた。リジーは短時間のうちに勢力を増大して、接触するあらゆるものに混乱と破壊をもたらすべくカリブ海へ向かって暴《ぼう》虐《ぎゃく》の旅に発《た》とうとしていた。

2

俊敏で逞《たくま》しい全長四・五メートルという大きなシュモクザメが、空気のように透明な水中を、牧草地の上空を漂う灰色の雲さながらに、優美に滑るように移動していた。その膨らんだ二つの目が、口吻《こうふん》を横切って伸びている平らなスタビライザーの両端から見据えている。その目はある動きを捉《とら》えて向きを変え、眼下のサンゴの森を縫い泳いでいる生き物に焦点を合わせた。それはシュモクザメがこれまでに見かけた魚にはまるで似ていなかった。後部には並列する二枚の鰭《ひれ》が突き出ていて、体色は黒く、側面には赤いストライプが入っていた。巨大なサメは、何も美味《うま》そうなものが見当たらぬままに、目の前の妙な生き物がしごく結構な腹の足しになってくれるとは露知らず、飽くなき食欲をそそる餌《えさ》探しを続けた。

サマー・ピットはサメに気づいたが無視して、ドミニカ共和国の北東一一〇キロ余りのナヴィダド浅堆《せんたい》内のサンゴ礁《しょう》の研究を続けた。その浅堆はおよそ五〇キロ四方におよぶ危険な浅堆礁に囲まれていて、水深は九〇センチから三〇メートルと変化に富んでいた。四世紀経過するうちに、二〇〇隻《せき》もの船舶が、大西洋の深海から聳《そび》え立っている海山の頂を形成している非情なサンゴのために難破していた。

浅堆のこの部分のサンゴは清楚《せいそ》で美しく、ところによっては砂地の海底から一五メートルも立ち上がっている。繊細なウミウチワや大きなノウサンゴもあって、それらの鮮やかな色彩と刻み起こされた輪郭は碧《あお》い虚空《こくう》のなかへ、無数のアーチウェイと岩屋を備えた壮麗な庭園さながらに拡《ひろ》がりを見せている。サマーは路地とトンネルの迷宮に泳ぎながら入り込みつつあるような錯覚に捕らえられた。なかには行き止まりになっているものや、大型トラックでも通れるほど大きな渓谷やクレバスに繫《つな》がっているものもあった。

水温は二七度近くあったが、サマー・ピットは加硫ゴム製の強力なドライスーツ、ヴァイキング・プロターボ一〇〇に、頭から爪先《つまさき》まですっぽり包まれていた。もっと軽いウエットスーツでなく、その黒と赤のスーツを着ているのは、身体《からだ》を隙間《すきま》なく完全に密閉してくれるからだった。高い水温からはさして身を守ってはもらえなかったが、サンゴ礁の評価や観察中に出合うことが十分予測される化学および生物学的な汚染物質を抑止する役には立ってくれた。

彼女はコンパスにちらっと目をやると軽く左に向きを変え、足鰭《け》を蹴りながら両手は背後の一対のエアタンクの下で組んで水の抵抗を減らした。かさばるスーツとフルフェイスマスクのAGAマークIIを着けているので、海底を泳ぐより歩くほうが楽なように見えたが、往々にして海底は鋭いうえに平板ではないので、それはほぼ不可能だった。

彼女の身体の線と目鼻立ちは、だぶだぶのドライスーツとフルフェイスマスクに覆《おお》われていた。彼女が美人であることを偲《しの》ばせる手掛かりは、フェイスマスク越しに見つめている精美な灰色の目と、額にほつれている赤毛だけだった。

サマーは海と、その虚空を潜ることが好きだった。ダイビングはそのつど未知の世界を逍遥《しょうよう》する新しい冒険だった。彼女はときおり、自分は海水が血管を流れている人魚だと思い描いた。母親に勧められて、彼女は海洋科学を学んだ。いちばん優秀な成績で、彼女はスクリップス海洋科学研究所を卒業し、海洋生物学の修士の学位を受けた。同時に双子の兄ダークは、フロリダ・アトランティック大学で海洋工学の修士となった。

ハワイの実家に帰ってから間もなく、何も知らずにいた彼らは、死期の迫った母親からあなたたちのお父さんはワシントンDCにある国立海中海洋機関（NUMA）の特殊任務の責任者だと教えられた。彼らの母親は死の床に伏せるようになるまで、夫のことには一言も触れていなかった。その時点ではじめて、彼女は二人の愛と、二三年前の海底地震のさいに自分は死んだと彼に思いこませた理由について話して聞かせた。ひどい怪我《けが》をしたうえに顔も醜くなってしまったので、彼が煩《わずら》わされることなく自分抜きで暮らすのが一番よいと彼女は考えたのだった。数ヶ月後に、彼女は双子を生んだ。消えることのない愛の思い出に、彼女はサマーに自分と同じ名前をつけ、ダークには父親の名前をつけた。

母親の葬式を終えると、ダークとサマーはワシントンへ飛び、初めて父親のピット・シニアに会った。二人の突然の出現は、父親である彼にはまったくのショックだった。存在するとはまったく思っていなかった息子と娘を目《ま》の当《あ》たりにして呆然《ぼうぜん》となりはしたが、自分の生涯における忘れがたい愛は死に絶えてすでに久しいと二〇年以上思い込んでいただけに、ダーク・ピットの喜びは止《とど》まるところを知らなかった。だがその後、彼は深い悲しみに沈んだ。彼女がこれまでの長い歳月をずっと廃疾《はいしつ》の身で暮らしながら、自分には何も知らせずわずか一ヶ月前に死んだと知らされたのだ。

彼は存在をまったく知らずにいた家族を温かく迎え、膨大な収集品と共に自分が暮らしている古い航空機の格納庫に早速二人を移り住まわせた。二人が父親と同じ道を歩むことが母親のたっての望みで、自分たちは海洋科学の教育を受けたと知らされ、ピットは彼らがＮＵＭＡに採用されるよう手配した。

いまや、世界中の海洋プロジェクトで二年働いてきた彼女とその兄は、ナヴィダド浅堆とカリブ海全域のほかのサンゴ礁でか弱い海棲《かいせい》生物の命を奪っている正体不明の有毒な汚染物質について調査を行ないデータを集める、ユニークな旅に出たところだった。

浅堆礁の大半は、今も健全な魚やサンゴで満ちていた。明るい色のフエダイは巨大なブダイやマハタたちと交じり合っているし、煌《きら》めく黄色と紫色の小さな熱帯魚たちは赤褐色のタツノオトシゴの周りを突進するように泳いでいる。ウツボが浅堆礁の中の穴倉から頭を突き出し、脅かすように上下の顎を開け閉めしながら、鋭い歯を肉に食い込ませる折を待ち構えている姿は獰猛《どうもう》だ。サマーは知っているが、ウツボが恐ろしげに見えるのは、首の後ろに一対の鰓《えら》を持っていないために口をぱくつかせなければ息ができないからなのだ。怒らせない限り、めったに人を襲わない。その口に手を突っ込みでもしなければ、ウツボには噛《か》まれない。

浅堆礁砂地の裂け目の上を一つの影がよぎった。同じサメが戻ってきたのだろうと半ば予期しながらもっとしっかり確かめようと見あげると、五匹のマダラトビエイからなる飛行隊だった。そのうちの一匹が航空機のように編隊からそれ、もの珍しげにサマーの周りをすり抜けると急上昇し、改めて仲間に加わった。

さらに四〇メートル近く先へ進み、ゴルゴニアンサンゴ礁（訳注　ヤギ目のサンゴ虫が作る）の群落の上に滑り出ると、一隻の難船が視野に入ってきた。体長一・五メートルもある巨大なオニカマスが残骸《ざんがい》の上を漂いながら、冷酷な黒いビーズのような目で自分の縄張り内で起こるあらゆることを見据えていた。

汽船ヴァンダリア号は一八七六年に見舞った強烈なハリケーンのために、ナヴィダド浅堆に押し込まれてしまった。乗客は一八〇名、乗員は三〇名。生存者はゼロだった。

ロンドンのロイズ社によって消息不明船と処理されたその船の運命は、一九八二年にスポーツダイバーたちによってサンゴに覆われた残骸が発見されるまで謎《なぞ》だった。ヴァンダリア号を難船と識別するだけの手がかりは、ほとんど残っていなかった。一三〇年経《た》つうちに、浅堆は船全体を海棲生物やサンゴで三〇から九〇センチの厚さに覆ってしまった。かつての誇り高い船の明らかな目印となるものは、歪《ゆが》んだ船殻や露出した肋材《ろくざい》から依然として突き出ているボイラーとエンジンだけだった。木部の大半は消えうせてしまっていた。とうの昔に海水に腐食され、有機物なら何でも食いつくす海の微生物に食べられてしまったのだ。

ウエストインディーズ・パケット社のために一八六四年に建造されたヴァンダリア号は、船首から船尾の旗竿《はたざお》まで九六メートルで船幅は一二・六メートル、乗客二五〇名に加えて、三つある船倉では大量の荷物を収容できた。リヴァプールとパナマの間を航海し、パナマで下りた乗客と荷物は汽車の旅で運河地帯の太平洋側へ出て、その地で客たちは改めて汽船に乗って残りの旅をしてカリフォルニアへ向かった。

ヴァンダリア号から人工遺物を回収したダイバーはきわめて少ない。サンゴ礁のなかに偽装して紛れているので、沈没場所は突き止めにくい。件《くだん》の恐怖の夜に、安全なドミニカ共和国なり近くのヴァージン諸島にたどり着く前に、外海でハリケーンに捕らえられて山をなす波に叩き潰《つぶ》されたために、船腹はほとんど残っていない。

サマーは緩やかな潮に乗って古い沈船の上を漂いながら視線を落とし、どんな人たちがその甲板の上を歩いたのか思い描こうとした。彼女はある種の霊的な感覚に捕らえられた。まるで過去から語りかけてくる亡霊にとりつかれた墓地の上を飛んでいるように彼女は感じた。

じっと水中に留まっている大きなオニカマスに、彼女は注意を怠らなかった。凶暴な顔つきのこの魚に、餌の問題はまったくなかった。古《いにしえ》のヴァンダリア号の中や周囲には、海洋魚類学の百科事典を埋めつくすほどたくさんの海棲生物が棲《す》んでいた。

悲劇にまつわるさまざまな幻想を強いて振り払うとサマーは、ガラス玉のような目を一瞬たりと彼女から逸《そ》らさないオニカマスを迂回《うかい》しながら泳いでいった。安全な場所まで離れると、一休みしながらタンクに残っているエアの量を圧力計でチェックし、全地球測位システム（GPS）衛星ミニコンピューターで現在地を確認、自分と兄が浅堆礁を研究するために暮らしている水中研究所との位置関係をコンパスで当たり、潜水タイマーの示数を記憶した。軽く浮き上がるのを感じたので、背負っている浮力調節装置のエアを少し排出して均衡をとった。

さらに一〇〇メートル近く泳いでいくと、サンゴの鮮やかな色が薄れて無色に変化しはじめた。さらに泳いでいくと、病んで膜のかかっている海綿が増え、それもやがて死滅し見当たらなくなった。海水の視程も急激に悪化し、ついには前方に伸ばした手の指先が見えなくなった。

彼女は濃い霧の中に入り込んだように感じた。それはカリブ海全域に現れた謎の〝褐色汚濁〟と呼ばれている現象だった。表層に近い海水は不気味な褐色に固まっていて、漁師たちは下水汚物に似ていると話していた。これまでのところ、汚濁の原因やその引き金について、正確なところは誰にも分かっていない。海洋学者たちはある種の藻が関連していると考えているが、まだ証明されてはいなかった。

奇妙なことに、褐色汚濁は悪名高い仲間である赤潮とは異なり、魚類を殺さないようだった。魚たちは最悪の毒性との接触を免れているが、餌場や隠れ場所を失うために、その過程でほどなく餓死しはじめるだろう。通常、潮の流れに触手を伸ばして給餌《きゅうじ》している色鮮やかなイソギンチャクも、その領域に侵入してきた薄気味悪い代物に手ひどく痛めつけられているようだった。彼女の当面の課題は、予備のサンプルを少し採集することだった。ナヴィダド浅堆礁の死滅地帯をカメラと化学分析器具で記録し、最終的には汚濁を一掃する予防策を発見するのだが、その要素を突き止めて組成を割り出すのは後ほど行うことになる。

プロジェクトの最初となるこの潜水は純然たる踏査のためのもので、褐色汚濁の影響をじかに確かめ、彼女や近くの調査船に乗っている仲間の海洋科学者たちが問題を全面的に評価し、今後の原因究明のための正確な方式を立てられるようにすることにあった。

褐色汚濁の侵入を最初に警告したのは、ジャマイカの沖合で働いていた職業ダイバーで、二〇〇二年のことだった。当惑させられる汚濁はメキシコ湾から漂い出てフロリダキーズ諸島を迂回する帯状の破壊の痕跡《こんせき》を海中に残したが、海面からは視認できないのでほとんど報告されなかった。突然発生したその汚濁は、まだサマーが突き止めはじめた段階に過ぎないが、この水域のそれとは大きく異なっていた。ナヴィダド浅堆の汚濁は、はるかに有毒だった。死んでいるヒトデや、小エビやロブスターのような甲殻類が見つかりだした。さらには、原因不明の変色した水域を泳いでいる魚たちが不活発で、ほとんど昏睡《こんすい》状態にあるように見えた。

彼女は片方の太ももに縛りつけてあるパウチから小さなガラス瓶を数個取り出すと、海水の採取をはじめた。ヒトデと甲殻類も収集し、ウエイトベルトに付けてある網目の袋に入れた。ガラス瓶の封をしっかりしてパウチにきちんと収め、改めてエアをチェックして、もと来たほうへ泳いでいくと、間もなくまた澄んだきれいな海水にたどり着いた。

細い砂の川になっている海底をなにげなく見ると、サンゴの中にこれまで気づかずにいた小さな洞穴が目に映った。はじめのうち、それはこの四五分の間に彼女が通り過ぎた別の二〇の洞穴と似て見えた。しかしこの洞穴には、どこか違うところがあった。入口は四角で、切り出されたような感じがした。心なしか、サンゴに覆われた一対の柱が見えるような気がした。

帯状の砂が、内側に落ち込んでいる。好奇心を刺激されたうえに、予備のエアもたっぷりあったので、サマーは洞穴の上まで泳いでいくと、薄暗がりの中を覗《のぞ》きこんだ。

その室内の二メートルほど先では、周囲の壁面の藍色《あいいろ》が上から射《さ》しこむ太陽のゆらめく光を受けて明滅した。サマーが砂地の海底沿いにゆっくり泳いでいくにつれ、数メートル後には藍色が濃くなり褐色に変わった。彼女は不安げに向きを変え肩越しに見て、開口部周辺の明るさを確かめて気を落ち着かせた。潜水灯がないので何も見えなかったし、想像力を働かせるまでもなく、真っ暗な内部に潜む危険は予知できる。彼女はさっと方向を変え、入り口に向かって手足を動かした。

不意に、片方の足鰭が砂に半ば埋もれた何かに触れた。サンゴの塊だろうと軽視しようとしたのだが、見たところサンゴに覆われたその物体は人工の均整の取れた外形を備えていた。彼女は砂の中のそれを掘り起こした。明るいほうへ移動すると、それを高く掲げて水中で軽く振り回し砂を洗い落とした。それは昔の婦人用の帽子の箱ほどの大きさだったが、水中でもすこぶる重かった。上のほうから把手が二本突き出ていて、台座の部分は堆積が進行中のような印象を与えた。彼女の判断できる限りでは内側は空洞のようで、その点もまた自然にできたものでないことを示唆《しさ》していた。

フェイスマスク越しに、サマーの灰色の目は半信半疑の関心を映し出していた。それは水中研究所に持ち帰ることに決めた。そこで丁寧に洗えば、蓄積されたサンゴの生育物の下に何が隠されているのか突き止めることができるはずだ。

謎の物体に加えて海底で収集した海棲生物の死骸の余分な重量が浮力に影響を及ぼしたので、サマーは浮力調整器にエアを送って補正した。問題の物体を脇《わき》にしっかり抱えると、気泡が背後からついてくることなど無視して、彼女はゆったりと泳いで水中研究所へ向かった。

彼女と兄がこれから一〇日、家と呼ぶことにした水中研究所が、揺らめく青い水のすぐ先に見えてきた。

その水中研究所ピシーズ（訳注　魚類、魚座の意）はしばしば〝インナースペース・ステーション〟と呼ばれるが、海洋研究のために設計された水中専用の研究所だった。重量は六五トンある長方形の部屋で、四隅は丸みを帯びており、奥行きは一一・五メートル、間口は三メートル、高さは二・五メートル。その研究所はすこぶる重い基盤に支柱で載っていて、水面下一五メートルの海底に安定したプラットフォームを提供している。出入り用気密室は倉庫の役割と、潜水用具を着脱する場所を兼ねている。主気密室は二つの部屋の差圧の維持に当たっている。二つの部屋には、狭い研究区画、調理場、窮屈な食堂、四つの簡易ベッド、さらには海面上の世界と接触するための屋外アンテナと繋《つな》がっているコンピューター一台と通信用のコンソールが収まっている。

　サマーは一対のエアタンクを下ろすと、研究所の隣にある補充ステーションの海底タンクに繋いだ。息を詰めて泳いで上昇すると、出入り用気密室に入っていき、標本が収まっているパウチと網を慎重に小さな容器に移し替えた。例の謎めいた、サンゴに覆われた物体は折りたたんだタオルの上に置いた。サマーは汚染の危険を冒すつもりはなかった。熱帯の暑さと、防護されている毛穴から噴き出る汗に二、三分耐えるのは、潜在的な死にいたる病を避けるためのわずかな代償だった。

　褐色汚濁の中を泳ぎまわってきたので、一滴でも肌に落ちれば命取りになりかねなかった。ヴァイキング・ドライスーツと組み合わせたロッキングリングで密閉されたターボフード、ブーツ、手袋、それにフルフェイスマスクを、まだまだ脱ぐ気にはなれなかった。ウエイトベルトと浮力調節器の留め金をはずすと、強力な散水装置を作動させる二つのバルブをひねり、特殊な汚染防止溶液でウエットスーツと用具を洗い流して、付着していかねない褐色汚濁の残渣《ざんさ》を取り除いた。十分消毒したと納得がいくと彼女はバルブを閉め、主気密室のドアをノックした。

　覗き窓の反対側に現れた男っぽい顔は双子の兄の顔だったが、まったくといっていいほど似ていなかった。二人は数分以内の間隔で生まれてきたのだが、彼女と兄のダーク・ジュニアは双子にしては珍しいほど共通点がなかった。彼は一九〇センチ以上ある長身で、身体《からだ》は細身で引き締まっており、よく陽に焼けていた。サマーの真っ直ぐな赤毛と柔らかな灰色の目とは異なり、彼の頭髪は波打って黒く、目は引きこまれるオパール掛かった緑で、光がまともに当たると煌めいた。

　彼女が出入り用気密室を出ると、兄は妹のドライスーツの首とフェイスマスクの間のヨークとカラーシールをはずしてやった。兄のいつもより射抜くような眼差《まなざ》しといかめしい表情から、サマーはたいそうまずいことになったと悟った。

　兄が口を開く前に機先を制して、彼女は両手を宙に放りあげて言った。「分かってる、分かっていますとも、潜水仲間を連れずに一人で出かけるべきじゃなかったわ」

「それくらいの心得はあるはずだ」兄は苛立って言った。「僕がまだ目覚めぬ夜明けにこっそり出かけたのでなければ、後を追って君の耳を引っつかんでこの研究所に引きずりもどしていたところだ」

「ごめんなさい」サマーはいかにも後悔しているように言った。「だけど、別のダイバーに煩わされないと、仕事もたくさんできるわ」

　ダークは手を貸して、彼女のヴァイキング・ドライスーツの頑丈なリベット止めの防水ジッパーを開けてやった。まず手袋を脱がせて内側のフードを頭の後ろに引き下ろし、ドライスーツを胸部、両腕、つぎに腿《もも》から足へと剝《は》ぎ取るようにめくってやると、彼女はやっとそれから抜け出した。髪が銅色《あかがねいろ》の滝となって滑り落ちた。着込んでいたポリプロピレン・ナイロンのボディースーツがサマーの肉体の曲線を見事に描いて見せた。

「褐色汚濁の中に入り込んだのか？」ダークは案ずるように訊《き》いた。

彼女はうなずいた。「サンプルを持ち帰ったわよ」

「ほんとうに、スーツのなかに染《し》みこんだりしていないだろうな？」

左右の腕を肩の上まで上げながら、彼女は爪先立ってくるりと回った。「自分の目で見るがいいわ。有毒の軟泥《なんでい》は一滴たりと見あたらないでしょう」

ダークは彼女の肩に片手を掛けた。「この言葉を忘れるな。〝二度と一人で潜らないこと〟。僕がそばにいるときは、断じて僕抜きで潜らないのだぞ」

「ええ、兄さん」彼女は気さくに微笑《ほほえ》みながら応《こた》えた。

「一緒に君のサンプルを密封ケースに入れよう。バーナム船長に持ち帰ってもらって、調査船の研究室で分析してもらうんだ」

「船長がこの研究所に来るの？」彼女はいくらか驚いて訊いた。

「彼のほうからランチに出向いて来るんだ」ダークは答えた。「断じて自分の手で、われわれの食糧補給品を届けるそうだ。おかげで一時的にでも、船の指揮官から放免してもらえるだろうと言っていた」

「ワインのボトルを一本持ってこないと寄らせないって彼に言って」

「その言伝《ことづて》を、船長がなんとなく感じ取ってくれていることに望みを託そうぜ」ダークは笑いを浮かべながら応じた。

骸骨《がいこつ》なみに細身のポール・T・バーナムは、伝説の人物ジャック・クストーの兄弟と言っても通りそうだが、ただし彼の頭にはほとんど毛がなかった。短めのウエットスーツを着ていた彼は、主気密室に入ってもそのまま身に着けていた。ダークが船長を手伝って二日分の食糧を調理室の台の上まで運ぶと、サマーがさまざまな品を小さな戸棚や冷蔵庫にしまいはじめた。

「プレゼントを持ってきたぞ」バーナムはジャマイカワインのボトルを持ち上げながら知らせた。「それだけでなく、調査船のコックは君たちの夕食用に、クリームソース和《あ》えのホウレンソウ添えロブスターテルミドールを作ってくれた」

「これであなたが同席する理由はそろった」ダークは船長の背中を軽く叩《たた》いた。

「NUMAのプロジェクト期間中におけるアルコール」サマーはからかうようにつぶやいた。「私たちの尊敬する指揮官サンデッカー提督は、作業時間中は一切禁酒という彼の金科玉条違反についてなんて言うかしら？」

「君たちの親父《おやじ》さんは私に悪い影響を与えた」とバーナムは語った。「彼はいつでもヴィンテージワイン一ケースを持って船に乗りこんできたし、彼の相棒のアル・ジョルディーノは提督特注の葉巻がびっしり詰まったヒュミドールを必ず携えて現れるんだ」

「アルが同じところからあの葉巻をひそかに買い求めているのは、提督以外みんな知っているらしい」ダークは微笑みながら言った。

「サイドディッシュはなんだろう？」バーナムは訊いた。

「新鮮な魚のチャウダーとカニサラダ」

「誰が作るんだ？」

「僕さ」ダークはつぶやくように言った。「サマーが用意できるシーフードは、ツナサンドだけなんです」

「そんなの嘘《うそ》よ」彼女は頬を膨らませた。「料理は得意なのよ」

ダークは皮肉な眼差しで妹を見つめた。「ではどうして君の入れたコーヒーは、軍隊のやつみたいな味なのかな？」

フライパンで温めたバター炒《いた》めのロブスターとクリーム和《あ》えのホウレンソウは、ジャマイカ産のワインで流しこまれ、バーナムの海洋冒険譚《たん》が合いの手を務めた。サマーは自分で電子レンジで焼いたレモンメレンゲパイをみんなに出しながら、兄に向かっていたずらっぽい顔をして見せた。ダークが真っ先に、彼女が見事においしいパイを作り上げたことを認めた。電子レンジは本来、パイを焼くのに向かないからだ。

バーナムが失礼すると立ち上がると、サマーが彼の腕に触れた。「あなたに託したい謎《なぞ》があるんです」

バーナムは目をすぼめた。「どんな謎だろう？」

彼女は洞穴で見つけた例のものを船長に手渡した。

「これはなんだね？」

「ある種の深鍋《ふかなべ》か壺《つぼ》だと思うのだけど。付着物をきれいに落とさなければ、分からないでしょうね。あなたにこれを調査船へ持ち帰って、研究所の誰かにちゃんとこそげ落とさせてもらいたいの」

「この仕事を買って出る者なら、きっといるはずだ」船長は重さを量るように、品物を両手で持ち上げた。「テラコッタにしては重すぎる感じだ」

ダークはその物の基部を指さした。「そこに増殖物が付着していない部分があるから、金属からできていることが見てとれる」

「妙だ、錆《さび》がまったく現れていないようだ」

「自信があるわけじゃないが、僕は青銅だと思う」

「全体の姿が地元民の作ったものにしては優美すぎるわ」サマーがつけ加えた。「ひどく付着物に覆《おお》われているけど、中央一帯に絵姿が模《かたど》られているようよ」

バーナムは壺を見つめた。「君は私より想像力が豊かなようだ。考古学者たちなら、われわれが帰港後に謎を解いてくれるだろう。かりに、それを現場から移動させたことで、彼らが癇癪《かんしゃく》を起こさなければの話だが」

「長く待たされずにすみますよ」ダークは言った。「その写真をワシントンのＮＵＭＡ

のコンピューター本部にいる、ハイアラム・イェーガーに転送してはいかがです？　彼ならきっとなんらかのデータと生産地を掘り起こしてくれるはずです。通りかかった船から落下したか、難船から転がり出た可能性が強い」

「難船ヴァンダリア号が近くに横たわっているわ」サマーが探りを入れた。

「おそらくそこが出所だろう」とバーナムは応じた。

「だけどどうしてそれが、一〇〇メートル近く離れた洞穴の中に入り込んだのかしら？」サマーは誰にともなく訊いた。

彼女の兄は狐《きつね》のような笑いを浮かべるとつぶやいた。「魔術だよ、美しいお嬢さん、ヴードゥー信仰の島（ハイチ）のマジック」

バーナムがようやくお休みと別れを告げたときには、宵闇《よいやみ》が辺りの海を包んでいた。

出入り用気密室を滑りぬける彼に、ダークは訊いた。「天候の様子はどうです？」

「この先二日ほどはかなり穏やかだ」バーナムは答えた。「しかし、アゾレス諸島沖合で、ハリケーンが勢力を拡大しつつある。調査船の気象学者が油断なく監視を続けることになっている。こっちに向かっているようだと、われわれは君たち二人を避難させたうえで、最高速度でハリケーンの進路から逃げ出す」

「私たちから逸《そ》れるよう祈るわ」サマーが言った。

バーナムは壺を網袋に収め、サマーが集めてきた海水の標本が入っているパウチを手に携えると、出入り用気密室から宵闇の海中へ出て行った。ダークが屋外照明のスイッチを入れると、輪を描いて泳いでいる緑鮮やかなブダイの群れが映し出された。自分たちの真ん中で暮らしている人間には無頓着《むとんちゃく》のようだった。

バーナムはエアタンクを着用するわずらわしさを抜きに、深く一つ息を吸いこんで前面の潜水灯を点《つ》けると、慣性上昇で一五メートル先の海面目指して息を吐きながら水を掻《か》いた。アルミニウム製硬質船殻の膨張式小型ボートが、錨《いかり》に繋がれてぷかぷかと上下していた。先ほど、水中研究所からじゅうぶん離れた安全な地点に投げ込んでおいたのだ。彼は泳ぎ寄ると船に乗り込み、錨を引き上げた。今度は点火スイッチをひねって、一五〇馬力のマーキュリー船外モーター二基をスタートさせ、調査船に向かって海面を飛んでいった。調査船の上部構造が投光照明の放列に明るく照らし出されているうえに、赤と緑の航行灯が彩《いろど》りを添えていた。

大半の外洋船は一般に、白に加えて赤、黒、青のペイントで装《よそお》っている。一部の貨物船はオレンジ色を使っている。シースプライト（海の妖精《ようせい》）号は違っていた。NUMAのほかのあらゆる船舶と同様に、シースプライトも船首から船尾まで明るい青緑色に塗り上げられていた。それはNUMAの威勢のいい長官ジェームズ・サンデッカーが、七つの海を回航するほかの船舶から際立《きわだ》たせるために選んだ色だった。海上や港ですれ違って、それがNUMAの船だと気づかない船乗りはまずいない。

シースプライト号は、その種の船としては大型だ。全長は約九二メートルで、船幅はほぼ二〇メートルあった。あらゆる細部に最高の技術が取り入れられているこの船は、砕氷タグボートとしてスタートを切り、最初の一〇年間は北極海およびその周辺に配属されて、凍《い》てつく嵐《あらし》と戦いながら傷《いた》んだ船舶を浮氷群や氷山の周辺から引き出した。二メートル近い厚さの氷原を押し分けて進めたし、船体に動揺をきたすことなく荒海を衝《つ》いて航空母艦を曳航できた。

サンデッカーによってNUMAのために買い取られた時点ではまだ働き盛りだったのだが、彼は超多目的海洋調査船兼潜水支援船に改造することを命じた。あらゆる分野で、全面的な改変が行われた。電子装置類も自動コンピューターシステムや通信装置同様に、NUMAの技師たちが設計した。改造船はゆったりとしたスペースと振動の少ない、高度な研究所も備えている。搭載しているコンピューターネットワークはモニター活動に加えて、収集し処理したデータをただちに精査して重要な海洋知識となる成果を引き出してもらうべく、ワシントンのNUMAの研究所に送りこむことができる。

シースプライト号は、現代の科学技術が生み出し得る最新のエンジンを動力源としている。搭載されている二基の電磁流体力学エンジンは、七〇キロ余りの速度で船体を航走させることができる。それに、以前にも荒海を衝いて空母を曳航できたにせよ、いまならさほど苦もなく空母を二隻曳《せきひ》ける。世界中のどの国の調査船も、この船の強壮にして高度な精巧さには太刀打ちできない。

バーナムは自分の船を誇りにしていた。この船はNUMA船団に所属するわずか三〇隻の調査船の一つに過ぎないが、文句なしにもっともユニークだった。サンデッカー提督が彼を改造責任者に任命すると、バーナムは嬉々《きき》としてそれに応じた。提督が費用は問題にしなくてよいと言ってくれたので、なおさら奮い立った。どんな細部もおろそかにしなかった。この船が自分の船乗り生活の頂点であると、バーナムは信じて疑わなかった。

一年のうちまる九ヶ月配属されるので、船上の科学者たちは新しいプロジェクトごとに交代した。残る三ヶ月は、研究現場への往復、船体の整備、新しい技術上の進歩に即応する機器や計器類の改良に費やされる。

近づいていきながら、バーナムは八階建ての高さがある上部構造を見つめた。船尾には水中研究所ピシーズを海底に下ろし、さまざまなロボット船や有人潜水艇を降下回収するのに使われる巨大なクレーンが搭載されていた。船首に載っている大型ヘリコプター降着台や全方位レーダーシステムを収めた大きなドーム周辺に木立のように伸びている衛星装置を彼は仔細《しさい》に眺めた。

バーナムは注意力を集中して、調査船の真横にボートを誘導した。エンジンを切ると、小さなクレーンが頭上から振り出され、フックのついた一本の鋼索が下ろされた。彼がフックを昇降用帯金に取りつけてリラックスしていると、小さなボートは船上に持ち上げられた。

甲板に下り立つと、バーナムは早速謎の物体を調査船の広々とした研究所へ持っていった。彼はそれをテキサス農工大学の海洋考古学研究所から参加している二人の実習生に渡した。

「それをできるだけ綺麗《きれい》にしてくれ」とバーナムは言った。「ただし、ごくごく慎重に頼むぞ。たいそう貴重な人工遺物である可能性が大いにあるので」

「汚泥《おでい》にくるまれた古い深鍋みたい」身体《からだ》にぴったりのテキサス農工大のTシャツに切り落とした短パン姿の金髪娘が感想を口にした。それを綺麗にする仕事を、彼女がありがたく思っていないのは明らかだった。

「とんでもない」バーナムは冷ややかな脅し口調になった。「サンゴ礁《しょう》にはどんなおぞましい秘密が隠されているか分かったものではない。だからその中に潜んでいる、悪辣《あくらつ》な霊鬼には用心してくれよ」

最後の一言を相手にぶつけてご機嫌なバーナムは、向きを変えて自分の船室へ向かった。学生たちは彼の背中を疑わしげに見つめていたが、やがて視線を壺に向けて考えこんだ。

その夜の一〇時には、問題の壺はヘリコプターに託されてドミニカ共和国サントドミンゴの空港へ向かっており、そこからワシントンDC行きのジェット旅客機に乗せられることになっていた。

3

NUMA本部ビルは三〇階建てで、首都を見下ろすポトマック川の東岸脇《わき》に位置している。その一〇階にあるコンピューターネットワークは、ハリウッドのSF映画に用いられるサウンドステージさながらだ。斬新《ざんしん》なその領域はNUMAのコンピューター主任である鬼才ハイアラム・イェーガーの支配下にある。サンデッカーは海洋に関する世界最大のライブラリーを設計・製作する自由裁量権をイェーガーに与え、干渉や予算の制限をいっさい加えなかった。イェーガーが集めて分類し、蓄積したデータの量は膨大で、既知のあらゆる科学的学術研究、調査分析を網羅しており、時代的には古代のもっとも早い時期から現代に至っている。これほどのネットワークは、世界のどこにもない。

広々としたその領域はオープン形式になっている。大半の官庁や企業のコンピューターセンターはいざしらず、細かな部屋割りは効率的な仕事の大敵だとイェーガーは感じている。彼自身は部屋の中央にある一段高くなった台に載っている大きな円形のコンソールセットを操って、膨大で複雑な装置を統括している。会議室とバスルーム以外に唯《ゆい》一《いっ》ある囲い込みは、クローゼットほどの大きさの透明な環状のチューブで、イェーガーのコンソール周りに広がるモニター類の片隅に立っていた。

　ヒッピースタイルからピンストライプの背広に転向した例《ため》しのないイェーガーは、いまでもリーヴァイスと似合いのジャケットにひどく古い磨り減ったカウボーイブーツ姿だった。灰色まじりの髪はポニーテールに結わえ、メタルフレームの眼鏡越しに大切なモニター装置を見つめている。不思議なことに、NUMAのコンピューターの鬼才は、見かけにそぐわぬ生活を送っていた。

　彼の妻は美しく、有名な芸術家だ。住まいはメリーランドのシャープスバーグの農場で、そこで彼らは馬を飼っている。二人の娘は私立学校に通い、卒業後はそれぞれが選んだ大学に入る計画を立てている。イェーガーはNUMAへの行き帰りにV12エンジンを搭載した高価なBMWに乗っているし、妻は娘たちやその友達を学校やパーティーへ送っていくのに、キャデラックのエスプラネードのほうを好んでいた。

　彼はシースプライト号のバーナム船長が航空便で送ってきた壺に興味を引かれ、それを箱から持ち上げて外に出すと、自分の革製の回転椅子《いす》から二メートルほど先にある環状の囲い込みの中に入れた。つぎに、キーボードにあるコードを打ち込んだ。間もなく、花柄のブラウスによく似合うスカート姿の魅力的な女性の立体像が、その仕切りの中に現れた。イェーガーの産物の一つであるその婦人は自分の妻をイメージしたもので、話をするどころかコンピューター処理されたまったく独自の意見さえ述べる。

「やあ、マックス」イェーガーは挨拶《あいさつ》した。「用意はいいか、ちょっと調べてもらいたいのだが？」

「仰せの通りに」マックスはハスキーな声で答えた。

「君の足元に置いた物は見えるね？」

「ええ」

「それのおおよその年代と文化を確認してもらいたいんだ」

「こんどは考古学を手がけるのかしら？」

イェーガーはうなずいた。「その物体はナヴィダド浅堆礁《せんたい》のサンゴの洞窟《どうくつ》の中で、NUMAのある生物学者によって発見された」

「もっと綺麗にしてあげられそうなものだわ」マックスは殻に覆われた壺を見下ろしながら、そっけなく言った。

「急いでいたから」

「見れば分かるわ」

「大学関係の考古学データネットワーク巡りをして、よく似ているのを探し出してくれ」

マックスは茶目っ気のある顔をして彼を見た。「あなたは私に犯罪行為を強いているのよ、お分かりね」

「歴史研究の目的でよそのファイルに侵入するのは、犯罪行為に当たらない」

「いつも感心させられるわ、ろくでもない行為を合法化するあなたのやり口には」

「まったくの善意に基づいているんだぜ」

マックスは目を剝《む》いて見せた。「私には聞こえません」

イェーガーが人差し指でキーに触れると、マックスは蒸発するようにゆっくりと消え、壺《つぼ》は管の床の下にある容器の中へ沈みこんでいった。

ちょうどそのとき、さまざまな色をした受話器の列の真ん中にある青い電話のブザーが鳴った。イェーガーはキーボードのタイプを打ち続けながら、受話器を耳に当てた。

「ハイアラム」ジェームズ・サンデッカー提督の声が流れ出た。「ドミニカ共和国のサンラファエル岬沖に係留されている例の浮かぶ化け物に関するファイルが欲しいんだ」

「はい、提督」

「すぐ、そちらのオフィスへ持っていきます」

イェーガーが提督の秘書に伴われてオフィスに入っていくと、六一歳になるジェームズ・サンデッカーは腕立て伏せをしていた。小柄で身長一六〇センチ見当、赤毛は濃く、それに似合いの赤いヴァンダイク髭《ひげ》を蓄えている。彼は顔を上げて、押しの強い冷たい青い目でイェーガーを見つめた。健康熱心で毎朝ジョギングをするうえに、毎日午後にはNUMAのジムでトレーニングに励む菜食主義者だ。彼の唯一の悪習は、特注で巻いてもらう飛びきり大きな葉巻を愛好していることだった。長年にわたってベルトウェイ（訳注　ワシントンのエリートのグループ）の一員である彼は、NUMAを最も効率的な政府機関に仕上げた。長いNUMA長官在職中に仕えた大統領の大半は、彼を協調的な組織人とは見ていなかったが、立派な実績に加えて議会が高く評価していたので、彼はその地位を生涯保証されていた。

文字通り飛び起きながら、彼は身振りで自分の机の向かいにある椅子を示した。その机は、フランスの豪華客船ノルマンディー号が一九四二年にニューヨーク港で炎上するまで、船長室に置かれていたものだった。

サンデッカーの許《もと》で次官を務めているルディ・ガンも彼らに加わった。彼は提督よりわずか二センチほど背が高いに過ぎなかった。すこぶる頭がよく、海軍中佐当時にサンデッカーの部下だった彼は、レンズの分厚い角ぶちの眼鏡の奥から世界を見すえている。ガンの主な仕事は、NUMAが世界中で展開するさまざまな科学的海洋プロジェクトを管理することだった。彼はハイアラムにうなずくと、隣の椅子に腰を下ろした。

イェーガーは半ば立ち上がって、分厚いフォルダーを提督の前に置いた。「こちらが、オーシャンワンダラーに関してわれわれが摑《つか》んでいるすべてです」

サンデッカーはフォルダーを開けると、浮かぶリゾートとして設計建造された豪華なホテルの何枚かの図面を見つめた。自給式のそのホテルは世界中に点在するいくつものエキゾチックな場所のどこへでも曳航していくことができ、行った先で一ヶ月係留されたうえで次の風光明媚《めいび》な土地へ曳いていかれる。しばらく仕様書を検討していた提督は、厳しい表情でイェーガーを見あげた。「こんな代物《しろもの》はいずれ大惨事を起こすぞ」

「同意せざるを得ません」ガンが応じた。「うちの技師たちは内部構造を細かく検討し、このホテルの設計には不備な点があり、激しい嵐には耐えきれないとの結論に達しています」

「どうしてその結論にいたったのです？」イェーガーが何のこだわりもなく訊《き》いた。

ガンは立ちあがると机の上に身を乗り出し、ホテルを定着させるために海底に打ちこんだ杭《くい》に取りつけてある定着用鋼索の図面を広げた。彼は鉛筆で、ホテル下部の階の基部にある、巨大な閉め具にケーブルが取りつけられている箇所を示した。「強烈なハリケーンなら、閉め具が台座からもぎ取られてしまう」

「仕様書によると、ホテルはおよそ時速一五〇マイル（秒速六七メートル）の風に耐える造りになっている」イェーガーは指摘した。

「われわれが案じているのは風でない」とサンデッカーは言った。「問題のホテルは固い大地にしっかり根ざしているのではなく海の中に係留されているので、浅瀬に接近するにつれて増大する波のなすがままになり、建物が宿泊客と従業員を収容したままばらばらに叩《たた》き潰《つぶ》される恐れがあるのだ」

「そうしたことはすべて、建築家たちが考慮ずみなのではありませんか?」イェーガーは質問した。

サンデッカーは渋い顔をした。「われわれはその問題を彼らに指摘したのだが、リゾート会社の所有者である設立者に無視されてしまった」

「ある海洋技術者の国際チームが安全宣言をしたので、彼は満足してしまった」とガンが言い添えた。「それに、アメリカは外国の企業を規制する力を持っていないし、われわれにはあの建造に干渉する権限はない」

サンデッカーは仕様書をファイルに戻して閉じた。「アフリカ沖で勢力を増しつつあるハリケーンが、あのホテルの脇を通りぬけるか、時速一五五マイルを超える分類五に増大しないよう祈るばかりだ」

「すでにバーナム船長には警告を発しておきました」とガンは報告した。「彼はホテル・オーシャンワンダラーからさほど遠くない地点で、水中研究所ピシーズのサンゴ調査を支援しているのですが、彼らが襲来する嵐の通り道に巻きこまれる恐れのあるハリケーン情報にはたえず注意するようにと」

「キーウエストにあるうちのセンターは、新しいハリケーンの発生を捕らえています」

イェーガーは知らせた。

「その件についても絶えず知らせてくれ」サンデッカーは通告した。「発生しかねない二重の災難を抱えこむのは、ぜひ回避したいものだ」

イェーガーがコンピューターのコンソールに戻ると、パネルの緑の灯りが点滅していた。彼は腰を下ろすと、マックスが現れ例の壺が床のなかから上ってくるように促すコードを打ちこんだ。

マックスの姿がすっかり現れると、彼は訊いた。「ピシーズから送られたあの壺の分析はすんだか？」

「すみました」マックスは何の躊躇《ちゅうちょ》もなく答えた。

「どんなことが分かった？」

「シースプライト号の人たちは、付着物を満足にこすり取っていません」マックスは文句を言った。「表面にはまだ石灰質の鱗片《りんぺん》が付着している。彼らは手抜きをして、内部もきれいにしていないの。依然として付着物で一杯よ。関連性のある示度を得るために、ありとあらゆる作像システムに当たってみる羽目になったわ。磁気共鳴結像、デジタルX線、立体スキャナー、それにパルス結合ニューラルネットワークと、しっかりした分解画像を得るために必要なあらゆる手段に」

「技術的な細部は省いてくれ」イェーガーは苛立《いらだ》ちを抑えて、ため息混じりに言った。

「結果はどうだった？」

「まず第一に、あれは壺ではありません。アンフォラ型の容器です、首の部分に小さな把手が付いているからです。青銅器時代の中期ないし後期に、青銅から鋳造されたものです」

「そんなに古いのか」

「すこぶる古い」マックスは自信を持って応じた。

「確かだろうね？」

「これまで間違ったことがありますか？」

「いや」イェーガーは答えた。「率直に認めるよ、君に失望させられたことは一度もない」

「ではこの件でも、私を信じてください。その金属については、ごく慎重に化学的分析を行いました。初期段階の銅の硬化は紀元前三五〇〇年に始まっています。砒素《ひそ》で銅の質を高めたのです。ただし、長年鉱夫や銅器製造を務めてきた者は、砒素の蒸気のために早死にするのが問題だった。ずっと後に、たぶん偶然でしょうが、紀元前二二〇〇年以降に、銅九〇パーセントにスズ一〇パーセントを混ぜるとたいそう強靭《きょうじん》な金属ができることが発見された。これが青銅器時代の始まりです。幸いなことに、銅はヨーロッパおよび中東全域で大量に産出した。しかし、自然界で取れるスズはかなり少なく、探すのはずっと難しかった」

「するとスズは高価な必需品だった」

「当時はそうでした」とマックス。「スズの交易業者は鉱山で鉱石を買い入れ、それを鍛冶場《かじば》の持ち主たちへ売りつけるために、古代世界を巡り歩いた。青銅はきわめて進歩した経済をもたらし、古代初期の富豪を数多く生んだ。あらゆるものが鍛造された。武器——青銅の槍《やり》の穂先、小刀に剣——から、婦人用の細いネックレス、ブレスレット、ベルト、ピンにいたるまで。青銅の斧《おの》と鑿《のみ》は木工の技術を大幅に進歩させた。職人たちは深鍋《ふかなべ》、壺、それに広口瓶の鋳造をはじめた。正当に評価するなら、青銅器時代は文化を大きく躍進させた」

「それで、問題のアンフォラの話はどうなった？」

「あれは紀元前一二〇〇年から一一〇〇年の間に鋳造されました。それに、関心があるかもしれませんが、鋳型《いがた》を作るのにロストワックス（ロウ型）法が用いられています」

イェーガーは椅子の上で背筋を伸ばした。「それだと、三〇〇〇年以上前のものになる」

マックスは皮肉な笑いを浮かべた。「大変鋭くていらっしゃる」

「鋳造された場所は？」

「古代ケルト人によってガリアで。具体的に言えばエジプトの名で知られる地域です」

「エジプト」イェーガーは疑わしげに繰り返した。

「三〇〇〇年前には、ファラオの土地はエジプトとは呼ばれていなくて、むしろエル・ケムあるいはケミで通っていた。アレクサンダー大王があの国に遠征したさいに、彼がホメーロスの〝イリアース〟の記述に基づいてエジプトと名づけたのです」

「ケルト族がそんなに古くまで遡《さかのぼ》るとは知らなかった」とイェーガーは言った。

「ケルト族は部族の緩やかな集合体で、紀元前二〇〇〇年の昔から交易と工芸に携わっています」

「しかし、アンフォラの発祥地はガリアだと君は言ったじゃないか。ケルト族とどう係わりがあるんだ?」

「侵略したローマ軍はケルト族の土地をガリアと名づけた」マックスは説明した。「私の分析では、使用されている銅はオーストリアのハールシュタート産で、スズのほうはイングランドのコーンウォールで採鉱されたものですが、工芸品の様式は南東フランスのケルト族のある部族を示唆《しさ》しています。アンフォラの外縁に見られる立像が、あるフランス人が一九七二年に同じ地域で掘り起こした大釜《おおがま》についているものとまったく一致しているんです」

「君ならそれを鋳造した作家の名前を教えてくれそうだ」

マックスはイェーガーを冷たく見つめた。「系譜関連の記録を調べてみろとは求められなかったわ」

イェーガーはマックスが報告したデータについてじっくり考えこんだ。「ガリア産の青銅器時代の遺物が、どうしてドミニカ共和国のナヴィダド浅堆のサンゴの洞穴に到《いた》ったのか、何か見当はつくだろうか？」

「私は一般論まで扱うようにはプログラムされていません」マックスは答えた。「どうしてそこへたどり着いたのか、まったく見当がつきません」

「考えてみてくれ、マックス」イェーガーはやさしく求めた。「船舶から落ちたか、難船の船荷が散らばった線もありそうだが？」

「後者の可能性はあります。船舶がナヴィダド浅堆の上を航行するいわれはありませんから。死を願望してでもいれば別ですが。ラテンアメリカの大金持ちの商人なり博物館へ運んでいく途中の、古代遺物の船荷の一部かもしれませんね」

「その推測がおそらく一番妥当だろう」

「的外れかもしれないわ、本当のところ」マックスはさりげなく言った。「私の分析によると外部を覆《おお》っている付着物は年代的に古すぎて、コロンブス以降に大海原を航海した難船は該当しません。あの有機合成物質は二八〇〇年以上経《た》っています」

「それはありえない。一五〇〇年以前に、西半球に難船など生じようがないのだから」

マックスは両手を宙に投げあげた。「あなたは私を信じていないの？」

「認めろよ、君の時間の尺度はかなり狂っている」

「受け入れるか否かね。私は調査結果を支持します」

イェーガーは背もたれに寄りかかり、この案件とマックスの結論にどう対処したものか考え込んだ。「君の調査結果を一〇通プリントしてくれ、マックス。この先は私が引き継ぐ」

「私をネバーネバーランドへ送り返す前に」とマックスは言った。「もう一つ言いたいのですが」

イェーガーは警戒顔でマックスを見つめた。「それは何だね？」

「アンフォラの中の汚泥《おでい》を取り除いたら、羊の形をした黄金の立像が見つかるはずです」

「何だって？」

「バイバイ、ハイアラム」

すっかり途方に暮れて座っているイェーガーを尻目《しりめ》に、マックスは回路の中へ戻っていった。彼は三〇〇〇年前の船上の古代の乗組員が、ヨーロッパから六四〇〇キロ離れた地点で青銅の容器を投げこんでいる姿を思い描こうとしたが、そんな映像は浮かび上がってこなかった。

彼は手を伸ばしてアンフォラを取り上げると中を覗《のぞ》きこんだものの、腐敗中の海棲《かいせい》生物の恐るべき悪臭に顔をそむけた。アンフォラを囲いの中に戻すと、マックスの発見を受け入れかねて長い間座りこんでいた。

明日の朝一番に、マックスのシステムをチェックしたうえで、サンデッカーに報告することにした。マックスがなぜか思い違いをしている危険を、彼は無視するつもりはなかった。

4

中程度のハリケーンは最大の強度まで成長するのに、平均六日かかる。ハリケーン・リジーはそれを四日でやってのけた。その風はますます速度を上げながら旋回していた。早々にリジーは、時速三九マイル（秒速一七メートル）の〝熱帯低気圧〟の段階を通り過ぎてしまった。ほどなく風速はほぼ時速七四マイル（秒速三三メートル）を維持し、サファー－シンプソン・ハリケーン尺度の分類一に相当するれっきとしたハリケーンになった。最小規模の嵐《あらし》になるだけではとうてい満足できずに、リジーはたちまち風速を時速一三〇マイル（秒速五八メートル）まで上げて分類二を急速に超え、分類三に突入した。

NUMAのハリケーンセンターでは、赤道の上空三万五〇〇〇メートルの軌道に乗っている静止衛星から送られてきた最新の画像をハイジ・リシャーネスが検討していた。そのデータはリジーの速度、経路、それに増大する勢力を予測するために、数的なモデルをいくつか用いてコンピューターへ転送される。衛星画像の精度は最高状態ではなかった。もっと詳細な写真を検討したかったが、空軍のハリケーン追跡機を海原のはるか先まで送り出すにはまだ早すぎた。もっと詳しい画像が得られるまで待つしかなかった。

初期の報告はどれも喜ばしいものではなかった。

今回の嵐は風速がほぼ時速一六〇マイル（秒速七一メートル）の分類五の枠を超す、あらゆる様相を備えていた。リジーが人口の密集しているアメリカ沿岸をかすめないよう願い祈るばかりだった。分類五に属するわずか二つのハリケーンは、歴然たる猛威を発揮した。一九三五年の労働者の日のハリケーンはフロリダキーズ諸島を猛然と横切り、一九六九年のハリケーン・カミールはアラバマとミシシッピを襲って二〇階建てのコンドミニアムを数棟完全に倒壊させた。

ハイジは何分か割いて、米国気象課にいる夫のハーリー宛《あて》にファックスをタイプし、警戒するようハリケーンにまつわる最新の数値を知らせた。

ハーリー

ハリケーン・リジーは速度を上げながら東へ移動中です。私たちの懸念《けねん》通り、すでに危険な嵐に発達しました。コンピューターのモデルは、半径五六〇キロ以内で風速は時速一五〇ノット（秒速七七メートル）、波は一二メートルから一五メートルに達すると予測しています。リジーは時速三六キロという途方もない速さで移動中です。

常時情報を流します。

ハイジ

ハイジは衛星から送られてくる画像のほうへ向き直った。ハリケーンの拡大された画像に視線を下ろして見つめながら、彼女は終始旋回している分厚い白い雲の恐ろしげな美しさに強い印象を受けていた。それは中央密集雲と呼ばれる、ハリケーンの目を取り囲む壁の中の雷雨がもたらす巻き雲の正体である。自然界には、成長しきったハリケーンのエネルギーに匹敵するものは何一つない。早い段階で形成された目は、白い惑星のクレーターさながらに見える。ハリケーンの目の規模は、直径八キロから一六〇キロに及ぶ。リジーの直径は八〇キロだった。

ハイジはヘクトパスカル単位で計測される大気圧に注意をひきつけられた。示度が低いほど、嵐は恐ろしい。一九八九年のハリケーン・ヒューゴーと一九九二年のハリケーン・アンドルーは、それぞれ九三四と九二二を記録した。リジーはすでに九四五ヘクトパスカルで、しかも急速に下がりつつあり、その中央には時間ごとに強度を増しつつある真空地帯が形成されつつあった。一ヘクトパスカルずつ、気圧計の大気圧は無気味に下がっていった。

リジーは記録的な速度で海上を渡って西へ移動していた。

ハリケーンというものの動きはゆっくりしており、時速にしてせいぜい一九キロ余りで、自転車の平均的な速さほどである。しかしリジーは、これまでの嵐が設けた決まりに従っていなかった。彼女は時速三六キロという相当な勢いで海上を疾走していた。さらに、従来のハリケーンはジグザグを繰り返して西半球へ向かったのだが、リジーはまるで特定の目標に狙《ねら》いを絞ってでもいるかのように、直線上を進んでいた。

ごくしばしば、嵐はくるりと向きを変えて、まったく違った方へ向かう。この点でもリジーは、お手本にそむいていた。一途《いちず》なハリケーンがあるとしたら、これがそうだとハイジは思った。

彼女はどの島の誰が〝ハリケーン〟という言葉を作ったか知らなかった。しかしそれは〝大きな風〟を意味するカリブの言葉だった。最大の核爆弾に匹敵するエネルギーを炸裂《さくれつ》させながら、リジーは雷、稲妻、さらには叩《たた》きつける雨を伴って暴れまわっていた。

すでにその海域の船舶は、リジーの怒りを感じていた。

いまや正午、それも異様に荒々しい狂乱の正午だった。ニカラグア船籍のコンテナ船モナリザ号の船長には、わりあい平坦《へいたん》な海面に、瞬《まばた》きをしているうちに一〇メートルを越す波が湧《わ》き立ったように思えた。砂漠に向ってドアをあけたとたんに、ありがたくも水を浴びせてもらったような錯覚に陥った。ほんの数分のうちに波は切り立ち、さわやかな微風が本格的な強風に変わった。長年海上で暮らしてきた彼も、これほど急速に襲ってくる嵐を見るのは初めてだった。

避難するために向かえる港は近くになかったので、彼は舵《かじ》を切り、モナリザ号を強風に真正面から突入させた。それは計算ずみの賭《か》けで、汽走して嵐の中心部を早く通り抜ければ、積荷に損害を受けることなく切り抜けるチャンスも増える。

モナリザ号から水平線のすぐ彼方《かなた》の四八キロの海上では、エジプトのスーパータンカー〝ラムセスII〟が押し寄せた荒天に捕らえられていた。ウォーレン・ミード船長は恐怖に立ちすくんだ。三〇メートル近い波が信じがたい速度で猛然と船尾上空で立ちあがって手すりをもぎ取り、数トンもの海水がハッチを叩き潰《つぶ》して殺到して乗組員の居住区や船倉を埋めつくした。操舵室《そうだしつ》にいたクルーが呆然《ぼうぜん》と見つめる間に、波は上部構造の周囲を走りぬけ、喫水線から一八メートルの高さにある全長二一〇メートルの巨大な甲板の上で荒れ狂い、取付け部品やパイプをさんざん痛めつけて船首上空を通過した。

あるコンピューターソフトウェア会社の創立者が所有する全長二四メートルのヨットは、乗客一〇名と乗組員五名でダカールを目指してクルージング中に、救難信号を打電する間もなく巨大な波に呑《の》みこまれてしまった。

夜の帳《とばり》が降りるまでに、さらに十指に余る船舶がリジーの暴虐《ぼうぎゃく》な破壊力に見舞われるのは避けられそうになかった。

NUMAのハリケーンセンターのハイジや同僚の気象学者たちは、打ち合わせや東から疾駆中の嵐に関する最新のデータの検討に駆けずり回りはじめた。中部大西洋の西経度四〇度線を越えて疾走中のリジーの速度は一向に衰えず、予測を片端から覆《くつがえ》しながら、ほとんどぶれを見せずに真っ直《まっす》ぐ進んでいた。

三時に、ハイジはハーリーから電話を受けた。「どんな様子だ？」と彼は訊《き》いた。

「こちらの地上データ処理システムが、ハリケーンに関する資料をあなたのセンターへ送っているところよ」と彼女は答えた。「船舶に対する台風情報は昨夜から送り出されているわ」

「リジーの進路はどうだ？」

「信じられる？　矢のようにまっすぐ進んでいるのよ」

間が生じた。「そいつは新種だ」

「一五キロとそれていないのよ、この一二時間に」

ハーリーは疑わしげだった。「そんなのこれまで聞いたことないが」

「こちらの資料が着いたら、あなたも納得するわ」ハイジはきっぱり言った。「リジーは記録破りよ。船舶はすでに二七メートルの波を報告している」

「何てことだ！　そっちのコンピューターはどう予測している？」

「プリントされる片端から、予測など屑籠《くずかご》に放りこんでいるわ。ここのコンピューターで、リジーの進路や最終的な勢力を多少なりと正確に予測するのは無理ね」

「するとこいつは、一〇〇年に一度の大事だ」

「むしろ一〇〇年に一度じゃないかしら」

「リジーが襲う地点について、何か示唆《しさ》してもらえないか、どんなことでもいいから。そうすればこっちのセンターが台風情報を出せるだろう？」ハーリーの口調は真剣味を帯びた。

「キューバとプエルトリコの間ならどこにでも上陸しかねないわ。目下のところ、私はドミニカ共和国だと見ているけど。だけどどこの先二四時間、確かめようはないわね」

「では注意報に加えて警報を発することにしよう」

「リジーの進行速度からすると、早すぎるってことはないでしょう」

「ここの同僚と早速取り掛かることにする」

「ハーリー」

「何だね、君」

「夕食までには帰れそうにないわ」

ハイジの目蓋《まぶた》の裏に、電話をしているハーリーの陽気な笑顔がまざまざと浮かんだ。

「私もさ、君。私も」

　電話を切ると、ハイジはしばらく机に向かって座り、北大西洋ハリケーン多発海域を示すすこぶる大きな海図を見上げていた。接近中の化け物に最も近いカリブ海諸島にざっと目を通しているうちに、何かが彼女の心の奥に引っかかった。彼女はあるプログラムを打ちこんだ。その結果、船舶名と、簡潔な特徴、それに北大西洋の特定の海域におけるそれらの位置を記したリストが作成された。嵐の影響をまともに受ける地点に、二〇隻《せき》以上の船舶がいた。数千の乗客と乗員を収容しているクルーズ船がハリケーンの進路上にいるようないやな予感がして、彼女はリストに目を走らせた。いちばん荒れている海域近くにクルーズ船は一隻もいなかったが、一つの名前が彼女の目を捕らえた。はじめのうち、それは船だと思ったが、やがて古い事実がよみがえってきた。それは船ではなかった。

「なんてことなの」彼女はうめいた。

　近くのデスクで仕事中だった、眼鏡を掛けた気象学者サム・ムーアは顔をあげた。

「だいじょうぶか？　何か困ったことでも？」

　ハイジは椅子《いす》の上で沈みこんだ。「オーシャンワンダラー」

「それはクルーズ船か？」

　ハイジは首を振った。「いいえ、海上に浮かぶホテルで、もろに嵐の進路上で係留されているの。間に合うように移動させる術《すべ》はまったくない。無防備なアヒル同然よ」

「例の船は、波高二七メートルと報告している」とムーアは言った。「もしもそんな大波がそのホテルを襲ったら……」彼の声は途切れてしまった。

「経営陣にホテルから退去するよう警告しなくてはならないわ」

ハイジは飛び上がると、通信室に向かって走った。無理だろうが、それでも経営陣が躊躇《ちゅうちょ》なく行動を起こしてくれることを彼女は念じ続けていた。さもなければ、千名以上の宿泊客と従業員は言いようもない死に直面することになる。

5

これほど優雅にして、これほど壮大な建物が海面から聳《そび》え立った例はいまだかつてなかった。その独特の設計と傑出した創造性に多少なりと近づいた建物がこれまでに建造されたことは皆無である。オーシャンワンダラー海中リゾートホテルでは、海面下のすばらしさを目《ま》の当《あ》たりにする興奮を誘う冒険が、体験してもらうべく待ち受けていた。

そのホテルは、ドミニカ共和国の南岸に突き出たカブロン岬の先端の三キロ余り沖の波の上に屹立《きつりつ》して威容を誇っていた。

旅行業界から世界で最もすばらしいと認められたそのホテルは、前例を見ない厳格な基準に則《のっと》ってスウェーデンで建造された。最高の職人芸を発揮して究極の材料を活《い》かし、豪奢《ごうしゃ》な質感を大胆に利用して海中の生命を照らし出している。精彩に富む強烈な緑、青、金色が一体となって豊穣《ほうじょう》なアンサンブルを生み出し、壮麗な外面と息を飲ませる内部を構成していた。海面上に立っている外郭は、低く漂う雲のやわらかく優美な線に似た形状を見せている。六〇メートル以上空中に伸びる上から五つの階には、四〇〇名から成る経営陣と職員の居住区やオフィス、広い貯蔵庫、調理室、暖房と空調システムが収まっていた。

ホテル・オーシャンワンダラーでは、贅《ぜい》を尽くしたどんな高級な料理でも揃《そろ》っていた。五つのレストランが、世界的な五人のシェフによって営まれていた。海から揚がってわずか数分の珍しいシーフード料理が、洒落《しやれ》た盛り付けで供される。さらに、ロマンスの親密度を高めるのにうってつけの、双胴船でのサンセット・ディナークルーズもある。三つの階にラウンジが二つあって、有名なアーチストや芸能人が出演しており、華麗な舞踏室ではフルオーケストラが演奏中だし、デザイナーブティックや雑貨店は、宿泊客の地元のショッピングセンターではめったにお目にかかれぬときめきを誘う絶美の品ばかりで、またとないショッピングができる。しかも、どの品も無税だった。

映画館もあって椅子はフラシ天作り、衛星が提供する最新の映画を上映していた。カジノは、規模こそ小ぶりだが、あらゆる面でラスヴェガスに勝っていた。賭博《とばく》台やスロットマシーンの周りを囲うように、蛇行しながら曲線を描く水槽の中を魚たちが泳いでいる。ガラス張りの天井でも、さまざまな海棲《かいせい》生物が飼育されていて、下で行われている賭博の上をのんびりと滑りぬけていた。

ホテルの中層には世界的な規模のスパが一つ収まっていて、専門のトレーナーの世話を受けることができる。あらゆる種類のマッサージや、顔や贅沢な全身のトリートメントを頼めたし、エキゾチックな植物や花で一杯の熱帯風ジャングル庭園内にあるサウナと蒸し風呂《ぶろ》も利用できた。活動派のために、スパの上にはテニスコートと甲板をめぐるミニゴルフコースに加えて練習場も用意されており、四五メートルおきに配置された漂う標的に向かって遠い海中へボールを打ちこめた。

より冒険好きな向きには、大掛かりなウォータースライドがいくつか設けられていて、入り口は別々の階に分かれており、エレベーターで上っていく。そのうちの一つは強烈なもので、ホテルの屋上からはじまり、螺旋《らせん》を描きながら一五階下の海中へ滑り下りていく。ほかのウォータースポーツも楽しめた。ウインドサーフィン、水上バイク、水上スキー、それにもちろん各種のスキューバダイビング。これは正規のインストラクターが指導してくれた。宿泊客は浅堆礁《せんたいしょう》およびその周辺で潜水旅行を体験できたし、深海の上層へ潜入することもできた。それに加えてホテルの海中各階も魚の視点から眺められた。海上では、魚類を識別する講議や教養講座が海洋科学の大学教授たちによって開かれた。

しかし、宿泊客が本当に体験するマジックは、海面下の巨大な深鍋《ふかなべ》型の構造の中でのある種の水中冒険だった。人工の氷山のように、オーシャンワンダラーには部屋がなかった。むろんスイートを四一〇室持っていたがそれらはすべて海面下にあって、床から天井までの分厚い与圧ガラス製の見晴らし窓がついており、感動的な海中の生物たちの姿を目の当たりにできる。豊かな青と緑からなる色彩の芸術的な装飾にスイートは満たされ、選択可能な着色ムード照明によって、宿泊客の気分は実際に海底に暮らしているように高揚した。

宿泊客たちは、特別ショーとして液体の虚空《こくう》を移動する海の捕食者たち、サメやオニカマスと顔をつき合わせることができた。色あざやかな熱帯魚のエンジェルフィッシュ、ブダイ、それに人懐《ひとなつ》こいイルカが群れをなして、スイートの外側を回遊している。巨大なハタやイトマキエイが泳ぎぬけ、優美なクラゲは鮮やかな色のサンゴの間で遊び戯《たわむ》れている。夜になると、宿泊客はベッドに横になりながら、着色ライトの列の許《もと》で魚のバレエを眺められる。

七つの海を航走する豪華なクルーズ船団とは異なり、オーシャンワンダラーはエンジンをまったく備えていなかった。それは一種の浮き島で、巨大な鋼鉄製のピンを海底の堆積層に深く打ち込んで所定の場所に繋留《けいりゅう》されていた。そうしたピンから四本の太い鋼索が連結装置へ伸び、それが自動的に繋留索を連結・解放した。

しかし繋留は永続的なものではなかった。金持ちの旅行者たちがめったに同じ場所で休暇をリピートしないことを十分計算の上で、オーシャンワンダラーの設計家たちは抜け目なく世界中の十指に余る風光明媚《めいび》な土地に繋留施設を建造した。年に五回、全長三六メートルの一対のタグボートが浮かぶホテルと集結する。巨大な浮力タンクはポンプで空にされ、二つの階だけ海中に留まるまでホテルが浮上すると繋留索ははずされ、それぞれに三〇〇〇馬力のハネウェル・ディーゼルエンジンを搭載するタグボートが、浮かぶホテルを新たな熱帯の名勝へ曳《ひ》いて行き、その地でホテルは再度繋留される。客たちは航海中、家に帰るも留まるも自由だった。

救命筏《いかだ》の訓練は、客も乗員も同様に四日ごとに強制された。自給エネルギーで稼動《かどう》する特殊エレベーターが、発動機の電力を全面的に奪われた場合でもホテルの全員を二階の周囲を取り巻くデッキへ避難させることができた。そこには最悪の状態の海でも浮力を維持できる、最新鋭の密閉型救命筏が備えられていた。

提供する独特の体験となみはずれた環境を評価され、ホテル・オーシャンワンダラーは二年先まで予約で一杯だった。

ところで今日は特別な折だった。オーシャンワンダラーを創《つく》りあげた影の実力者が、一ヶ月前に行われた浮かぶホテルの豪華なオープニング以来はじめて、四日間の滞在予定で到着することになっていた。海に負けぬ謎《なぞ》の男だった。遠くからしか撮影されたことがなく、鼻の下の唇や顎《あご》を人前にさらした例もなければ、目は色の濃い眼鏡の奥に隠されている。名無しの亡霊のごとく捉《とら》えどころのない彼は、報道機関からスペクターという名を頂戴《ちょうだい》していた。新聞社やテレビの報道局や支局の記者たちは、いまだに彼の正体を一皮剝《む》くことにすら失敗していた。彼の年齢や経歴はいまだに不明だった。彼に関してはっきり分かっているのは、巨大な科学調査と建築の一大帝国オデッセイの盟主で監督の任にあるということだけだった。この企業は三〇の諸国に触手を伸ばしており、彼を文明世界で最大の富豪にして最大の権力者の一人にのし上げていた。

オデッセイには株主がいなかった。検討すべき年次報告書も損益計算書もなかった。オデッセイ帝国とその統括者は、謎めいた秘密の中に一人籠《こも》っていた。

午後四時、アクアマリンの海と蒼《あお》い空が、オーバーヘッドジェット機の金属音に引き裂かれた。オデッセイのトレードマークの藤色に塗られた大型旅客機が、西のほうから現れた。関心をそそられた宿泊客たちが珍しい航空機を見上げていると、パイロットはジェット機を静かにバンクさせてオーシャンワンダラーを旋回し、乗客たちに浮かぶ偉容を俯瞰《ふかん》できるようにした。

その飛行機は、宿泊客たちがこれまでに見たどれにも似ていなかった。ロシアで建造されたベリエフ２００は、本来水陸両用の消防機として設計された。しかしこの機体は、乗客一八名と乗員四名を王侯なみの贅を尽くして運ぶために作られていた。その動力源はＢＭＷ－ロールスロイス・ターボファンエンジンで、主翼上部に搭載されている。時速六四〇キロ以上出せるこのごつごつとした飛行機は、一メートル余りの波の中でもやすやすと離昇も降着もできた。

パイロットは高性能の両用機をバンクさせて、ホテルの前方に進入した。大きな機体は着水と同時に波を撫《な》で、太りすぎの白鳥のように水の中に座りこんだ。つぎに、ホテルの正面玄関から延びている浮きドックへ向かって移動した。繋留索が投げわたされ、機体は乗員によってドック沿いに固定された。

こざっぱりとした青いブレザーを着て眼鏡を掛けた頭の禿《は》げ上がった男が先導する歓迎委員が、金色のベルベットの紐《ひも》で縁取られたドックに並んだ。ホブソン・モートンは勤勉な男で、身長は一九五センチあったが、体重は八〇キロ足らずだった。スペクターにじきじきに勧誘されたのだが、そのスペクターは自分より優秀な人間を周囲に置く主義だった。モートンのいないところでは、同僚はこの長身の男を〝ステッキ〟と呼んでいた。きちんとブラッシングされた金髪は濃く、こめかみに灰色が混じっている気品の整ったモートンが街灯のように背筋を伸ばして立っていると、六人からなるお付きの者たちが航空機のメインハッチから次々に出てきて、その後に続いた青いジャンプスーツの警備員四人はドック沿いの要所に着いた。

数分後に、スペクターが航空機から下り立った。モートンとは対照的に、彼はまっすぐ立ってもせいぜい一七五センチといったところなのだが、ひどく肥満しているので、じっと立っているのは不可能だった。歩く姿は——実態はむしろよたよた歩きだった

——沼沢地《しょうたくち》を探している身ごもったウシガエルさながらだ。とてつもなく大きな腹のために、トレードマークの白い注文仕立てのダブルの背広は限界一杯まで伸びきっていた。表情を窺《うかが》う彼の頭には白い絹のターバンが巻かれ、下側の生地は顎と口を覆《おお》っていた。表情を窺う術はなかった。目までが分厚くコートされた見通すことのできない黒っぽいレンズのサングラスに遮られていた。スペクターと密接な関係にある男女も、このサングラス越しにどうやって外部を見ることができるのか突き止められずにいたし、レンズがミラーガラスのようになっているかもいまだに分かりかねていた。着用者は内部から完全に外部を見られるが、彼の目は外からは見通せない。

モートンは前へ進み出ると、うやうやしく頭をたれた。「オーシャンワンダラー号へのお越しを歓迎いたします、サー」

握手はいっさい交わされなかった。スペクターは頭を心持ち後ろにかしげて、壮麗な建物をじっと見上げた。彼は構想から建造にいたるまでホテルの設計に個人的に関心を示していたが、全面的に完成し海中に繋留されたところはまだ見ていなかった。

「外観は私のもっとも楽観的な期待をも上回っている」スペクターは柔らかく耳に心地よい口調で言った。彼の容貌《ようぼう》に似合わないアメリカ南部訛《なま》りはまったく聞き取れなかった。モートンはスペクターにはじめて会ったとき、甲高いきしむような声で話すのだろうと予期したものだった。

「内部にも十分満足していただけるはずです」モートンはへりくだるような口調で語りかけた。「ひと通りご覧いただいてから、ロイヤル・ペントハウススイートへご案内いたします」

スペクターは黙ってうなずき返すと、大儀そうにドックを渡ってホテルに向かい、随員が後から従った。

幅の広い廊下を挟んで役員室と向かい合っている通信室では、一人の通信士がスペクターの会社が作り上げたブラジルのラグナ市にある本社や、世界中にあるオフィスから掛けられてくる衛星電話を聴取して転送していた。コンソールの灯りが一つ点滅したので、彼は呼び出しに答えた。

「オーシャンワンダラー、どちらに繋《つな》ぎましょう？」

「こちらはキーウエストにあるＮＵＭＡのハリケーンセンターのハイジ・リシャーネスです。そちらのリゾートの支配人とお話ししたいのですが？」

「あいにく、オーシャンワンダラーの所有者兼創立者をじきじきに案内しながらホテルめぐりをしておりまして、とても忙しいのです」

「緊急を要する用件なのです。補佐役の方と話をさせてください」

「役員室の者はみな、やはり巡回に加わっています」

「ではあなたにお願いします」ハイジは訴えた。「ぜひ彼らに伝えてください、分類五のハリケーンがオーシャンワンダラーのほうに向かっています。信じられない速度で移動中なので、明日の夜明け早々にもホテルを襲う恐れが多分にあります。あなたたちは絶対に、繰り返します、絶対にホテルからの避難を開始してください。こちらから頻繁に最新情報を流し続けますし、そちらの役員が抱くどのような疑問にも答えるべくこの番号で待機しています」

通信士はしかるべくハリケーンセンターの番号を書きとめると、ハイジと話しているうちに掛かってきた数本の電話に応えた。彼は警告を深刻に受け止めていなかったので、二時間後に勤務から解放されてはじめて、モートンの居場所を突き止めて託されたメッセージを伝えた。

モートンは通信士の音声表示器から打ち出された伝言を見つめ、考えこみながら再読すると、それをスペクターに手渡した。「キーウエストからの気象警報です。ハリケーンがこちらのほうへ向かっているので、ホテルの全員を避難させるよう勧めております」

スペクターは警告文にざっと目を通すと、どたどたと大きな見晴らし窓に近づき、海越しに東のほうを見つめた。空には雲がなく、海面はすこぶる穏やかな感じで、波高もせいぜい三〇から六〇センチ程度だった。「あわてて結論は出すまい。その嵐《あらし》がいつものハリケーンの経路をたどるなら、北へそれてわれわれとは数百キロもの隔たりが生ずる」

モートンはそれほど確信が持てなかった。慎重で良心的な男だったので、彼は後悔より安全を取りたかった。「社長、お客様や従業員の命を賭《か》けることがわれわれの最大の利益になるとは思えないのですが。謹んでお勧めします、退避手続きに着手し、ドミニカ共和国の安全な港に移動する手配をするようできる限り早く全員に指示しましょう。同時にタグボートにも、嵐の勢力圏からわれわれを曳きだす準備に取り掛かるよう促すべきです」

スペクターはまるで自分を安心させるかのように、また窓越しにうららかな空模様を見つめた。「あと三時間待つことにしよう。集団脱出でオーシャンワンダラーのイメージを損ねたくない。報道機関は大げさに吹きまくり、沈みかけている船の放棄になぞらえるだろう。そのうえ」彼はまるで豪壮な浮かぶ建造物を、細長い耳のついている風船さながらに抱きしめんとするかのように、両方の腕を投げ上げた。「私のホテルは海が叩《たた》きつけるいかなる暴虐な力にも耐えられる造りになっている」

モートンは一瞬、タイタニック号を引き合いに出そうと考えたが思い直した。彼はスペクターをペントハウススイートに残して自分のオフィスへ引き返すと、いずれ直面する避難の準備に取り掛かった。

オーシャンワンダラーの北八〇キロでは、バーナム船長がハイジ・リシャーネスから送られてきた気象報告書を検討し、スペクターがしたように無意識に東のほうを見つめた。陸《おか》の住人とは異なり、バーナムは海の性癖をよく心得ていた。徐々に風が強くなり、海面が波立ってきたことに、彼は気づいていた。長い海上暮らしのうちに何度となく嵐を切り抜けてきたので、それが何の疑いも持たずにいる船や乗組員に忍び寄り、一時間足らずのうちに彼らを飲みこむやり口を知っていた。

電話を取り上げると、〝ピシーズ〟を呼び出した。不明瞭《ふめいりょう》な聞き取りにくい声が海中から応答した。「サマーか？」

「いいえ、こちらは兄君」ダークは周波数を調整しながらおどけて答えた。「どんな御用でしょうか、船長？」

「サマーは君と一緒に〝ピシーズ〟内にいるのか？」

「いいえ、外で研究所の酸素タンクを点検中です」

「キーウエストから台風警報を受けた。分類五のハリケーンがわれわれの喉《のど》もとに近づきつつある」

「分類五？　そりゃ猛烈だ」

「凶暴そのものだ。分類四なら二〇年前に太平洋で目撃した。あれ以上にひどいのなんて想像を絶する」

「あとどれぐらいで、われわれに襲い掛かってくるのだろう？」ダークは訊《き》いた。

「センターは明日の朝六時と予測している。しかし最新の情報では、もっとずっと早い時間に来そうだ。君とサマーをできるだけ早く〝ピシーズ〟から連れ出して、シースプライト号に収容しなくてはならない」

「あなたに飽和潜水についてお話しするには及ばないでしょう、船長。妹と私は四日間、この海底で過ごしてきた。周囲の水圧に適合して浮上するには、少なくとも一五時間減圧をしなくてはならない。ハリケーンが襲う前に減圧を終えるのは無理です」

　バーナムは危機的な状況をよくわきまえていた。「われわれは海上支援を打ち切って、急いでハリケーンから逃げださねばならないかもしれない」

「この深さなら、僕たちは嵐を楽にしのげるはずだ」ダークは自信たっぷりに言った。

「君たちを残しては行きたくない」バーナムは深刻な口調で言った。

「僕たちはダイエットを余儀なくされるかもしれないが、発電機はあるし酸素も四日なら十分もつ。それまでに、嵐の最悪の勢力は通りすぎるはずです」

「もっとうまくいって欲しいものだ」

　〝ピシーズ〟の声が途切れた。やがて、「ほかに手がありますか？」

「いや」バーナムは重苦しいため息をついた。「なさそうだ」彼は操舵《そうだ》室《しつ》内の自動コンソールの上に収まっている大きなデジタル時計を見上げた。彼の最大の気がかりは、嵐のためにシースプライト号が現在地からはるか遠くまで押し流され、ダークとサマーの救出に間に合わなくなることだった。絶望的な状況に直面することを彼は恐れていた。ダーク・ピットの子供たちを失ったりしたら、NUMAの特殊任務責任者がどんな怒りを爆発させるか見当もつかなかった。「あらゆる手段を講じて、エアの供給を引きのばすのだぞ」

「心配無用です、船長。サマーと私は敷物に住み着いた虫のように、海底のサンゴの谷間にあるこの小屋で気楽に過ごしますから」

バーナムは不安だった。分類五のハリケーンがもたらす三〇メートルもの波に叩かれても、〝ピシーズ〟が何事もなく生き延びる見込みは少なかった。彼はブリッジの窓越しに東のほうを見据えた。すでに空は怪しげな雲に覆われつつあり、波高は一・五メートルに達していた。

痛切な悔いと深まるいっぽうのいやな予感を胸に、バーナムはシースプライト号に抜《ばっ》錨《びょう》し、嵐の予測される経路からそれる針路を取れと命じた。

サマーが主気密室に戻ってくると、ダークは荒れ模様の天候が水平線の向こうから自分たちのほうへ進行しつつあることをざっと説明した。手短に、食糧とエアを節約するよう指示した。「大波に海底のわれわれが打ち据えられる場合に備えて、固定されていないものはすべて補強すべきだ」

「嵐のもっとも強い勢力はいつごろここに来るのかしら?」サマーは訊いた。

「船長の話だと、明日の早朝」

「それなら、ここに閉じこもって天候の回復を待つまえに、一緒に最後の潜水をする時間があるわ」

ダークは妹を見つめた。気弱な男なら、彼女の美しさにほだされて言いなりになるところだろうが、双子の兄である彼は妹の抜け目のない誘いには乗らなかった。「何を考えているんだ?」彼はさりげなく訊いた。

「例の壺《つぼ》が見つかった洞穴の内部を、もっとよく見たいの」

「暗闇《くらやみ》の中で、また洞穴を見つけられるのか?」

「ねぐらに向かう狐《きつね》のように」彼女は自信たっぷりに言った。「それに夜のダイビングは、昼間見られないさまざまな種類の魚にお目にかかれるからいつでも楽しいわよ」

ダークは釣り上げられた。「では、早いとこやろう。嵐に襲われる前に、やっておかなければならないことがたくさんあるのだから」

サマーは腕を兄の腕に通した。「絶対に後悔させないわ!」

「なぜそんなことを言うんだ?」

彼女は持ち前の穏やかな灰色の目で兄を見上げた。「だって、考えれば考えるほど、壺より大きな謎《なぞ》が洞穴の中で発見されるのを待っていると思えてならないの」

6

彼らはサマーを先に立てて出入り用の気密室から出ると、おたがいの装備の点検を済ませて深宇宙さながらに真っ暗な海中へ入っていった。一緒に潜水灯を点灯すると、暗くなってから餌《えさ》を求めてサンゴ礁《しょう》内の自分の縄張りに現れた、近くにいた夜行性の魚が驚いた。頭上には、きらめく銀色で海面を照射する月は出ていなかった。星たちは不吉な雲に覆い隠され、凶悪な嵐の先陣はまもなくやってくる気配だった。

ダークは妹の背後で足鰭《あしひれ》を蹴《け》りながら、闇の虚空《こくう》に入っていった。その優美でゆったりとした動きから、妹が水中の世界を楽しんでいるのが分かった。風船の束となって昇る気泡が、練達のダイバーの楽な息遣いを示唆《しさ》していた。彼女は振り向いてマスク越しに兄を見つめ、微笑《ほほえ》んだ。つぎに自分の右方向を指差すと、潜水灯に照らされてくすんだ雑多な色の迷路と化したサンゴの上へ移動した。

夜の静かな海面下に不気味さはまったくなかった。物見高い魚が潜水灯におびき寄せられてサンゴの隠れ家から出てきて、自分たちの真ん中に入り込んできた、太陽のように光る密封された容器を携えて泳ぐ見知らぬ妙な生き物を観察していた。大きなブダイが好奇心の強い猫のように見据えながら、ダークのわきを泳いでいる。体長一・二メートルほどのオニカマスが六四、暗がりから現れた。下顎《したあご》が鼻の先まで突き出ていて、針のように鋭い歯列をひけらかしている。連中はダイバーたちを無視し、ちらりとも関心を示すことなく横をすべるように通り抜けた。

サマーはロードマップに従っているかのように、足鰭を蹴ってサンゴの谷間をすり抜けていった。小さなフグがぎらつく灯りにぎくりとして身体《からだ》をまるまると膨らませ、体表全体にサボテンのような棘《とげ》を突きたてて、大型の捕食者が愚かにも喉を引き裂きかねないご馳走を飲み込むことが不可能ないしは、ほとんど起こりえないようにした。

二人の灯りは揺らめく異様な影を、とげとげしい鋭さから丸い球形の表面へと変貌する、歪《ゆが》んで見えるサンゴ礁に投げかけた。ダークには、その混じりあったさまざまな色彩と形態から、まるで連続する抽象画のように思えてきた。深度計をちらっと見た。一三・五メートル。前方に目を転じると、サマーは急に側面が切り立っているサンゴの狭い谷間に沈みこんでいった。ダークは後を追って降下した。サンゴ礁にはいくつも開口部があって、浅いいくつかの洞穴に繋がっており、昨日妹が関心を引かれたのはどれだろうと彼は考えた。

やがてサマーは、四隅が角張っていて不自然に映る一対の柱に挟まれた垂直な開口部の前で躊躇《ちゅうちょ》した。さっと振り向いて兄がまだ付いてきているのを確かめると、サマーはためらいなく前方の洞穴に泳いで入っていった。今回は潜水灯を携えているし、隣に兄がいる心強さもあったので、サマーは洞穴に深く入り込んで行き、海底の砂地の例の壺を発見した箇所を通り過ぎた。

その洞穴は歪んでいないうえに不規則でもなかった。側壁も天井と床もほぼ完全に平《へい》坦《たん》で、左右に偏《かたよ》ることも曲がることもなく、まるで廊下のように闇の奥へと伸びていた。それは二人をしだいに深みへと誘った。

ケーブダイビングによる第一の死亡原因は、洞穴の中で方向を見失うことにある。誤りは命取りになる。幸いここでは、方位の問題はなかった。これは危険なケーブダイビングではないし、洞穴が隣り合っている複雑な地勢に迷う恐れもなかった。その部屋の側面には、彼らが道に迷う原因になりかねない開口部も枝分かれしている通路もなかった。入り口に戻ってくるには、進んだ道を引き返すだけですんだ。幸いなことに海底には、かき乱されると静まって視界がよくなるまで一時間もかかる、微細な沈泥《ちんでい》が溜《た》まってもいなかった。サンゴの通路の床は目の粗い重い砂に覆《おお》われていたので、彼らの足鰭で乱されても水中で渦を巻き起こすことはなかった。

不意に通路が途切れ、サマーは想像力をかき乱された。海棲《かいせい》の着生生物に覆われてはいたが、通路は階段をへて上っているようだった。エンゼルフィッシュの群れがサマーの頭上で輪を描いていたが、彼女が上昇しはじめるとすいと泳ぎ去った。彼女の肌と首筋は、期待でにわかにぴりぴりと緊張した。前回感じた、この洞穴には目に映っている以上のものがあるという思いが急激によみがえった。

浅堆礁《せんたい》のこの深さでは、サンゴがやせ細っていた。着生生物の生育を促す陽光が射さないため、通路の周囲の壁の付着物の厚さは二・五センチ以下で、硬いサンゴよりもぬるぬるした生育物が主体をなしていた。手袋をした手でべとつく皮膜を擦《こす》り取ったダークは花崗岩《かこうがん》に刻まれた溝を確認し、海が浅かった時代に古代人の手によって付けられたのだと見当をつけると共に、鼓動の速まるのを感じた。

そのとき、水中を伝わってきたサマーの歪められた歓声を、彼は聞きつけた。足を蹴って上昇した彼は啞然《あぜん》となった。水面を破ってエアポケットに出たのだ。彼が見上げた瞬間に、鑿《のみ》で刻んだ石をモルタルなしでぴったり接合させたかに見える丸天井を、サマーの潜水灯が照らし出した。

「これは何だろう？」ダークは水中通話装置で話しかけた。

「自然のいたずらか、さもなければ古代人が作った丸天井」サマーは恭《うやうや》しげにつぶやいた。

「自然のいたずらではない」

「きっと氷河時代の溶解後に、水中に沈んだのよ」

「それは一万年以上も前だ。ありえないよ、そんなに古いなんて。もっと有力なのは、ジャマイカのポートロイヤルを襲った地震の際に沈んだとする見方だ。あそこは海賊の避難所で、一六九二年の強烈な揺れで海中に滑りこんだ」

「忘れ去られた幽霊都市かもしれないわよ？」サマーは興奮を募らせながら言った。

ダークは首を振った。「この周囲のサンゴの下に、ずっとたくさんいろんなものが沈んでいればありうるが、僕の直感では、ここはある種の神殿だ」

「カリブ海の古代先住民によって建てられた？」

「どうかな。考古学者たちは、コロンブス以前に西インド諸島に石造建築があった証拠はいまだに見つけていない。それに、この地域の先住民たちは、青銅の壺の作り方など明らかに知らなかった。これは別の文化の産物だ、失われた未知の文明の」

「もう一つのアトランティス伝説などよして」サマーはからかい気味に言った。

「とんでもない、あれは南極だと親父《おやじ》とアルが数年前に決着をつけたじゃないか」

「信じがたいわ、ヨーロッパの古代人たちが大海原を渡って、サンゴ礁に神殿を建てたなんて」

ダークは手袋をした手でゆっくりと側壁をなでた。「当時、ナヴィダド浅堆はたぶん島だったんだ」

「考えてみて」サマーは言った。「私たちはきっと数千年前の空気を吸っているのよ」

ダークは息を深く吸い込んでから吐き出した。「匂《にお》いも味もいい」

サマーは肩越しに指差した。「カメラを取って。写真で記録に残さなくちゃ」

ダークは妹の背後に回り、彼女のエアタンクの下側のクリップに留められているアルミの携行ケースをはずした。そして、コンパクトで透明なアイクライトのアクリル製容器に収められている、ミニデジタルのソニーPC-100カムコーダーを取り出した。マニュアルモードに設定すると、投光照明のアームを取りつける。周りには明かりがないので、露出計の必要はなかった。

海中の部屋の壮麗さは捉《とら》えにくかったが、カメラの腕の確かなサマーはそれを逃さなかった。彼女が投光照明を点灯した瞬間に、荒涼とした洞穴は生気を帯び、垂直な側面の着生生物が発する緑、黄色、赤、それに紫色のモンタージュが浮かび上がった。軽い歪みは伴ったが、海水はほぼガラスのように澄んでいた。

サマーが水面上下の丸天井をカメラに収めるいっぽう、ダークは潜水して側壁伝いに床の探検をはじめた。サマーのカメラのライトが揺れうごく奇妙な映像を投げかける水中を衝《つ》いて、彼は縁沿いにゆっくり移動していった。

危うく、側壁の間にある空間を見逃して通り過ぎてしまうところだった。それは角にある幅がせいぜい六〇センチほどの入り口だった。ダークは手に握った潜水灯を身体の前に突き出し、エアタンクを背負ったまま辛うじて肩からすり抜けた。彼は外側のものよりやや大きめの部屋に入りこんだ。その部屋の周囲の側壁には椅子《いす》が彫りこまれていて、大きな石のベッドらしきものが中央にあった。初めのうち、ここには人工遺物がないものと思われたが、彼の潜水灯に円形の物体が一つ照らしだされた。左右に大きな穴が二つ、上部に小さな穴が一つ開いている円形のものがベッドに転がっていて、胸に当てる鎧《よろい》のようだった。石のベッドのその上方には黄金の首飾りが置かれ、螺旋《らせん》状の腕輪がその左右に並んでいた。精巧な金属レースの被《かぶ》り物らしきものが首飾りの上に、さらにその上には帯状の髪飾りが配置されていた。

かつては、そうした遺物に飾られて人体が横たわっていたのだ、とダークは思い描きはじめた。脚があった辺りには一対の青銅製の古代の脛当《すねあて》があった。剣と短剣の抜き身が一本ずつ左側に並べられ、鞘《さや》に収まった柄のない槍《やり》の穂先が右側に転がっていた。かりに死体が安置されていたにしろ、それは遥《はる》か昔に分解されたか、有機物なら何でも貪《むさぼ》り食う海の生き物たちに食い尽くされてしまっていた。

ベッドの足もとには、大きな釜《かま》がうずくまっていた。

大釜の高さは一二〇センチあまりで、周囲はダークが両方の腕を回しても大きすぎて指の先端が触れ合わないほどだった。潜水ナイフの柄《つか》で縁を叩《たた》いてみると、鈍い金属的な音がした。青銅だ、と彼は心のなかでつぶやいた。表面の着生物をこそげると、槍を投げる戦士の姿が現れた。手袋を使って大釜の周りを擦ると、戦闘中らしく武具をまとって身構えている男女の彫像がたくさん見つかった。彼らは背丈ほどもある盾と長い剣を携えていた。柄は短いが極端に長い螺旋状の穂先の槍を持った者も数人いた。胴を覆う鎧姿で戦っている者もいる。裸で戦っている者もいたが、ほとんどの者は大きな兜《かぶと》をかぶっていたし、上部から角の突き出ている兜が多かった。

ダークは泳いで大釜の縁の上まで昇ると、潜水灯で幅の広い首の部分から内側を照らしてのぞきこんだ。

大釜の中はほとんど縁まで雑多なもので埋めつくされていたが、それでも人工遺物と見分けのつくものが混じっていた。ダークは青銅の槍先、柄が腐食してしまった短剣の刃、研いだ翼型の斧《おの》、コイル状の腕飾り、鎖状のベルトを識別した。そうした人工遺物には、一つの例外を除いてそっくりそのまま手をつけなかった。彼はそれを静かに大釜から取り出すと、指でつまんだ。そして、墓所に当てられた古代の寝室といまや見当をつけた部屋の反対側に現れたアーチウェイを通り抜けた。

彼は奥の部屋は台所だとたちどころに識別した。そこにはエアポケットはなく、彼の放つ気泡は天井へ向かって尾を引き、水銀のように幾筋もの乱流となって外のほうへ流れていった。青銅製のキャセロール、アンフォラ、壺にジャーが、壊れた陶製の深鍋といっしょに床に散らばっていた。暖炉らしい場所の脇《わき》では青銅製の火箸《ひばし》と大きな柄杓《ひしゃく》が見つかった。いずれも、数千年の間に濾過《ろか》されて部屋に舞い込んだ沈泥に半ば埋もれていた。彼は残骸《ざんがい》の上を泳ぎながら人工遺物をよく吟味し、特に目を引く工芸品や文様を探そうとしたが、どれも沈泥に半ば埋まっている上に、数世紀のうちに部屋に這《は》いこんできた甲殻類に覆われていた。

探検すべき戸口や側室がほかにないと納得した彼は寝室へ引き返し、サマーに近づいていった。彼女は海面下の丸天井の部屋を、あらゆる角度から焦点を合わせてしきりに撮影していた。

彼はサマーの腕に触れ、上を指差した。浮上すると、彼は興奮して知らせた。「さらに部屋を二つも見つけたぞ」

「ここには、一瞬ごとに興味が募るわ」サマーはファインダーから目を離さずに言った。

彼はにやりと笑みを浮かべると、青銅製の婦人用の櫛《くし》をかざして見せた。「この櫛で自分の髪を撫《な》でつけて、それを最後に使った女性を想像してみるがいい」

サマーはカメラを下ろし、ダークの手にあるものを見つめた。彼女はその櫛を丁寧に受け取り、指でつまみながら目を見張った。「美しいわ」彼女はつぶやいた。その櫛で耳に垂れ下がっている幾筋かの燃え立つような髪をくしけずろうとしかけたが、不意にやめて兄をまじまじと見つめた。「見つけた場所に戻すべきだわ。考古学者たちがこの場所を調査したら――きっとそうするはずだけど――あなたは遺跡荒らしって誹謗《ひぼう》されるわよ」

「僕にガールフレンドがいたら、彼女はきっと取っておくと思うな」

「あなたと付き合った長い女性陣の最後の人なら、教会の慈善箱だって盗みかねないわ」

ダークは傷ついた振りをしてみせた。「サラは盗癖ゆえにいとおしかったんだけどな」

「あなたは本当についているわ、お父さんがあなたより女性を見る目があって」

「親父と何の関係があるんだ？」

「サラがあなたを訪ねて格納庫に現れたとき、彼が追い出したの」

「変だと思っていたんだ、何度電話しても返事をよこさないから」ダークは一向に気落ちした様子を見せずに言った。

サマーは兄を恨めしげに見つめると、櫛を最後に手にした女性像を思い描き、どんな髪型と色をしていたのだろうと考えこみながらよく観察した。しばらくすると、彼女は古代の遺物を兄の開いた手に載せて、撮影できるようにした。

サマーが接写写真を数枚撮り終えると、早速ダークは大釜の元へ引き返した。ほどなく、サマーが後を追い、寝室と古代の遺物をデジタルカメラで三〇カット以上記録すると、古代の台所に入って撮影をした。三つの部屋とそれらの遺物を細部にわたって撮影できたと得心が行くと、彼女はカメラをダークに渡した。彼は照明装置を取りはずして、アルミの容器に戻した。それをまたサマーの背中に取りつけるのはやめて、ケースをなくしたり壊したりしないよう片手で把手をしっかり持った。

ダークは二人のエア計器の最終点検をし、残りが充分あるので水中研究所まで楽に戻れると判断した。父親によく仕込まれただけあってダークと妹は慎重なダイバーで、命取りになる空のエアタンクに多少なりと近い状態に陥ったことはまだなかった。今度はダークが、先ほど通り抜けたサンゴ礁《しょう》の曲折を記憶していたので先に立った。

やがて安住のピシーズにたどり着き主気密室に入りこむころには、急激に強まる風に波は高まり、杭《くい》を打ち込むハンマーのように浅堆礁を打ち続けていた。食事当番のダークが夕食の用意に取り掛かるころには、二人とも水中の幽霊神殿の謎《なぞ》の解明に期待を膨らましていた。彼らは見せかけの安全の許《もと》で寛《くつろ》ぎ、夕食をすませた。どちらも、凶暴な海の水面下一五メートルにある自分たちの無力さを、まったく認識していなかった。波浪が三〇メートルにも達しかねないうえに、波の谷が水中研究所を強烈にして殺人的な嵐にさらしかねない事態など、二人には想像もつかなかった。

7

渦を描くハリケーンの壁に突入し、吠《ほ》え立てる風や雹《ひょう》と雨の帳《とばり》にさいなまれ、想像を絶する乱流のもたらす下降気流と上昇気流に翻弄《ほんろう》されながらも、三〇年目のオライオンP3ハリケーンハンターはその痛撃に平然と対処した。両翼はフェンシングのサーベルの刃のように歪《ゆが》み、震えた。四六〇〇馬力のアリスンエンジン四基の大きなプロペラは、土砂降りを切り裂いて時速五四〇キロで機体を突進させた。一九七六年に建造されたこの機種ほど暴虐《ぼうぎゃく》な天候の仕打ちに太刀打ちできる機種を、アメリカの海軍、海洋局、それにNUMAも見つけられずにいる。

すこぶる安定性に富み、愛情をこめてギャロッピング・ガーティと呼ばれているこの航空機の機首には、振り落とそうと飛び跳ねるロデオ馬に乗っている女性を捉えた生きのいい絵が描かれ、一九名が搭乗していた。パイロット二名、航空士兼航空気象学者一名、機関操縦と電子通信の専門家三名、科学者一二名、地元TV局から派遣されたメディア関係者が一名。彼はハリケーン・リジーが記録ずくめの嵐《あらし》になりつつあることを聞き知って、乗せてもらったのだった。

ジェフ・バーレットは気楽に操縦席に座り、一分ごとに計器盤に目を走らせていた。一〇時間飛行のうち六時間が経過していたが、見るべきものは計器と点滅するライトしかなかった。風防ガラスの外は、コインランドリーの洗濯機の中を覗《のぞ》いたと同様の光景に塗りこめられていたのだ。バーレットには妻と三人の子供がいたが、自分の仕事の危険度など、下町の裏通りでゴミ収集車を走らせているのとさして変わりないと見なしていた。

しかし危険と死は、オライオンP3を閉じこめている渦を描く高湿度の雲の中に潜んでいた。とりわけ、プロペラが振りまく海水のしぶきで霜状の膜が窓を覆《おお》う超低空飛行の際や、旋回しながら二一〇〇メートルまで上昇して嵐の最大勢力圏に飛びこみ、脱出する場合がそうだった。錐《きり》をもむように突入するのが、ハリケーンの勢力を記録分析するもっとも効率的な方法なのだ。

その任務は臆病者には不向きだった。ハリケーンや台風の中へ飛びこんでいくのは毛色の変わった科学者たちだ。遠くから嵐を観察することなど、とうてい不可能だ。気圧の大渦巻の真ん中を一度ならず一〇回も飛びぬけるのだから、痛めつけられて辛《つら》い思いをさせられる。

彼らは信じがたいすさまじい状況の下で文句一つ言わずに、風速、風向、雨量、気圧に加えて数多くの計測値を採録してハリケーンセンターへ送る。そこでは、情報に基づいてコンピューターモデルが作成され、気象学者たちはそれを拠《よ》り所に嵐の勢力を予測し、無数の人命を救うために、予想される進路上に暮らしている人たちに海岸から避難するよう警報を発する。

バーレットは極度の荒れ模様にも耐えられるように改良された操縦装置を軽々と扱いながら、全地球測位衛星計器に示されている数値を確認すると小さく針路修正をした。副操縦士のほうを向いて言った。「こいつはほんとに強烈だぞ」オライオンP3が不意に襲った突風に揺さぶられたのだ。

乗員はマイクを通じて話し、ヘッドホンで聞きとる。無線を介さずに話すときは、傾けられた耳に怒鳴るしかない。風のきしる音は鋭く浸透し、エンジンの排気音をかき消していた。

そのひょろりとした長身の男は副操縦士席に身体《からだ》を沈めて座り、蓋に通したストローからコーヒーをすすっていた。きれい好きで几帳面《きちようめん》なジェリー・ブーザーは、ハリケーン偵察中に液体の一滴、サンドイッチの一かけらもこぼした例《ためし》がないことが自慢だった。彼はうなずいて同意した。「こういう代物《しろもの》を追いかけてきたこの八年でも最悪だ」

「こいつが上陸した折には、その進路に住んでいたくないものだ」

ブーザーはマイクを手に取って話しかけた。「なあ、チャーリー、君の魔力を備えた部署の計測では、風速はどうなっている？」

計器やコンソールがびっしり並び、気象電子装置が詰めこまれた背後の科学室で、スタンフォード大学の科学研究者チャーリー・マホニーは気温、湿度、気圧、風力、風向を測定する計器類の列に向かい合っている椅子に、シートベルトをしめて座っていた。

「君は信じる気になれないだろうが」彼はジョージア訛《なま》りで応じた。「先刻離昇させたゾンデ・プロファイル測定装置は、嵐を縫って海面へ落下する過程で最大、時速三五二キロに達する水平風速を記録した」

「老いさらばえたガーティが、痛めつけられているのも無理はない」ブーザーがそう言い終わるか終わらぬうちに、ハリケーン調査機は穏やかな大気中を上昇し、陽光が光沢のあるアルミニウムの胴体や翼に煌《きら》めいた。

彼らはハリケーン・リジーの目に入ったのだ。眼下では、波打ち騒ぐ海が空の青さを反射していた。まるで巨大な管の中へ飛びこんでいく感じで、その円形の側壁は旋回する見通せぬ雲が作り出していた。ブーザーは冥府《めいふ》に繋《つな》がっている大渦巻の中空を飛行しているように感じられた。

バーレットは機体をバンクさせてハリケーンの目の中を旋回させ、その間に後部の気象学者たちがデータを収集した。ほぼ一〇分後、彼はオライオンの機首の向きを変えて、身悶《みもだ》えしている灰色の壁に突っ込んでいった。またしても機体は、神々のあらゆる怒りに触れたかのように震えた。不意に巨大なこぶしを右側に叩き込まれたように、機体は片側の主翼に身を委《ゆだ》ねた。操縦席内の固定していないものはすべて――書類、フォルダー、コーヒーカップ、ブリーフケース――右側の隔壁に叩きつけられた。その疾風が通り過ぎて間髪を容れず襲ったもっと強力な突風に、機体は扇風機にくくりつけられたバルサ材のグライダーさながらに乱流の中を飛び続け、固定していない物体はことごとく操縦室の反対側に激突した。その二重のショックは、跳ね返ってきたテニスボールの一撃に似ていた。バーレットとブーザーは衝撃でほとんど凍りついてしまった。これほど強烈な突風に、しかもほとんど一、二秒の間に一度ではなく二度までも見舞われた経験は二人ともいまだかつてなかった。耳にしたことすらない。

オライオンは身を震わせて、抑制しようもなく降下しながら左へバンクした。バーレットはにわかに出力が失われたのを感じた。機体を水平に保とうと苦戦しながら、彼は直ちに計器盤を見渡した。「第四エンジンの示度が表われていない。まだ回転しているか見えるか？」

「うわっ！」ブーザーは横の窓から見つめながらつぶやいた。「第四エンジンはお陀仏《だぶつ》だ」

「じゃ停止しろよ！」バーレットは嚙《か》みついた。

「止めようにも、何も残っていない。落下してしまったんだ」

オライオンの体勢を立て直すのに全神経と全体力を傾注し、操縦輪を操りペダルと闘っていたバーレットは、ブーザーの暗澹《あんたん》たる報告を理解できずにいた。航空力学的になにやら恐ろしい異変が生じたことは感じ取っていた。機体は彼の発する物理的な指令に応《こた》えていなかった。あらゆる反応が極端に鈍かった。まるで重りのついた巨大なロープが、右主翼を後ろから引っ張っているかのようだった。

彼はようやく愛機ガーティを水平飛行へ戻した。そのときはじめて、ブーザーの言葉の意味が呑《の》みこめた。第四エンジンを失ったのだ。嵐の暴虐な襲撃を受けて台座から裂断されたために、オライオンはコントロールを失って右側に引きずられたのだ。彼は身を乗り出してブーザー越しに見つめた。

アリスン・ターボプロップエンジンが右翼に取りつけられていた箇所がいまはぽっかり口を開け、台座は歪んで引きちぎられており、油圧系統のオイルと燃料のラインは断ち切られ、ポンプや配線は叩《たた》きつぶされていた。こんなことはありえないことだ、とバーレットは信じかねた。たとえ最悪の荒天のもとでも、航空機からエンジンがあっけなく脱落したりはしないものなのだ。やがて彼は右主翼に三〇近い小さな穴を数えた。リベットが飛び出したのだ。無理を強いられたアルミニウムの機体に数個のひび割れを目撃し、彼のいやな予感は強まった。

機体中央の部屋から、ヘッドホン越しに声が掛かった。「後ろでは負傷者が出た。それに計器の大半は傷《いた》んでまともに機能しない」

「元気な者は、負傷者の面倒を見てくれ。われわれは基地へ向かう」

「もしも、それが可能なら」ブーザーが悲観的な口調で言った。彼はバーレットの脇《わき》の窓を指差した。「第三エンジンが炎上中」

「エンジンを切れ」

「やってる」ブーザーは冷静に応じた。

バーレットは妻に電話をして別れを告げる気になったが、どうして容易にあきらめる男ではなかった。ひどく痛めつけられた愛機ガーティと科学者たちを嵐の外へ連れ出し、無事に降着させるのは奇跡に等しかった。彼は息を殺して祈りをつぶやき始めると、ありとあらゆる経験を投入して、オライオンを飛ばし続けて渦巻を通り抜け、平穏な大気中へ出ようと努めた。荒天の最悪の部分を脱出できれば、後はひとりでにうまく行くはずだった。

二〇分後には、風雨とともに弱くなり雲が薄れた。やがて、彼が雲を抜けたと思った瞬間に、ハリケーン・リジーは突風のパンチをもう一発繰り出してオライオンの垂直尾翼に一撃を加え、バーレットとブーザーが辛うじて保っていた制御を不能にしてしまった。

基地に無事帰還する望みは、いまや断たれた。

8

時間の大半を、どの大海原も休息しているような感じを与える。ジャーマンシェパードの頭ほどの高さもない果てしなく続く波は、一息ごとに胸板が緩やかに上下している眠れる巨人のイメージを髣髴《ほうふつ》とさせる。それは幻想であり、無用心な者は欺《あざむ》かれる。船乗りたちは晴れ上がった空と穏やかな波の許、ベッドで眠りに落ちるが、目を覚ますと海は荒れ狂っており、嵐はたちまち数千平方キロに広がり、その進路に居合わせるあらゆる船舶を呑み込んでしまいかねない。

ハリケーン・リジーは苛烈《かれつ》極まりない災厄のあらゆる要素を備えていた。朝方は荒れ模様程度でも、正午にはすこぶる手を焼かせ、夜には金切り声を上げる厄介者に変わっていた。時速三五二キロの風が、たちまち四〇〇キロを超えた。烈風はかつて平らだった水面を叩きつけて攪拌《かくはん》し、波頭と谷との差が三〇メートルに達する凶暴な荒海に一変させながら、最初の上陸地点であるドミニカ共和国のナヴィダド浅堆《せんたい》目掛けてひたすらに進んだ。

錨《いかり》を上げてシースプライト号を航走させるや否《いな》や、ポール・バーナムは二〇度目になろうか、海面越しに東のほうを見つめた。前回には、何の変化も認められなかった。しかし今回は、紺碧《こんぺき》の海水と瑠璃色《るりいろ》の空が出合う水平線に、大草原に砂埃《すなぼこり》を吹き降ろす暖風チヌークが遠くで吹き荒れているかのように、一本の黒っぽい灰色の筋が染《し》みついていた。

バーナムは近づいてくる悪夢を見据え、それがなんとも急速に増大して大空を埋めつくし始めたので愕然《がくぜん》となった。嵐が特急列車なみの速度で移動するのを目《ま》の当《あ》たりにしたことなどいまだかつてなかったし、考えてみたこともなかった。コンピューター化された自動操縦装置にプログラムを打ちこもうとしているうちにも嵐は太陽を死衣で包み、空をよく使い込んだフライパンの底のような鉛色がかった灰色に塗りこめた。

それから八時間、シースプライト号は高速で走り続けた。虚《むな》しい試みかもしれないが、バーナムは船体とナヴィダド浅堆の鋭利なサンゴとの間に、できるだけ距離を取ろうとした。しかし、嵐のもっとも凶暴な勢力に呑みこまれようとしていることに気づくや、生き延びるもっとも賢明な策は、シースプライト号が難局を切り抜けてくれることを信じて嵐にまっすぐ突入することだと彼は悟った。まるで舵輪《だりん》が冷たい鋼鉄ではなく血肉を備えてでもいるかのように、彼はそれをいとおしげに軽く叩いた。シースプライト号は頼りがいのある船で、北極海域での過酷な航海に従事していた期間にも、海が投げつけるものをすべて受け止めてきた。袋叩きに打ちのめされるかもしれないが、きっと乗り切ってくれるとバーナムは疑っていなかった。

一等航海士サム・マヴェリックのほうを向いた。彼は赤毛を長く伸ばした高校中退者を思わせる男で、髭《ひげ》はもじゃもじゃで、金のペンダントを左の耳からぶら下げていた。「新しい針路をプログラムしてくれ、マヴェリック君。東八五度に転進。嵐を振り切れないので、船首から突っ込む」

マヴェリックは船尾上空の優に一五メートルにそびえる波頭を見て首を振った。この船長の頭は変調をきたしたといわんばかりに、彼は恨めしげに見つめた。「この波の中で向きを変えるのですか？」彼はゆっくりとした口調で訊《き》いた。

「いまを措《お》いてない」バーナムは答えた。「いまのほうがいい、荒波に襲われないうちが」

それはもっとも危険の伴う操船だった。長い時間不安にさいなまれながら、船体の向きを変えて船腹全体をさらけ出しながら波に面することになるので、巨大な波に弱点を突かれて転覆する恐れがあった。何世紀もの間に、多くの船がこの回頭を試みて横転し、何の痕跡《こんせき》も残さず海底に沈んでいった。

「うねりの間合いを確認したら、命令を出すから最高速度にしてくれ」つぎに、船内無線に語りかけた。「荒波の中で回頭する。全員、気合をこめて命がけでしっかり摑《つか》まれ」

ブリッジの窓の手前にあるコンソールの上にかがみこむと、バーナムは風防ガラスの前方を瞬《まばた》き一つせずに不屈の忍耐力を持って見つめ、これまでに通り過ぎたどれよりも高い波を目撃するまで待った。

「全速、頼むぞ、マヴェリック君」

マヴェリックは瞬時にバーナムの命令に応じたが、とてつもなく大きな波が調査船に迫ってくるので惨事は必至と怯《おび》えた。回頭は時期尚早だったと彼はバーナムを恨みたくなったが、船長の考えに思い当たった。時を得た間合いなどなかった。化け物じみた波は、密集隊形で進軍中の兵隊さながらに、まるでたがいに繋《つな》がりあっている感じだった。バーナムはとっさに判断を下し、早めに回頭を開始して貴重な数秒を稼いだので、船体は波の鉾先《ほこさき》をいくぶん斜めから受け止めた。

非情な波は船首をすっと持ち上げて、シースプライト号を左舷《さげん》方向へほとんど押し倒しながら、船体の上空と左右を駆け抜けていった。一五秒ほど、船体は沸き立つ白い水の塊に圧倒されながらも苦しみに耐え、ブリッジの頭上にそびえる波頭から部分的に抜け出た。今度は船体が反対側に振られて大きく右へ傾いたため、波は甲板の手すりまで押し寄せた。調査船はほとんど奇跡的に、命が縮むほどゆっくりと波の谷底で姿勢を立て直し、つぎの波を船首で受け止めて左右に揺さぶられることもなく突き抜けた。

マヴェリックは船のデッキを一八年も歩いてきた男だが、これほどプロらしく直感にすぐれた操船技術を目の当たりにしたのは初めてだった。バーナムを見つめると、笑顔を浮かべていたので驚いた。たぶん強張《こわば》った笑いだろうが笑いに変わりはなく、船長の顔に浮かんでいた。なんと、この人は紛れもなく楽しんでいる、とマヴェリックは思った。

シースプライト号の南八〇キロの地点では、ハリケーン・リジーの先端が数分以内にホテル・オーシャンワンダラーに殺到する距離まで接近していた。襲来する恐ろしげな雲の舌端は疾駆して太陽をさえぎり、海を不気味な黒ずんだ灰色に一変させてしまった。その後を密度の濃い雨の帳《とばり》が追い、浮かぶホテルの窓という窓を、あまたの機関銃から発射された弾丸のように激しく打ち据えた。

「遅すぎた！」モートンは自分のオフィスに突っ立って暴風雨を見つめながら、うめくように自分に語りかけた。嵐《あらし》はまるで復讐《ふくしゅう》に凝り固まって怒り狂ったティラノサウルスのようにホテルへまっすぐ向かっていた。ハリケーンセンターのハイジ・リシャーネスが発する警報や最新情報にもかかわらず、彼は荒れ狂う嵐の信じがたい速さや、今朝から走破した距離を想像しかねた。ハイジ・リシャーネスは嵐の規模とその速度に関する最新情報を流し続けてくれたが、穏やかな海や静かな空がここまで早く変貌《へんぼう》することなどありえないように思えたのだ。すでにリジーの先陣がホテルを襲っていることが信じられなかった。

「直ちに会議室に集まるよう、全部長に伝えてくれ！」彼は自室に入りながら事務長に叩きつけるように言った。

一一〇〇名の宿泊客と従業員をわずか数キロ先の安全なドミニカ共和国に避難させるチャンスがまだあった時点でスペクターが見せた優柔不断ぶりに、彼の怒りは爆発寸前だった。離昇準備をしているエンジン音に窓が振動し、彼はいっそう怒り狂った。近づいて下をにらみつけると、ちょうどスペクターと側近がベリエフ200に乗り込むところだった。乗降ハッチが閉まるのを待ちかねるように、機体はエンジンの回転数を上げて速度を増し、吹きすさぶ飛沫《ひまつ》の大きな帳を投げかけながら波が高くなる一方の海面から離水して空中に舞いあがると、バンクしてドミニカ共和国へ向かう針路を取った。

「見下げた臆病《おくびょう》野郎だ」命惜しさに逃げ出し、後に残していく一一〇〇名のことなどまったく眼中にないスペクターを見つめながら、モートンは怒りをこめた声を絞り出した。

水陸両用機を見つめているうちに、機影が恐ろしげな雲の中に消えたので振り向くと、部下たちが部屋に入ってきて会議用テーブルの周りに集まりつつあった。彼らの顔に表われている不安げな表情から、みんなが冷静さと恐慌《きょうこう》の間の細い線上に立っているのは明らかだった。

「われわれはハリケーンの速度を軽視していた」彼は話しはじめた。「その全勢力は一時間足らずでここに達する。いまさら避難するには遅すぎるので、お客様と従業員全員をいちばん安全なホテルの上層階へ移さねばならない」

「被害の及ばない海域へ、タグボートで曳き出すことはできないのでしょうか？」予約部長が訊いた。彼女は長身で一分の隙《すき》もない身なりをしていて、三五歳だった。

「タグボートには先刻知らせてあるので間もなく到着するはずだが、波が高まる一方なので、こちらの牽引《けんいん》用車地と連結するのは極度に困難となるだろう。その手順が不可能となれば、われわれには嵐をしのぐしか選ぶ道はなくなる」

接客係が手を上げた。「海面下のお客様用の階で嵐を乗り切るほうが、安全ではないでしょうか？」と彼は訊いた。

モートンはゆっくり首を振った。「最悪の事態が発生し、殺到する嵐の波が繋留索《けいりゅうさく》を断ち切ってホテルが漂流した場合……」彼は間を取って肩をすくめた。「どんな事態が生じるか考える気にもなれないが、われわれが流されて東六四キロにあるナヴィダド浅堆なりドミニカ共和国の岩だらけの沿岸に乗り上げようものなら、低層階のガラスの壁はきっと割れる」

接客係はうなずいた。「了解しました。下層階が殺到する海水で埋められれば、バラストタンクはホテルを浮上させておけないし、波のせいでホテルは岩に叩きつけられて粉々になるでしょう」

「で、そうなりそうなのですか?」モートン配下の副支配人が訊いた。

会議テーブルを見回すモートンの顔は至極深刻なものとなった。「そうなったら、ホテルを捨てて救命筏《いかだ》に乗りこみ、多少とも生き延びられるように祈るさ」

9

ハリケーン・リジーにさんざん打ちのめされながら、バーレットとブーザーは水平飛行を維持しようと苦闘していた。ほぼ同時に、正反対の方向から悪辣《あくらつ》な二つの突風が殺到して、ギャロッピング・ガーティをすんでのところで空中からもぎ取ろうとした。パイロットたちは共に制御装置を相手に奮闘して、ガーティに直線コースを維持させるために闘った。方向舵が弛緩《しかん》したため、彼らは残っている二基のエンジンの回転速度を増減させ、加えて補助翼を同調させることによって方位を確保した。

二人は長年組んで熱帯低気圧を追ってきたが、ハリケーン・リジーのような信じがたい威力を振りまく嵐に出会ったのは初めてだった。まるで、世界をねじ切るつもりでいるかのようだった。

やがて、三〇時間にも思えるほぼ三〇分後に、空がしだいに一面の灰色から薄汚れた白へ、さらには明るい青へと変化し、さんざん痛めつけられたオライオンP3は暴風圏を脱し、よろめきながら穏やかな大気中に入りこんだ。

「マイアミに戻るのは絶対に無理のようだ」ブーザーは航法チャートを検討しながら声をかけた。

「望みは持てん。エンジンは二基だけだし、胴体は辛うじて繋がっているばかりで方向舵も利《き》かないのだから」バーレットは厳しい口調で言った。「サンファンに方向を転換したほうがいい」

「サンファンね、プエルトリコの。それで決まりだ」

「この機は君にすべて任せる」バーレットは制御装置から手を離しながら告げた。「私は科学者たちをチェックしに行く。後部はどんなことになっているか見当もつかん」

彼はハーネスをはずすと、操縦室のドアを通り抜けてオライオンのメインキャビンへ入っていった。内部はひどく荒れていた。コンピューター、モニター、さらには電子計器の納まっている棚が、廃品回収所でトラックから放り出されたように散乱し、重なり合っていた。最悪の暴風にも耐えるように固定してある装置は、巨大な手で剝《は》がされたようにボルトやねじ釘《くぎ》から裂断されていた。科学者たちはさまざまな格好で手足を投げ出して倒れており、何人かは意識を失ったり重傷を負った状態で隔壁にもたれているし、依然として自分の足で立っている者たちは、もっとも看護を必要としている負傷者の介抱をしていた。

しかしそれも、バーレットの目に映った最もおぞましい光景ではなかった。オライオンの胴体のいたるところにひび割れが生じており、リベットは撃ちだされた銃弾のように飛び出してしまっていた。いくつかの場所では、実際に陽光が見えた。あと五分、嵐の最大の勢力圏内をまごついていたなら、機体が裂かれて無数の断片となって墜落し、待ち受ける残忍な海の両腕の中に飛びこんでいたのは明らかだった。

気象科学者のスティーブ・ミラーは、前腕を複雑骨折した電子技師の介抱中だったが顔を上げた。「これが信じられるか？」彼は周囲の破損状況を身振りで示しながら話しかけた。「右側に時速三三〇キロの突風を受けたわずか数秒後には、もっと強烈なやつを左側から叩《たた》きつけられた」

「風がそんな速度に達するなんて初耳だ」バーレットは怯えたようにつぶやいた。

「私の言葉を信じるがいい。こんな風はいまだかつて計測された例がない。同一の嵐のなかで、反対方向から吹き込んだ突風が衝突する現象は気象学上の椿事《ちんじ》だが、起こるには起こる。この散乱状態のどこかに、それを証明する記録が保存されている」

「ギャロッピング・ガーティはマイアミに帰還できる状態にない」バーレットは辛うじて一つに繋がっている胴体に向かって顎をしゃくった。「代わりにサンファンを目指してみる。緊急用車両の待機を要請するつもりだ」

「忘れずに、救急医療士と救急車は多めに要請してくれ」とミラーは伝えた。「みんな少なくとも裂傷や痣《あざ》を作っている。デルバートとモリスの怪我《けが》は重いが、命に別状はない」

「操縦室に戻ってブーザーを助けてやらねばならん。何かあったら……」

「何とか切り抜ける」とミラーは答えた。「頼むからわれわれを空中に浮かべておいてくれ、海の中はご免だ」

「そのために頑張っているんだ」

二時間後に、サンファン空港を視認した。バーレットは制御装置を巧みに操って、弱体化した航空機に掛かるおそれがあるあらゆる負荷を軽減するべく失速寸前の速度で航空機を飛行させた。フラップを下げると、滑走路に向かって大きく旋回する長い着陸態勢に入った。一度、たった一度だけしか敢行できないはずだ。これに失敗したら、改めて着陸態勢に入るチャンスがわずかしかないことを、彼は弁《わきま》えていた。

「車輪を下ろせ」彼は風防ガラス越しに滑走路が機体と一直線上に並ぶのを視認すると命じた。

ブーザーは降着装置を下げた。ありがたいことに、車輪は下りてきて固定された。消防車と救急車が事故に備えて滑走路の脇《わき》に並び、救急隊員は無線で損傷の程度を聞きとっていた。

双眼鏡で見つめているうちに、問題の航空機は一つの点から全体像が見て取れるまで大きくなった。管制塔内の全員は現に見ていながらも信じられなかった。エンジンの一基は停止して煙の尾を引いているし、一基は主翼から完全に脱落してなくなっているので、オライオンP3が依然として空中に爪を立てているのはありえないことに思われた。彼らはこのドラマの最終幕が下りるまで、民間機はすべて待機態勢に切り替えさせていた。そこで初めて、彼らは危惧《きぐ》を押し殺して注視しながら待った。

オライオンは低くゆっくりと進入してきた。ブーザーがスロットルを操作して直線飛行を維持し、バーレットは制御装置に巧みに対応した。降着に備えて機首を上げると、滑走路の端ぎりぎりに人間の手際としてはこのうえなく静かに接地させた。タイヤは軋《きし》みを上げた瞬間にごくわずかに弾む気配を見せただけで、滑走路に吸着した。二基のプロペラは逆転させなかった。ブーザーは機体が滑走路を疾走する間に、スロットルを手前に限度一杯まで引き、生き残っているエンジンはアイドリングさせておいた。

バーレットは前方に浮かび上がった滑走路のすぐ向こうの柵《さく》を見据えながら、ブレーキペダルを軽く踏んだ。万一の場合でも、左側のブレーキを踏みこめば、鋭く向きを変えて草地へ突っ込める。しかし万事が彼の思惑通りに運び、ガーティは足を引きずりながら速度を落とし、滑走のうえ六〇メートル足らずの余地を残して停止した。

バーレットとブーザーがそれぞれの椅子《いす》の背もたれに寄りかかって安堵《あんど》の吐息をついたとたんに、機体に震えが走って揺れた。彼らはハーネスを放り出し、後部の科学室へ駆けこんだ。ガラクタと化した計器類や負傷した科学者たちが転がっている胴体のいちばん奥には大きな穴が開いていて、彼らはいま通り過ぎたばかりの滑走路を見つめた。
尾翼部全体がもぎ取られ、地上に落ちていた。

強風はホテル・オーシャンワンダラーの海側の平らな壁面に襲い掛かった。建築技師たちの仕事は立派だった。時速二四〇キロの風に耐えられるように設計されてはいたが、頑丈な板状の窓を備える建物は最大三六〇キロの突風にも持ちこたえていた。ハリケーン襲来の最初の数時間に受けた唯一《ゆいいつ》の損傷は、ゴルフコース、バスケットボールとテニスのコート、それにダイニング用のテーブルと椅子が配置されている屋上のスポーツセンターだけで、最後まで生き残った淡水のプールからは水があふれ出て、周囲の側面からはるか下の海へ零《こぼ》れ落ちていた。

モートンは職員を誇らしく思った。彼らは職務を見事に果たした。彼が当初もっとも恐れたのはパニックだった。しかし、支配人、事務職員、接客係、メイドがみんなで協力して、宿泊客を海面下のそれぞれの部屋から移し、上層階の舞踏室、スパ、劇場、レストランに割り振った。彼らには救命胴衣が渡され、乗りこむべき救命筏の所在地と指示が伝えられた。

誰も、モートンすら知らなかったが——それは従業員が誰一人として時速三二〇キロの強風の中にあえて踏みこもうとしなかったせいだった——ハリケーンが浮かぶホテルを襲った二〇分後には、救命筏はスポーツ施設と共に流されてしまっていた。

　モートンは保全係と絶えず連絡を取っていた。彼らはホテル内を巡回して、どんな損傷でも見つかりしだい報告し、修復態勢を組んだ。これまでのところ、頑強な造りのホテルは自力で持ちこたえていた。巨大な波が一〇階の高さまで立ち上がり、ホテルの角張っている側面に当たって砕け散るのを目の当《まあ》たりにし、下から這《は》い上がってくる繋留索のうめきや、リベット留めの鋼鉄製の継ぎ手に逆らって引き伸ばされ歪《ゆが》む枠組みのきしみを耳にするのは、宿泊客にとって身も縮む経験だった。

　これまでのところ、些細《ささい》な漏水が二、三報告されただけだった。発動機にくわえ電気や給排水系も依然として機能していた。オーシャンワンダラーもあと一時間なら襲い掛かる勢力を振り払えるかもしれなかったが、この美しい建物が避けがたい事態をなんとか引き延ばしているに過ぎないのをモートンは見抜いていた。

　宿泊客たちと、ホテルの従業員で通常のシフトを終えた者たちは、乱れ狂った海水の大きな渦が強風にあおられて逆巻く霧と飛沫に変転する様を、恐れおののきながら催眠術にかけられたように見つめていた。彼らはなす術《すべ》もなく、高さ三〇メートル、幅二〇〇メートル見当の巨大な波が、時速三二〇キロの風に駆り立てられてホテルへ殺到するのを、数百万トンの海水と自分たちとを隔てているのが薄い強化ガラス板一枚だと知りつつ見つめていた。ごく控えめに言っても神経にこたえた。

強大な波の高さは理解を絶した。彼らはただ立ち尽くしていた。男性は女性をしっかり摑《つか》み、母親は子供たちを抱きしめて、波がホテルを呑《の》み込むのを恐ろしさの中にも陶然と見つめ、巨大な液体の虚空《こくう》を凝視しているうちにやがて波の底が現れた。ショック状態の彼らには、波の膨大さが理解できなかった。だれもが、次の波は小さくあってくれと願いをこめて祈ったが、そうなるはずはなかった。むしろ波はますます高さを増すようだった。

モートンは束《つか》の間《ま》の休息を取り、机の前に座ると窓に背中を向けた。自分の狭い肩に雪崩《なだれ》のように降りかかるさまざまな責任から、気持ちをそらしたくなかったのだ。しかし窓から顔を背けた最大の理由は、むき出しにされているホテルに殺到する巨大な緑の波を見つめるのにとても耐えられないからだった。彼は客と従業員を直ちに避難させる援助を要請し、手遅れになる前に救出を頼むと訴える緊迫した伝言を打電した。

彼の訴えには応答がなく、いまだに無視されたままだった。

一六〇キロ以内のどの船舶も、ホテルより悪い状態に置かれていた。すでに、全長一八〇メートルあるコンテナ船の救難信号の送信は途絶えていた。凶兆だった。ほかの二隻《せき》も、無線信号に応答がなかった。不運にもハリケーン・リジーの進路に当たった一〇艘《そう》近い漁船の望みもすっかり断たれた。

ドミニカ共和国の陸軍および海軍の救難機はすべて、地上に駐機していた。海軍の全艦船は嵐《あらし》をしのぐために港に繫《つな》がれていた。モートンが得た答えは次のせりふに尽きていた。「あいにくだが、オーシャンワンダラー、自力で頑張ってくれ。嵐が和らぎしだい求めに応じる」

　彼は嵐の勢力について報告を行っている、NUMAハリケーンセンターのハイジ・リシャーネスと終始連絡を取っていた。

「その波の高さは確かなの？」彼女はモートンの説明を信じかねて訊《き》いた。

「信じてください。私はホテルの喫水線上三〇メートルの高さに座っているのですが、波は九回に一回はホテルの屋上の上空を駆け抜けていく」

「そんなの、聞いたことないわ」

「文字通り受け取っていただきましょう」

「そうします」ハイジはいまや深刻な関心を寄せて訊《たず》ねた。「私にできることが、何かあるかしら？」

「波や風がいつ弱まりそうか、絶えず知らせてもらうだけで結構です」

「私たちのハリケーン追跡機と衛星によれば、早いうちに弱まりそうにはないわ」

「私から連絡が途絶えたときには」モートンはついに向きを変えて、屋外の水の壁の奥を見つめながら告げた。「最悪の事態が起こったと察知してください」

　ハイジに答える暇を与えずに、彼はスイッチを切った。別の電話が掛かってきたのだ。

「モートンさんですか?」

「そうです」

「支配人、リック・タップ船長です、オデッセイ・タグボート船団の」

「どうぞ、船長。嵐で雑音が混じっているが、聞き取れますよ」

「支配人、遺憾ながら、アルバトロス号とペリカン号は救助に向かえないことを報告いたします。波が荒すぎてまるで歯が立たない。こんな強力な嵐を経験したものなど誰一人いない。とてもそちらに辿《たど》り着けそうにありません。われわれの船は頑丈ではありますが、こんな荒海を切り抜けられる造りにはなっていない。そんな試みは、自殺を招くようなものだ」

「ええ、わかります」モートンは重苦しく答えた。「可能になったら来てください。あとどれくらい、ここの繋留索が重圧に耐えられるか私には見当がつかない。ホテルの建物が、この波にここまで長く持ちこたえたなんて、ある種の奇跡だ」

「嵐の最大勢力が港を通過し次第、そちらに着けるように人間としてできる限りの手をつくします」

　そこでモートンは思い直した。「スペクターから何か指示はあったろうか?」

「いいえ、支配人、彼からも重役たちからも、なんの連絡もありません」

「ありがとう、船長」

スペクターは石さながらに冷酷な心の持ち主なので、すでにオーシャンワンダラーとその内部の全員を見限ってしまったのではないだろうか？　モートンはそう考えずにいられなかった。あの男は私が思っていた以上の化け物だった。あの肥大漢が顧問や重役たちと会議を開き、生じつつある災難から自社を切り離す計画を立てている姿をまざまざと思い描くことができた。

　モートンはオフィスを出て、痛めつけられたホテルを点検して歩き、きっと嵐を切り抜けてみせると宿泊客を力づけに向かう気持ちになった。一度も舞台に立ったことはなかったが、命がけのパフォーマンスをやってのけるつもりだった。

　不意に、引き裂くような大きな音が聞こえ、足元の床がにわかに傾き、部屋がわずかに歪んだ。

　ほぼその瞬間に、携帯用通信機の呼び出し音が鳴った。

「ああ、そうだ、何事だね？」

　保全担当主任の聞きなれた声が、小さなスピーカーから流れ出た。「こちらエムリン・ブラウンです、モートンさん。私は下の第二ウィンチ室にいます。繋留索《けいりゅうさく》の引きちぎれた端を見つめているところです。九〇メートルほど先で裂断」

　モートンの最悪の不安が急速に現実になりつつあった。「ほかは保《も》ちそうか？」

「一本切れてしまったので、残りは余分な重圧を受けており、この先長くホテルを固定していられるか疑問です」

大きな波が叩きつけるたびにホテルは身を震わせ、狂乱の緑の波に埋められては、攻囲されている頑強にして不動の砦《とりで》のように再び姿を現わした。しだいに、宿泊客たちの士気は高まった。巨大な波が通り過ぎるたびに一見無傷の姿を見せるので、オーシャンワンダラーに対する信頼度が高まったのだ。客の大半は資産家であり、冒険を求めて浮かぶホテルに休暇の予約をしたのだった。彼らはみな自分たちを脅《おびや》かしている危険に精神的に適応し、平然とそれに立ち向かっているように見えた。子供たちまで、しまいには当初の怯《おび》えを振りはらい、途方もなく大きな海水の塊が襲いかかって豪奢《ごうしゃ》なホテルの上を飛び去るのを楽しんで見つめだした。

こういう時にこそと、シェフや調理室の面々は工夫を凝らして料理を作り、ウエイターたちは込み合っている劇場や舞踏室を縫いながら完璧《かんぺき》なマナーで食事を供した。

試練の間、モートンは胸苦しさが募るのを感じていた。惨劇はわずか数分後に迫っており、人間の力では自然が生み出した信じられないほどの猛襲には対処しようがない、と信じるようになっていた。

一本また一本と鋼索は裂断し、最後の二本は一分足らずのうちに相次いで切れた。繋留索から解き放たれたホテルは、従来のあらゆる記録を上回る凶暴な海に情け容赦なく駆り立てられて、ドミニカ共和国の海岸沿いの岩場に向かって漂流しはじめた。

かつては、操舵手《そうだしゅ》が、または多くの場合船長が、両足をしっかりと甲板に植えつけ、両手で舵輪のスポークを握りしめて、あらん限りの体力を振り絞りながら何時間も続けさまに操船して海と戦った。

いまはもう、そんなことはない。

バーナムは船の針路をコンピューターにプログラムするだけですむので、操舵室内のひときわ背の高い革製の椅子にストラップを締めて収まると、電子頭脳がシースプライト号の運命を引き継いでくれるのを待った。

調査船に配列されている夥《おびただ》しい気象学関連の計器や装置が送り出すデータの流れを常時受け取っているコンピューターは、襲来中の嵐に対処する最善の方法を瞬時のうちに割り出した。つぎの瞬間、コンピューターは自動操縦装置の指揮を執り、そびえたつ波頭と波の谷を計測し予測しながら、凶暴な騒擾《そうじょう》に突入するベストの角度と速度に必要な時間と距離をきわどく判断して操船を開始した。

視界は数センチ単位だった。風にあおられて狂乱状態の塩辛い飛沫《ひまつ》と泡が、計算不能な何トンもの海水の下に船が埋められていない束の間に、操舵室の窓という窓を打った。強烈な波と風は、海上暮らしに慣れていない者なら誰をもたじろがせる迫力充分だった。

だがバーナムは岩のごとく座っており、その目は一見したところ暴れまくる波を貫いて海原の怒れる神を追いかけているかのような感じを与えたが、彼はこの事態を切り抜ける方策に専念していた。搭載された自動操縦装置の嵐と戦う能力はまぎれもなく信頼していたが、自分で指揮を執らねばならない非常事態が起こる可能性はきわめて高かった。

彼が逆巻きながら船上を越えていく波を仔細《しさい》に観察し、操舵室のはるか頭上の波頭を見つめ、海水の稠密《ちゅうみつ》な塊の奥を見据えているうちに、シースプライト号は身もだえしながら海水の反対側へつきぬけ、波の谷間に沈みこんだ。

数時間が、息つく暇もなく過ぎた。一部の乗組員と大半の科学者は船に酔っていたが、苦情を鳴らす者はいなかった。つぎつぎに大きな波が吹きぬける甲板へ出て行こうと思う者もいなかった。広大な海面を一目見るだけでみな自分の船室へ引き返すと、身体《からだ》をベッドに縛りつけ、明日まで生き延びられるよう祈った。

唯一の慰めは、熱帯の温暖な気温だった。舷窓《げんそう》から覗《のぞ》き込んだ者たちは、一〇階建てのビルの高さがある波を目の当たりにした。彼らは怯えながら、波頭が猛烈な風に吹き飛ばされて泡立つ飛沫の巨大な雲と化し、狂乱の雨に吸い込まれていくのを見つめた。

下にある乗組員の居住区や機関室にいた者たちは、操舵室にいたバーナムや高級船員たちほどひどい揺れを経験していなかった。波がシースプライト号を、ジェットコースターのように小突き回すので、バーナムは油断なく注視しはじめた。調査船が右舷方向に切り立つ大波を受けた際に、彼は傾斜形のデジタル数字を見つめていた。船が傾き三四度で留まってから、数値は徐々に低下を続け五度と〇度の中間に留まった。

「またあんな大波に襲われたら」彼は一人つぶやいた。「われわれは永遠に海底暮らしだ」

この船がこれほど荒々しく凶暴な波にどうして耐えられるのか、彼には見当もつかなかった。やがて、まるで天恵のように風速計の数値がますます急速に下がり、ついには時速八〇キロを下回った。

サム・マヴェリックは怪訝《けげん》に思いながら首を振った。「ハリケーンの目に入りかけているらしい。それなのに海は、ますます荒れ狂っているようだ」

バーナムは肩をすくめた。「夜明け前がいちばん暗いなんて言ったのは、どこのどいつだ？」

通信士のメイソン・ジャーは短身ながら丸々と太っていて、髪を白く染め、左耳に大きなイヤリングをぶら下げている。その彼がバーナムに近づいて伝言を手渡した。

バーナムはその字面に目を走らせると顔を上げた。「いま来たばかりなのか？」

「二分たらず前のことです」ジャーは答えた。

バーナムがその伝言をマヴェリックに渡すと、彼はそれを声に出して読んだ。「ホテル・オーシャンワンダラーは極度の海の状態にさらされている。繋留索は裂断。ホテルは目下漂流中で、ドミニカ共和国沿岸の岩礁《がんしょう》地帯へと押し流されている。同海域の船舶は、ぜひ応答されたし。一〇〇〇名以上の人間が乗りこんでいる」

彼は伝言をバーナムに戻した。「この救難信号から判断するに、依然として浮いていて救助に当たれるのはわれわれの船だけのようだ」

「位置を知らせてきていませんが」通信士が発言した。

バーナムの表情は厳しくなった。「彼らは船乗りではない、宿泊業者だ」

マヴェリックは海図台の上に身を乗り出し、コンパスを操った。「このホテルは、われわれが嵐に対処するために抜錨《ばつびょう》した時点で、南方八〇キロの地点にあった。救助するために、ナヴィダド浅堆《せんたい》に回りこむのは容易ではない」

ジャーが別の伝言を持って現れた。それにはこう記されていた……

宛先《あてさき》、シースプライト号。発信元、ワシントン、NUMA本部。可能であれば、浮かぶホテル、オーシャンワンダラー上の人たちの救助に当たられたい。私は貴下の判断に委《ゆだ》ね、貴下の決定を支持する。サンデッカー
「なるほど、少なくともこれで正式な許可を与えられたわけだ」マヴェリックが言った。

「シースプライト号には四〇人しか乗っていない」とバーナムは応じた。「それに引き換え、オーシャンワンダラーには一〇〇〇名以上いる。良心にかけて、逃げ出すわけに

はいかん」

「ピシーズにいるダークとサマーはどうします？」

「サンゴ礁に護《まも》られた海中でこの嵐に耐え抜けるだろう」

「エアの供給量はどうでしょう？」マヴェリックは訊いた。

「あと四日分たっぷりある」バーナムは答えた。

「この強烈な嵐が通過したなら、持ち場に二日で戻れるはずです」

「但《ただ》しそれは、われわれがオーシャンワンダラーと連結し、沿岸から安全な地点まで曳《えい》航《こう》して行けた場合の話だ」

マヴェリックは風防ガラスの外を見つめた。「嵐の目の中に入りさえすれば、かなりの速度で走れるはずです」

「そのホテルの最後の位置と漂流距離を推測して、コンピューターにプログラムしたまえ」バーナムは命じた。「つぎに、合流するための針路を設定する」

椅子から立ち上がりかけ、オーシャンワンダラーの救出に当たる決断をしたとサンデッカー提督に報告せよ、と無線技師に命じようとしたバーナムは愕《がく》然《ぜん》となった。これまでのどの波よりも高く聳《そび》え立つ化け物のような波が、すでに水線から一五メートル近く上昇していた操舵室の上空ほぼ二四メートルまで立ち上がると、想像を絶する勢いで雪崩を打って落下し、船全体を打ち据えて呑み込んでしまった。シースプライト号は船体をもみしだかれながらも果敢に水の山を突き抜けて、底なしかと見まがう波の谷に突入し、やがて浮かび上がった。

バーナムとマヴェリックは愕然として互いの目を見詰め合った。一段と大きな目もくらむ波がまた殺到し、調査船を水で埋めて深みへと押し込んだのだ。数百トンもの海水に圧倒されて、シースプライト号の船首は深く、さらに深く沈みこんでいった。まるで止まるつもりなどまったくないように。

10

ホテル・オーシャンワンダラーはいまや完全に無力だった。繋留索から解き放された浮かぶホテルは、ハリケーンの攻撃に思うさま翻弄《ほんろう》されていた。宿泊客とホテルを救うために、人力で出来ることは何も残っていなかった。

モートンは時の経過とともに、絶望感をますます強めていった。彼はつぎつぎに、重大な決断を迫られた。バラストタンクの上方まで水を満たし、ホテルをより深く海中に安定させて激烈な強風下の漂流速度を抑えるべきか、タンクを空にして豪奢なホテルと客をカンザスの大竜巻に捉《とら》えられた人家同様、波にもまれるに任せるべきか、どちらとも命令を出しかねた。

一見、最初の方策のほうがより実際的に思えた。しかしそれは、ほぼ動かぬ物体を抵抗しがたい力の連打にさらすことに他ならない。すでに、ホテルの何ヶ所かは痛めつけられ、下層階には水が大量に浸入しているために、ポンプは限度一杯の稼動《かどう》を強いられていた。第二の方策は館内の全員に極度の不快感を強いるうえ、カリブ海の島国ドミニカの岩だらけの沿岸への避けがたい激突を早めるに過ぎなかった。

モートンがバラストタンクに水を縁一杯まで入れる策をとろうとすると、風がにわかに緩やかになりはじめた。三〇分もすると風はほとんど完全に消え去り、陽の光がホテルに射《さ》した。舞踏室や劇場に集められていた人たちは歓声を上げはじめた。嵐《あらし》のもっとも凶悪な勢力圏は通過したと思いこんだのだ。

モートンはもっとよく弁《わきま》えていた。地域的に強風は和らいでいたが、海は依然として荒れていた。海水に汚れた窓越しに目をこらすと、中空へ伸び上がっているハリケーン内部を取り囲む灰色の壁が見て取れた。嵐は彼らのほうへ直進中で、いまはハリケーンの目の中にいるのだ。

最悪の事態はこれからやってくる。

目が通過するまでのわずかな時間のうちに、モートンは保全係全員と使い物になる男性の従業員および宿泊客を招集した。つぎに彼らを作業班に分け、一部の班には損傷箇所の修復を、別のいくつかの班には水漏れがひどくて今にも破れそうな下層階の窓の強化に割り振った。彼らの働きは目覚しく、ほどなくその努力は報われた。浸入する水量は減り、ポンプの排水が漏水を上回りはじめた。

モートンは嵐の目の中に留まっている間に、一時的な猶予《ゆうよ》期間をかき集めたに過ぎないことは心得ていたが、高い士気を保ち、たとえ自分自身は信じていなくても、生き延びる五分のチャンスがあると全員に請合うことはすこぶる重要だった。

　自分のオフィスへ戻ると、ドミニカ共和国沿岸の海図の検討をはじめ、オーシャンワンダラーが打ち上げられそうな箇所を予測しようとした。運がよければ、数多くある砂浜に押しこまれる可能性もないではなかったが、その大半は狭すぎたし、一部ではリゾートホテルを建てるために岩場を爆破したほどだった。どう欲目に考えても、何百年も前の火山性溶岩からできた岩山に衝突する恐れが九〇パーセントはあった。

　最悪の事態に陥った場合、巨大な波を受けて揺るぎない岩に打ちつけられながら、痛めつけられたホテルから一一〇〇名の人間をどうやって退避させ、安全に陸地へ移動させたものか、どうしても方法が思いつかなかった。

　恐ろしい運命を避ける方法はまったくないようだった。

　これほど脆弱《ぜいじゃく》さ、無力さを感じたのは初めてだった。疲労して充血した目を擦《こす》っていると、通信士がドアから飛びこんできた。

「モートンさん、救助が来ました！」彼は叫んだ。

　モートンは相手をぼんやり見つめた。「救助船か？」

　通信士は首を振った。「いいえ、支配人、ヘリコプター一機です」

　モートンが掛けた一瞬の期待はしぼんだ。「一機のヘリコプターが、なんの役に立つ？」

「二人の男をこれから屋上に下ろすと無線で伝えてきました」

「出来っこない」そう言ったとたんに、ハリケーンの目の中にいるうちなら可能だと彼は気づいた。通信士の脇《わき》を走り抜けると専用エレベーターに乗りこみ、ホテルの屋上へ向かった。扉が開いて屋上に踏み出した彼は、スポーツ施設全体が一掃されてしまい、プールしか残っていないのを目の当《ま》たりにして愕然となった。救命筏《いかだ》が全部消え失《う》せてしまっているのを確認すると、彼はさらに狼狽《ろうばい》した。

いまや彼は、ハリケーンの内側三六〇度を何物にも遮られることなく見渡せた。その全貌《ぜんぼう》が見せている凶悪そのものの美しさに、彼は圧倒された。頭上に目を転じると、青緑色のヘリコプターが、ホテル目掛けて降下中だった。胴体にペンキで記されている、NUMAという肉太の文字が見分けられた。ヘリコプターが降着台の六メートルほど上空でホバリングに移ると、青緑色のジャンプスーツにヘルメットの男が二人、鋼索でホテルの屋上へ下りだした。彼らが鋼索から離れると、オレンジ色のビニールに包まれた大きな包み二つが、別の鋼索で下ろされた。彼らはフックをはずすと、無事完了の合図を送った。

ヘリコプター内の男が鋼索を二本ともウィンチで引き上げて親指を立てて見せると、パイロットはバンクしてホテルから離れ、ハリケーンの目の中を上昇していった。モートンに目を留めると、訪問者二人はかさばった包みを軽々と運びながら近づいていった。

二人のうち背の高いほうがヘルメットを脱ぐと濃い黒い髪が現れ、こめかみの辺りは灰色まじりだった。その顔は屋外暮らしのせいで厳《いか》つく、笑い皺《じわ》に縁取られたオパールがかった緑の目はモートンの脳に食い入るような印象を与えた。

「ホブソン・モートン氏のところへ案内していただきたい」その男は周囲の状況にそぐわぬ妙に落ち着いた口調で話しかけた。

「私がモートンです。あなたたちはどういう方で、なぜここへいらっしゃったのです？」

片方の手袋が脱がれ、手が差し伸べられた。「私の名はダーク・ピット。国立海中海洋機関（NUMA）の特殊任務の責任者です」彼は背の低い男のほうを向いた。黒い髪は巻き毛で眉毛《まゆげ》は濃く、古代ローマの剣闘士の子孫を思わせた。「こちらは次長のアル・ジョルディーノです。われわれはホテルを曳航するために来ました」

「会社のタグボートは港を出られないと知らされています」

「オデッセイ社のタグボートではなくNUMAの調査船ですが、このホテルなみの大きさの船なら牽引《けんいん》できます」

どんなワラにでもすがりつきたかったモートンは、専用のエレベーターに身振りでピットとジョルディーノを招じ入れ、下にある自分のオフィスへ案内した。

「そっけない出迎え方をして失礼しました」彼は二人に椅子《いす》を勧めながら釈明した。

「お二人がおいでになることを事前に知らされていなかったものですから」

「準備時間があまりなかったから」ピットはこだわりなく応じた。「現在の状況はいかがでしょう？」

モートンはわびしげに首を振った。「よくありません。ポンプの排水量は殺到する水の量を辛うじて上回っているに過ぎず、建物は倒壊の危険に瀕しており、ひとたびドミニカ共和国沿岸の岩場に激突したなら」――彼は黙りこみ肩をすくめた――「そのときには、あなたたちをふくめ一〇〇〇名もの人間が命を落とすことでしょう」

ピットの表情が花崗岩《かこうがん》のように固くなった。「岩場に突っ込んだりはしません」

「こちらの保全係の方たちに、当方の船と連結するわれわれの助けをしてもらいたいのですが」ジョルディーノが発言した。

「どこにいるのでしょうか、その船ですが？」と訊《き》くモートンの声は疑わしげだった。

「われわれのヘリコプターのレーダーでは、せいぜい五〇キロ以内にいます」

モートンは窓越しに、ハリケーンの目を取り巻いている不気味な壁を見つめた。「嵐が再度接近するまでにおたくの船がここへ到着するのはとうてい無理でしょう」

「われわれNUMAのハリケーンセンターは、嵐の目の直径は九六キロで、時速は三二キロと計測しています。多少のつきに恵まれれば、あの船は時間内にここへ到着するはずです」

「われわれに達するのに二時間、連結するのに一時間」ジョルディーノはちらっと腕時計を見ながら言った。

「私が思うに」モートンは事務的な口調で応じた。「海難救助料についての検討が必要だと思いますが」

「検討することなど何もありません」ピットは遅れに苛立《いらだ》ちながら答えた。「NUMAはアメリカ合衆国の政府機関で、海洋調査を専門としています。サルヴェージ会社ではありません。これは役に立たなければ、見返りゼロという形式の契約ではありません。成功しても、われわれのボス、ジェームズ・サンデッカー提督は、おたくのボス、スペクター氏に一セントも請求しはしない」

ジョルディーノは笑顔を浮かべた。「念のためつけ加えておきますと、提督は上等な葉巻の愛好者です」

モートンはジョルディーノを黙って見つめただけだった。何の前触れもなく空から舞い降り、ホテルとその中の全員を救出するつもりだと平然と言ってのける眼前の二人に、彼は当惑していた。彼らはとても救済者には見えなかった。

やがて彼は不本意ながら同意した。「どうぞ、皆さんが必要なものを教えてください」

シースプライト号は死を拒絶した。

だれしも予想しえない深みまで沈みこみながら、船体は生きながらえた。船全体が水に覆《おお》われ、船首も船尾も共に海中深く埋められたので、戻ってくるとはだれも思わなかった。はらはらさせながら数秒間、灰緑色《かいりよくしよく》の虚空《こくう》に宙吊《ちゅうづ》りになっているように映った。やがてゆっくりと、自らを督励するように船首がわずかずつ浮上しはじめ、船体はけなげに奮闘して海面を目指した。その瞬間に、もがいていたスクリューが爪《つめ》を立て、船体を前方へ推進させた。ついに船体は猛威を振るう嵐の中に再度飛びこみ、船首はイルカさながらに海面上に突き出た。竜骨が水を叩《たた》きながら降下した弾みで船殻のあらゆるプレートが揺さぶられ、船殻に押さえこまれた何トンもの海水は甲板を流れさり、滝となって海へもどっていった。

悪辣《あくらつ》な強風は最もあくどいパンチを放ったが、タフな小型船は荒れ狂う海を生き抜いた。再三再四、大きな渦を描く風や水の塊に悩まされた。シースプライト号はあたかも人間なみの決意を備えている感じで、海には払いのけられないほどの代物《しろもの》をぶつけてよこす余力がない、とはっきり見抜いていた。

マヴェリックは奇跡的に粉々に割れなかった風防ガラスの前方を見つめた。その顔は百合《ゆり》のように白かった。「ぞっとしたぞ」彼はごく控えめに言った。「潜水艦に乗る契約をした覚えはないがな」

ほかの船ならこんな異常な事態にはとても耐えられないし、海底に沈まずに命拾いするなどありえない。だがシースプライト号は、なみの船ではなかった。船殻の鋼鉄板は、浮氷海の氷の塊と闘うために、平均よりはるかに分厚くできていた。しかし、無傷というわけにはいかなかった。ボートも一艘《そう》を除いて流されてしまった。

船尾を見つめたバーナムは、通信装置がどうにか生き残ったことに驚かされた。下のデッキで痛めつけられていた者たちは、自分たちが海底に閉じ込められる一歩手前まで行ったことなど、まったく感じ取っていなかった。

突然、陽の光が操舵室《そうだしつ》一杯に差しこんだ。シースプライト号はハリケーン・リジーの巨大な目の中へ突入したのだ。矛盾する光景だった。頭上は青空なのに、その下の海は狂乱状態だった。これほど期待を持たせる光景が威嚇的でもありうることが、バーナムには恨めしかった。

バーナムは通信士メイソン・ジャーをちらっと見やった。彼は海図台にしっかり身体《からだ》を押しつけ、手の甲を白くして手すりを握りしめたまま、幽霊の大群を見たような顔をしていた。「メイソン君、気持ちが落ち着いたらオーシャンワンダラーと接触して、だれであれ責任者に、われわれは荒波を縫ってできるだけ早く急行すると伝えてくれ」

まだ経験したばかりの事態に呆然《ぼうぜん》としていたジャーは、徐々にショックから立ち直り、無言のままうなずくと、夢うつつの態《てい》で通信室のほうへ歩いていった。

バーナムはレーダー装置に目を走らせて輝点に着目し、ホテルはおよそ四二キロ東と確信した。そこで自分の採る針路をコンピューターにプログラムし、コンピューター化自動操縦に制御を任せた。それがすむと、くたびれたバンダナで額をぬぐってつぶやいた。「たとえ、ホテルが岩に衝突する前にわれわれが着いたところでどうなるというのだ？　乗り移ろうにもボートはないし、あったとしても荒波で沈んでしまうだろう。それに、われわれには曳航《えいこう》用の太い鋼索を装備した大型ウィンチの備えもない」

「余りぞっとしませんね」マヴェリックが応じた。「ホテルが女性や子供もろとも岩場に叩きつけられるのを、なす術《すべ》もなく見守るなんて」

「そうとも」バーナムは重苦しくいった。「なんともぞっとしない」

11

ハイジはこの三日、家に帰っていなかった。オフィスの簡易寝台で仮眠を取り、大量のブラックコーヒーを飲み、わずかばかりボローニャソーセージとチーズのサンドイッチを食べてすごした。かりに彼女がハリケーンセンター中を夢遊病者のように歩き回っていたとしても、それは寝不足のせいではなく、前例を見ない規模の死と破壊をもたらす寸前の大災厄の只中《ただなか》で仕事をしているストレスと苦渋のためだった。彼女はハリケーン・リジーの恐ろしい破壊力を発生時点から正しく予測し、当初から警報を発してきたが、もっと何かできたのではないかと自責の念に駆られていた。

彼女はモニター装置の予測と画像を見つめながら、リジーが最寄りの島へ疾走しているので強いおののきを感じた。

彼女が早めに警報を出していたので、三〇〇〇名以上の人たちがすでにドミニカ共和国やその隣のハイチの中央部の丘陵地帯に避難を完了していた。それでも、死者の数が膨大になるのは避けられそうになかった。ハイジは同時に、嵐が進路を変えてキューバを襲い、その足でフロリダ南部へ殺到するのを恐れていた。

　電話が鳴ったので、けだるそうに取り上げた。

「進路に関して、君の予測に何か変更は？」米国気象課に勤務する夫が訊いた。

「ないわ。リジーは線路の上を進んでもいるように、依然として東に向かっているけど」

「数千キロを直進するなんて、なんとも珍しい」

「珍しいどころじゃないわ。聞いたためしがない。記録に残っているハリケーンは、どれも迷走しているもの」

「完璧《かんぺき》な嵐《あらし》かな？」

「リジーは違うわ」とハイジは応じた。「完璧にはほど遠い。私なら、死をもたらす最大規模の災厄と分類するわ。漁船団がまるまる消息を断っている。別の八隻《せき》――オイルタンカー、貨物船、個人のヨット――の送信は途絶えている。救難信号はもうだいぶ前から受信されておらず、沈黙あるのみ。最悪の事態を予期せざるを得ないわ」

「あの浮かぶホテルに関する最新の情報は？」

「最後の報告では、繋留索《けいりゆうさく》が切れてしまい、強風（訳注　時速およそ五一キロから一〇〇キロ）に押されて荒海をドミニカ共和国の岩だらけの沿岸へ向かっているわ。サンデッカー提督は、ホテルを安全な海域へ曳航させるために、ＮＵＭＡの調査船を派遣した」

「成功の見込みはなさそうだ」

「案じているの、過去最大の海難事故を目撃することになりそうで」ハイジは重い口調で言った。

「僕は二、三時間家に戻る。君も一息入れに来てはどうだ？　僕がうまい夕食をつくろうじゃないか」

「無理だわ、ハーリー。駄目ね、当分は。リジーの今後の動向を予測できるまでは」

「この嵐は無尽の勢力を備えているのだから、何日も、いや何週間もかかるかもしれないぞ」

「分かっています」ハイジはゆっくり答えた。「それを私は恐れているの。ドミニカ共和国やハイチの上空を通過中に嵐のエネルギーが弱まらないと、合衆国本土を総力で襲撃することになる」


わずか六歳のときに母親からダイビングを学ぶよう勧められた当初から、サマーは海に魅せられてきた。小さなエアタンクと調整器は彼女の身体に合わせた特製で、兄ダークと同様、最高のインストラクターたちに指導された。彼女は海の生き物となって、海の住人たちやその気まぐれぶりと魂を学んだ。静寂な青い水の中を泳ぐことで海が理解できるようになった。太平洋を襲った台風の際には、海の途方もない力も体験した。しかし、二〇年ともに暮らしてきた夫に疎《うと》ましいサディスティックな気質があることに思いあたった主婦のように、海がどれほど残酷で意地悪くなれるかをじかに目撃してもいた。

ピシーズの前部に座りこんで、兄妹は透明な大きなドーム越しに沸き立ち騒ぐ頭上を見つめた。ハリケーンの外縁がナヴィダド浅堆《せんたい》を引き裂くように過《よぎ》っている時点では、その猛威は遠いよそごとと思えたが、勢力が増大するとたちどころに、彼らの居心地のよい小さな研究所がまぎれもなく危険な状況下に置かれ、二人を護《まも》る備えが不十分であることが明らかになった。

波頭は深さ一五メートルにいる彼らの頭上を、やすやすと走り抜けていった。しかし間もなく、波は聳《そび》え立つ広大なものに一変し、その谷が海底に向かって沈みこむと、水中研究所が海面に降り注ぐ雨に完全にさらされ、やがて殺到するつぎの波に覆いつくされることにダークとサマーは気づいた。

何度となく、ピシーズは果てしなく迫り来る大波に打ち据えられ、揉《も》みしだかれた。海面下のステーションは深みの水圧に耐える造りになっていたし、鋼鉄製のドーム状の建造物は攻囲する海水を跳ね返すうえで何の問題もなかった。しかし、強大な力が外側に掛かるので、研究所は海底を動き出した。四本の支柱は海底に固定されていなかったのだ。支柱はそれぞれ、サンゴ礁《しょう》の中にわずか数センチ埋まっているだけだった。ピシーズの重量六五トンの塊体が、空瓶さながらに持ち上げられてサンゴ礁に投げ出されるのを防いでいるに過ぎなかった。

やがて、わずか三二キロしか離れていないシースプライト号を海中に埋めた例の一対の巨大な波がナヴィダド浅堆を襲い、情け容赦なくサンゴ礁を叩きつぶして、その繊細な基本生成物を無数の断片にしてしまった。第一波がピシーズを横倒しにし、岩だらけの荒野を転がる樽《たる》のように回転させた。居住者たちは何かしっかりしたものに掴まろうとしたが、ミキサーに放りこまれたぬいぐるみ人形のように投げ飛ばされた。

研究所は放りだされ投げ上げられながら、二〇〇メートル近く移動した末に止まり、サンゴの谷間の縁に不安定な状態で引っかかった。やがて二番目の大波が襲いかかり、研究所は縁から投げ落とされた。

ピシーズはサンゴの壁にぶつかり、擦《こす》られながら三六メートルもの谷間を落下していき、砂の粒子を盛大に巻き上げながら谷底に衝突した。ピシーズは右側面を下にして水平に降着し、谷間の側面の間に挟まった。その内部では、固定されていないものがすべてあらゆる方向に投げ出されていた。皿、食糧、潜水用具、寝具、私服が、乱雑に撒《ま》き散らされていた。

ダークは十指にあまる痣《あざ》を作ったうえ片方の踝《くるぶし》を捻《ひね》ってしまっていたが、直ちに妹の傍らに這《は》っていった。彼女はひっくり返った簡易ベッドの間に、身体を丸めて横たわっていた。彼は妹の切れ長の灰色の目を覗《のぞ》きこみ、二人が歩けるほど大きくなってから初めて、紛れもない怯《おび》えの色を見た。頭をやさしく両手で抱えると、硬い笑顔を浮かべて見せた。

「さっきの強烈な乗り心地はどうだった？」

サマーは兄の顔を見上げ、気遣いの笑顔を目にしてゆっくり深く息をすると、不安が和らいでいった。「混乱の間ずっと、私たちは一緒に生まれて一緒に死ぬんだと思い続けていたのよ」

「わが妹は悲観論者か。僕たちは、あと七〇年もいたぶりあう仲さ」そう言い終わると心配げに訊《き》いた。「怪我《けが》をしたのか？」

サマーは首を振った。「簡易ベッドの下に挟まれてたから、あなたほどひどくは転げまわらなかったわ」そして、展望ドーム越しに頭上の荒れ模様を見つめた。「この研究所は？」

「依然として健在だし、水漏れもない。どんな波だろうと、どんなに大きくても、ピシーズをばらばらにすることはできっこない。厚さ一〇センチの鋼鉄の外殻に覆われているんだから」

「嵐は？」

「依然として荒れ狂っているが、ここにいる僕たちは安全なはずだ。波は乱流も起こさずに、谷間の上を通り過ぎている」

サマーは乱雑に散らかっている様子を見渡した。「まあ、なんとひどい荒れ方」

妹が負傷せずに試練を乗り切ったことに気をよくしたダークは生命維持装置の点検をはじめ、サマーはがらくたの後片付けに取り掛かった。すべてをもとの場所に戻すのは、研究所が横倒しになっているのでとうてい無理だった。手当たりしだいに何でもきちんと積み上げ、用具、バルブ、計器、装置の台座の鋭い突起には毛布を掛けた。床が失われてしまったので、動き回るのには床を這い登らねばならなかった。何から何まで九〇度転回した環境の中にいるので、彼女は異様な感じを受けた。

自分たちはここまで生き延びてこられたのだと思うにつけ、サマーの気持ちはいっそう落ち着いた。側面の切り立ったサンゴの谷間にいるのだから、このうえ嵐に脅かされるはずはなかった。深みの下では、風の吹きすさぶ音はまったく聞こえなかったし、波の底が研究所を大気に曝《さら》しても風に打たれることはなかった。この先どうなるのだろうという、不安と気がかりは薄れはじめた。自分たちは安全であり、やがてシースプライト号がハリケーンを耐え忍んで戻ってきてくれる。それに、兄には温かみと癒《いや》しがあったし、自分たちの伝説的な父親の勇気と体力を備えてもいた。

しかし、彼女が期待するようになった自信に満ちた表情は、いまや黒や青に変色しつつある痣をいたわりながら近づいてきて自分の隣の壁面に座りこむ兄の顔には宿っていなかった。

「深刻な顔をしているわね」サマーは話しかけた。「何が気がかりなの？」

「この谷間に落ちこむときに、エアボンベを生命維持装置に繋《つな》いでいる導管が切れてしまった。空気圧計によると、損傷していない四基のタンクは空気をわずか一四時間供給しただけで底を突いてしまう」

「潜水用タンクはどうなの、出入り用の気密室に置いてあるけど？」

「一本だけ、バルブの修理をするために中に残っていた。二人分としてはせいぜい四五分しか保《も》たない」

「それを使って外へ出て行けば、ほかのタンクを運び込めるじゃない」サマーは期待をこめて言った。「そのうえで、嵐が弱まるまで一日二日待ってからこの研究所を放棄して、膨張式筏《いかだ》を使って海面を漂いながら救出を待つのよ」

ダークは重々しく首を振った。「悪いことに、われわれは身動きが取れない。出入り口用気密室のハッチがサンゴ礁に挟まってしまっている。ダイナマイト以外では、われわれがすり抜けて外へ出られるほど大きな穴を開けることはできない」

サマーは深々とため息を漏らすといった。「私たちの運命はバーナム船長の掌中にあるようね」

「彼はきっと今でも、われわれのことを案じているさ。忘れるわけがない」

「私たちの状況を彼に知らせなくちゃ」

ダークは背筋を伸ばし、両手を妹の肩に置いた。「無線機は谷間に転げ落ちたときに、叩《たた》きつぶされてしまった」

「それでも、自動誘導装置を解放すれば、私たちが生きていることが彼らにわかるわ」

彼女は気強く言った。

ダークは優しい抑制の利《き》いた声で話しだした。「あれは研究所の谷底にぶつかったほうの側面に、取りつけられていた。きっと押しつぶされてしまっている。たとえ生き残っているとしても、解放する術がない」

「探しに来てくれても」サマーは緊迫した口調で言った。「この谷間の下にいる私たちを見つけるのは大変だわ」

「バーナムはきっとシースプライト号上のボートとダイバーを全部送り出して、サンゴ礁を探し回ってくれるとも」

「兄さんは、まるで空気が数時間分でなく数日分もたっぷりあるような話し方をしているわね」

「心配するには及ばないよ、おまえ」ダークは自信ありげに言った。「当面、われわれは嵐からは安全無事だ。海さえ凪《な》げば、シースプライト号のクルーたちは、アルコール輸送トラックから落ちたスコッチの一ケースを追いかける酔っ払いのように、われわれの後を追ってくるさ」そしてつけ加えた。「なんと言おうと、われわれが彼らの最優先事項なんだから」

12

　その時点で、ピシーズとその所員二名のことは、バーナムの頭の片隅に引掛かっているに過ぎなかった。不安げに椅子《いす》の上で身体《からだ》を動かしながら、その眼差《まなざ》しはレーダーモニターから風防ガラスへ、そしてまた元へと絶え間なく移動していた。超弩級《ちょうどきゅう》の波は、すでに巨大なものから単なる大波にまで弱まっていた。波は隊列を組んで規則正しく行進をしてシースプライト号に体当たりを食わせ、上下に休みなく単調に揺さぶり続けた。もう波の高さは三〇メートルを超えなかった。今では波頭とその谷との幅は、平均すると一二メートルに過ぎなかった。依然として荒れてはいたが、先ほどまでの化け物じみた波に較《くら》べれば、湖のように穏やかなものだった。まるで海は、その持てる最強のパンチを調査船に見舞ったが、沈めるのに失敗したことを悟っているようだった。海は苛立《いらだ》ちながらも気持ちをなだめて敗北を認め、せいぜいはた迷惑な程度まで勢力を落としていた。

　数時間たっても、シースプライト号はバーナムが決断した最大速度で疾走していた。

日ごろはユーモラスで親しみやすい船長だが、直面している絶望的な任務を検討するにつれ、冷徹かつ真剣になった。どう考えても、ホテル・オーシャンワンダラーに曳航索《えいこうさく》を取りつける方策が見えてこなかった。大型ウィンチと腕ほども太い鋼索はずっと以前、シースプライト号がNUMAの調査船の一隻《せき》に改造される際に取り外されてしまっていた。いま搭載されている主なウィンチとケーブルは、深海艇の降下回収用だった。大型クレーン背後の船尾デッキに設置されているそれで、排水トンが戦艦を上回る浮かぶホテルを曳航するのはとうてい無理だった。

バーナムは吹きつける雨の帳《とばり》に食い入って前方を見届けようとした。「ホテルは視界に入っているはずなのだが、この邪魔者を透かして見られれば」と彼は話しかけた。

「レーダーによれば、せいぜい三キロちょっと先です」マヴェリックが知らせた。

バーナムは通信室に入っていき、メイソン・ジャーに声をかけた。「ホテルから何か連絡はあったか？」

「何もありません、船長。墓場のように黙りこんでいます」

「畜生、遅すぎたのでなければいいが」

「そうは思いたくありません」

「やってみてくれ、また連絡がつくかどうか。衛星通信で。宿泊客や経営陣は海陸間無線ではなく、電話で陸《おか》の局と連絡を取っている可能性が極めて高い」

「手はじめに、船舶無線で試させてください、船長。この距離なら、雑音も少ないはずです。あのホテルは艀《はしけ》のように海上を曳航してもらうときに、ほかの船舶と交信するために最高水準の装置を備えているはずです」

「ブリッジのスピーカーに繋いでくれ、応答があったときに話せるように」

「はい、船長」

バーナムが操舵室《そうだしつ》に戻ると、ちょうどジャーの声がスピーカーから流れ出た。

「シースプライト号よりオーシャンワンダラーへ。当方はそちらの南東三・二キロにあって接近中。応答願います」

三〇秒ほど、パチパチと静電が走っていた。やがて大きな声がスピーカーから飛び出してきた。

「ポール、仕事にかかる準備はいいか？」

雑音のために、はじめのうちバーナムは声の主に思い当たらなかった。ブリッジ無線のレシーバーを手に取ると話しかけた。「どなたでしょうか？」

「あんたの古い船乗り仲間、ダーク・ピットだよ。このホテルでアル・ジョルディーノと一緒なんだ」

バーナムは声と顔が一致すると仰天した。「一体全体どうやって、あんたたち二人はハリケーンを衝《つ》いて浮かぶホテルに着いたんです？」

「とびきりのパーティーのようだったので、逃がす気になれなかったんだ」

「分かって欲しいんだが、こっちにワンダラーを曳航する装置はないぞ」

「われわれが必要としているのはほかでもない、そっちの大きなエンジンなんだ」

バーナムは何年か一緒にNUMAに在籍しているうちに、ピットとジョルディーノがなんの策も携えずにどこかへ出向くことなどありえないのを知っていた。「いったい何をたくらんでいるんだ？」

「こっちはすでに、ホテルの繋留索《けいりゅうさく》を曳航索代わりに使うわれわれを助ける作業クルーを編成した。彼らをシースプライト号上に収容したところであんたも仲間に加わり、彼らをそっちの船尾車地に配置してくれ。彼らが曳航のためのブリッジを形成する」

「あんたの計画は狂気の沙汰《さた》だ」バーナムは信じかねて言った。「海はハリケーンで荒れ狂っているのに、海底を引きずられている何トンもの鋼索を、どうやってこの船に送りこむつもりなんだね？」

一つ間ができてから、答えが返ってきた瞬間に、バーナムはピットの顔に浮かんでいる大胆不敵な笑いがまるで手にとるように見えるような心持ちがした。

「理路整然とした大望があるんだ」

雨が弱まり、視界は一八〇〇メートルから一六〇〇メートル近くまで広がった。不意にオーシャンワンダラーが嵐《あらし》を縫って真正面に浮かび上がった。

「なんと。ちょっと見てくれ」マヴェリックが声を掛けた。「まるでおとぎ話に出てくるガラスの城だ」

荒れ狂う海に周りを囲まれたホテルは壮麗で、堂々としていた。乗組員や科学者たちは募る興奮に駆られ、船室を離れてブリッジに集まり、生存者が皆無でも無理からぬ現代の殿堂の壮観を目の当たりにした。

「すごく美しいわ」金髪で小柄な女性海洋化学者がつぶやいた。「これほど独創的な建造物だとは、まったく思っていなかったわ」

「僕もさ」長身の海洋化学者は同意した。「海水の飛沫《ひまつ》に分厚く覆《おお》われているので、まるで氷山みたいだ」

バーナムが双眼鏡の焦点をホテルに合わせると、波に打ち据えられて前後に揺れていた。「屋上はきれいに吹き飛ばされたようだ」

「持ちこたえているなんて奇跡だ」マヴェリックは驚いてつぶやいた。「まぎれもなく、あらゆる期待を超えている」

バーナムは双眼鏡を下ろした。「針路を転じて、船尾をホテルの風下に向けろ」

「もう一度波に打たれた後に、曳航索を取り入れる態勢を取ったとして、船長、それからどうするのです?」

バーナムは考えこむようにオーシャンワンダラーを見つめた。「待つんだ」彼はゆっくり言った。「待って確かめるさ、ピットが魔法の杖《つえ》を振ったら袖口《そでぐち》から何が出てくるかを」

ピットは支配人モートンが提示した曳航索に関する詳細な計画を検討した。彼、ジョルディーノ、モートン、それにホテルの保全担当主任のエムリン・ブラウンは、モートンのオフィスでテーブルを囲んで立っていた。

「まず繋留索を巻き取って、裂断後の長さを確かめねばならない」

ブラウンは大学の陸上競技のランナーのような引き締まった身体をしていて、真っ黒な濃い髪を片手で撫《な》でつけた。「切れた直後に、すでに繋留索は巻き取ってあります。繋留索が岩礁《がんしょう》の中で絡《から》まり、ホテルが凶悪な波を受けて捻《ねじ》られ損壊が起こるのを恐れたのです」

「三番と四番の鋼索は、繋留装置からどのくらいで切れたのだろう？」

「想像でしかないのですがよろしいですね、二本ともおよそ一八〇メートル先か、せいぜい二〇〇メートル先でしょう」

ピットはジョルディーノを見つめた。「それではバーナムは操船の自由が得られない。それに、オーシャンワンダラーが沈んだ場合、バーナムのクルーは繋留索を切断する時間を得られないだろう。シースプライト号はホテルと一緒に、海底に引きずり込まれることになる」

「おれが知ってるポールなら」ジョルディーノが言った。「これほど多くの人命が懸かっているんだ、危険を冒すのを躊躇《ちゅうちょ》などしないさ」

「こう理解してよろしいのですね、あなたたちは繋留索を曳航索に使うつもりでいると？」テーブルの反対側に立っていたモートンが尋ねた。「私が聞いているところでは、あなたたちのおっしゃっているＮＵＭＡの船は外洋タグボートだそうですが」

「かつてはそうでした」ピットが答えた。「しかし、もう違いますよ。砕氷用のタグボートから調査船に改造されたのです。大型ウィンチと曳航用鋼索は、改修されたときに取り外されました。現在あの船が備えているのは、潜水艇昇降用のクレーンだけです。備わっているものだけで、即応するしかありません」

「では、その船のどこに取り柄があるのです？」モートンは腹立たしげに答えを迫った。

「私を信じてください」ピットは彼の目を見据えた。「われわれが連結さえやってのければ、スプライト号のエンジンはこのホテルを曳航する力を充分持っています」

「どうやって繋留索の先端をシースプライト号に引き渡すのです？」ブラウンは疑問を呈した。「いったん解かれたら、海底に沈んでしまう」

　ピットは相手を見つめた。「われわれが浮上させます」

「浮上？」

「五〇ガロン入りのドラム缶をお持ちのはずですが？」

「なんとも名案だ、ピットさん。あなたの狙《ねら》いが分かりました」ブラウンは黙りこみ少し考えた。「たっぷりあります、発電機用の石油、調理室用の料理油、掃除係用の液体石鹸《せっけん》の入っているやつが」

「多いに越したことはない、出来るだけ空きドラム缶をかき集めてください」

ブラウンはそばに立っていた四名の保全係のほうを向いた。「空きドラム缶をぜんぶ集めて、残りもできるだけ早く空《から》にしろ」

「あなたや部下の方が繋留索を解くときに」ピットは説明した。「ドラム缶を六メートルごとに結わえつけてほしいのです。浮力を与えることで繋留索が浮上するので、シースプライト号上に引き上げてもらえる」

ブラウンはうなずいた。「お任せください――」

「先刻、繋留索は四本とも切れているのですが」モートンが口を挟んだ。「どうして、その二本で重圧に耐えられるとお考えなのでしょう？」

「一つには」ピットは辛抱強く説明した。「嵐はかなり和らぎました。二つには、当然ながら繋留索は以前より短いので、それだけ過度の圧力が掛かりにくい。そして最後に、われわれはホテルのいちばん幅の狭い面を曳航することになる。連結された時点で、ホテルの正面が嵐の主力を受けとめてくれる」

モートンの反応を待たずに、ピットはブラウンのほうへ向き直った。

「つぎに、優秀な整備士か機械工に、二本の繋留索の先端に輪というか目を作らせてほしいんです。スプライト号の係船柱に引っ掛けて一緒に固定できるように」

「その仕事は私がやります」ブラウンがピットに請け合った。そのうえで言った。「繋留索をあなたたちNUMAの船に引き渡す案をお持ちなんでしょうね」

「それですよ、お楽しみの部分は」とピットは答えた。「いずれ一〇〇メートル前後のロープを用意してもらうことになります。できれば直径は細くても鋼索なみの抗張力を備えているやつを」

「倉庫には、全長一五〇メートルのファルコンラインが二巻きあります。編みがしっかりしていて細く軽いのですが、パットン戦車でも持ち上げられる」

「長さ九〇メートルのファルコンライン二本を、繋留索のそれぞれの先端に結びつけてください」

「重い繋留索をあなたの船まで引いていくために、ファルコンラインを使うのは分かりますが、どうやってそこまで運んでいくつもりなんです？」

ピットとジョルディーノは訳知り顔に視線をちらっと交わした。

「それはわれわれにお任せください」ピットがぞっとするような笑いを浮かべて答えた。

「手間取らないようにお願いします」モートンが窓の外を指さしながら暗い口調で言っ

た。「肝心の時間がいくらも残っていませんので」

まるでテニスの試合の観客さながらに、全員がいっせいに顔の向きを変えると、せいぜい三キロ余り前方で海岸が威圧していた。それに、彼らがどの方向を見ても、果てしなく連なっているかに見える岩場に巨大な寄せ波が殺到していた。

ホテルの一隅にある空調用具室に入ってすぐの場所で、ピットは大きな包みの中身を床の上に広げた。まず、特注のネオプレン製の短めのウエットスーツを着こんだ。当面の任務にこの短縮されたスーツを選んだのは、海水が熱帯の気温に温められていたため、ウエットとドライのいずれを問わず分厚い必要を認めなかったからだった。それに、動きやすさも気に入っていた。腕は肘《ひじ》から先が、脚は膝《ひざ》から下が露出していた。つぎに、浮力調整器が現れ、続いてスキューバプロ潜水マスク。ウエイトベルトを締めると、急速着脱安全スナップを点検した。

こんどは座りこみ、ホテルの保全係の一人に手伝ってもらって、閉回路酸素供給器を背負った。彼とジョルディーノの意見は、コンパクトな酸素供給器のほうが、かさばる鋼鉄製のエアタンク二本よりずっと動きやすいと一致していた。通常のスキューバギアと同じように、ダイバーは調整器を介して、タンクから送られてくる圧縮ガスを吸う。しかし、吐き出された空気は保存し、二酸化炭素を排除して酸素をタンクへ補充する吸収管へ再循環される。彼らが使っているそのＳＩＶＡ55は、水中での秘密軍事作戦用に開発されたものだった。

彼が最後に点検したのは、オーシャンテクノロジーシステム製の水中通信装置だった。レシーバーはマスクの帯金に取りつけられていた。「アル、聞こえるか？」

ジョルディーノはホテルの反対の隅でまったく同じ手順を踏んでいる最中で、綿にくるまれたような声で答えた。「一言漏らさず」

「めずらしく明瞭な物言いをするじゃないか」

「つらい思いをさせるなら、おれは見切りをつけて、カクテルラウンジに直行するぞ」

ピットはいつものことながら、友人のとっさのユーモアに微笑《ほほえ》んだ。この世で誰か頼れるとしたら、それはジョルディーノだった。「そっちの用意が出来しだい、いつでもいいぞ」

「声を掛けてくれ」

「ブラウンさん」

「エムリンで結構です」

「では、エムリン、部下をウィンチ脇《わき》に待機させてくれ。われわれが繋留索とドラム缶を送り出す合図をするから」

大きな繋留索用ウィンチが搭載されている部屋から応答したうえで、ブラウンは伝えた。「命令してくだされればただちに」

「うまくいくように祈っていてくれ」ピットは潜水用の足鰭《あしひれ》をつけながら言った。

「祝福あれ、あなたたち二人に、それに幸運を」ブラウンは答えた。

ピットはブラウンの部下の保全係の一人にうなずいた。彼はファルコンラインの巻取り枠の隣に立っていた。背が低くかすれ声の彼は、〝クリッター〟（訳注　飛びきり小さな動物の意）と呼んでくれと求めた。「少しずつ送り出してくれ。張り詰めた感じがしたら素早くゆるめるか、私の動きを止めてくれ」

「優しくゆっくり送り出しますとも」クリッターはピットに請け合った。

そこでピットは、シースプライト号に呼び掛けた。「ポール、ラインを取りこむ準備はいいか？」

「渡してくれた瞬間に取りこめる」バーナムのしっかりした声がピットのレシーバーに伝わってきた。その言葉は彼がシースプライト号の船尾先の水中に下ろしておいた変換機から転送されていた。

「アルとおれはラインを水中六〇メートルしか引いていけない。われわれに接触するためにはそっちから近づいてもらうしかない」

目下の荒れ模様では、巨大な波一つでシースプライト号が押し流されてホテルに激突し、双方とも海底に持っていかれかねないことを、ピットとバーナムはともに心得ていた。だがバーナムは、なんの躊躇もなくダイスの一振りに賭《か》けた。「よし、はじめよう」

ピットはファルコンラインの輪をハーネスのように片方の肩に掛けた。彼は立ち上がると、海面上六メートルに架かっている小さなデッキに通じるドアを押して開けようとしたが、反対側から風の力が叩《たた》きつけられていた。助けを求めようとしていると、ホテルの例の保全係が彼の脇に来てくれた。

彼らは一緒に、ドアに体重と肩の力を掛けて押した。ドアが細めに開いた瞬間に、風がその隙間《すきま》から吹きこんだため、ドアはまるでラバに蹴《け》られでもしたように一挙に開いてストッパーに叩きつけられた。開け放たれた吹きさらしの戸口に身を曝《さら》したいま、保全係はまるでカタパルトから弾《はじ》き出されたかのように、用具室の中へ吹き戻されてしまった。

ピットは風の強襲を受けながらもなんとか立っていた。しかし、上を見あげて途方もなく大きな波が自分のほうへ突進してくるのを認めると、デッキの手すりを飛び越え反転して水中に潜った。

最悪の暴風雨圏は去った。ハリケーンの目は何時間か前に通り過ぎ、オーシャンワンダラーはハリケーン・リジーの最後の猛威をなんとか生き延びた。風は時速七二キロまで和らぎ、波高は平均九メートルまで下がっていた。海面はまだ荒れていたが、以前ほど怒り狂ってはいなかった。ハリケーン・リジーは西へ移動し、ドミニカ共和国とハイチに死と破壊をもたらし続け、そのうえでカリブ海へ転がり出た。二四時間後には、史上最大のハリケーンは一過、海は穏やかになるはずだ。

一分経《た》つごとに、砕け散る磯波《いそなみ》が不気味なほど近づいてくるように思えた。ホテルは漂いながら接近していったので、大勢の宿泊客や従業員たちは飛沫が大きな雲となって空中に投げあげられ、うねりが重なり合って岩の絶壁に激突する様をはっきり目撃できた。磯波は雪崩《なだれ》の勢いで襲い掛かった。引き波と衝突するたびに、気泡は帳《とばり》を作って逆巻きながら宙に舞いあがった。死が一・五キロほど前方に待ち構えているというのに、オーシャンワンダラーは時速一・五キロ余りで漂流していた。

みんなの視線は、海岸とシースプライト号の間を行き来した。調査船はわずか数百メートル前方で、太ったアヒルのようにうねりに乗っていた。

頭から爪先まで防水服に包まれたバーナムは、土砂降りの雨をものともせず、依然として強風に鞭打《むちう》たれながら、船尾の大きなクレーンの下に立っていた。彼はかつて巨大なウィンチが搭載されていた下のデッキを見下ろし、それがもたらしてくれたはずの違いを思い描いた。しかし、係船柱を使うしかない。なんとかして、鋼索は人力で掛けるしかなかった。

バーナムはクレーンの陰に立ち、雨を叩きつけてくる風を無視して、双眼鏡でホテルの基底部を見つめた。彼と部下四名は船外にさらわれないよう、手すりに繋《つな》がれていた。見守っているうちに、ピットとジョルディーノは海中に入り、波打つ水面下に姿を消した。波に痛めつけられた戸口に立って、赤いファルコンラインを荒波の下で苦闘しているピットたちに送り出している男たちの姿が辛うじて見分けられた。

「ロープを二本、ブイをつけて投げ出せ」彼は双眼鏡を下ろさぬまま命じた。「それに引っ掛け鉤《かぎ》を用意しろ」

極度の危機的状態が生じて、ピットたちが万一、意識を失ったり船の高い船尾にたどり着けなくなり、引っ掛け鉤を使わざるを得なくならないように祈った。引っ掛け鉤は長さ二・四メートルのアルミ製の柄に繋がっており、その柄はさらに長さ九メートルの管に差し込まれていた。

彼らはピットやジョルディーノの姿を渦巻く波の下に認めることができず、海面を漂う泡も捉《とら》えかねて、自信なげに見つめていた。彼らの酸素供給器は、ダイバーの呼気を排出する仕組みになっていなかった。

「エンジン停止」バーナムは一等機関士に命じた。

「エンジン停止ですね、船長」機関室の一等機関士が念を押した。

「そうだ。海中に繋留索用のラインを引き渡す役のダイバーたちがいる。波まかせで六〇メートル以内まで運んでもらって間隔を狭め、彼らが繋留索用ラインを携えてわれわれに達せるようにしなくてはならない」
そう言い終わると、バーナムはこの世離れした速さで近づきつつあるように見える恐ろしげな海岸線に、双眼鏡の焦点を絞った。

ホテルから三〇メートルほど泳いだところで、ピットは方向を確かめるために束《つか》の間《ま》だが浮上した。オーシャンワンダラーは風と波に執念深く痛めつけられながらも、マンハッタンの超高層ビルさながらに聳《そび》え立ったまま、彼から遠のきつつあった。シースプライト号は、ピットがある波の頂点に乗ったとき初めて姿を現わした。二キロ近くも先の海上でもまれているように思えたが、実際には一〇〇メートルと離れていなかった。彼は船の位置をコンパスに当たって確認すると海面下にまた引き返し、頭上のざわめきが遠ざかるまで潜った。

後ろに従えているラインを引っ張るのが急速に困難になった。繰り出されて長さが少しずつ増すにつれて、抵抗も増えたのだ。ファルコンラインが重くもなく嵩《かさ》ばりもしないことがありがたかった。さもなければ、とても扱いかねたはずだ。できるだけ水の抵抗を少なくして行動するために、ピットは頭を下げて両手を背中の酸素供給装置の下で組んだ。

彼は波の谷のずっと下に留まって、移動が荒波に邪魔されないよう努めた。一度ならず方向感覚を失ったが、すばやくコンパスを見て再度正しい方向へ向かった。脚のありったけの力をこめて足鰭を蹴り、肩に食い込むラインをひたすらに引き続けたが、強い海流のために六〇センチ進んでは三〇センチ後退した。

脚の筋肉が痛みだし、移動は鈍った。頭は酸素の吸いすぎでくらくらしはじめた。心臓は激しい運動のために早鐘を打ちはじめ、肺は波打ちだした。彼は停止も休息もあえてしなかった。さもないと、これまで稼いだ距離を潮の流れに一掃されてしまう。遅れるわけにはいかない。一分一秒が貴重だった。オーシャンワンダラーは冷酷な海に駆りたてられて、惨劇へ向かっているのだ。

さらに一〇分、全身全霊を傾けて努力を重ねた結果、体力が衰えはじめた。自分の体力が底を突きかけているのを彼は感じ取った。さらに一段と力を尽くせと気持ちはあせるのだが、目的を達成しようにも奮い立たせる筋肉と肉体には限りがあった。必死の思いで、両方の手と腕で水を掻《か》いて脚の負担を軽くしようと図った。脚の麻痺《まひ》は刻々と強くなった。

ジョルディーノも同じような苦しい状態にあるのだろうか、とちらっと考えた。しかし、アルは諦《あきら》めるぐらいなら死ぬことを彼は知っていた。大勢の女性や子供の命が懸かっているのだから、諦めることなどありえない。しかも彼の友は、雄牛なみに頑健だ。片手を背後に縛りつけられて荒海を泳ぎ切れる者がいるとすれば、それはアルだった。

ピットは内蔵の通信装置で友人の状態を訊くために、一息すら無駄にはしなかった。やり遂げられないのではないかと胸苦しくなる瞬間が何度もあった。負け犬根性の考えを脇に押しやると、体内の奥底に腕を伸ばして潜んでいる余力を搾《しぼ》り出した。

いまや彼は大きくあえぎながら呼吸していた。ラインの抵抗は増すばかりで、象の群れを相手に綱引きをしているような感じがした。ボディビルダーのチャールズ・アトラスが蒸気機関車を曳《ひ》いて路床の上を歩いている古い広告を、彼は思いだしはじめた。押し流されて目標地点からそれたのではと思い、またちらっとコンパスに目を向けた。奇跡的に、彼はシースプライト号を指す直線上になんとか踏みとどまっていた。

極限の疲労がもたらす黒い雲が視野の縁に忍びこみ始めたとき、彼は自分の名を呼ぶ声を聞きつけた。

「そのまま来るんだ、ダーク」バーナムがヘッドホン越しに叫んだ。「あんたが水面下に見えている。いまだ、浮上しろ！」

ピットは言われた通り上に向かって泳ぎ、海面を割った。

するとバーナムがまた叫んだ。「左手を見ろ」

ピットは向いた。三メートルたらず先に、シースプライト号から送り出されたロープの先端に取り付けられたオレンジ色のブイがあった。ピットは確認の応答を省いた。足鰭を五度ほど強く蹴る体力は残っていた。彼はその余力を使って目的を達した。いまだかつて経験した例のない肉体的な安堵《あんど》を感じながら命綱をしっかり握ると、彼は腕を投げ出して命綱を腋《わき》の下にきちんと挟み、ブイを肩で担《かつ》いだ。

バーナムとそのクルーたちが彼を船尾へ引き寄せてくれたところで、ようやく彼はリラックスできた。やがて彼らは引っ掛け鉤《かぎ》をピットの背後一メートル足らずの命綱の下に慎重に入れ、彼を用心深くデッキに引き上げた。

ピットが両方の手を上げると、バーナムがファルコンラインの先端の輪穴を手早く彼の肩からはずし、それをジョルディーノがすでに運び込んでいたラインと一緒にクレーンのウィンチに繋いだ。クルーの二人が、ピットのマウスピースとフルフェイスマスクをはずした。大洋の塩気をふくんだ清らかな空気を一つ深く吸いこんで彼がふと見上げると、微笑んでいるジョルディーノの顔が目に飛びこんできた。

「のろいな」まだ疲労困憊《こんぱい》のジョルディーノがつぶやいた。「こっちは優に二分も先に着いていたんだぜ」

「着けただけでありがたい」ピットはあえぎながらつぶやき返した。

いまやたんなる傍観者となった彼らは舷縁《げんえん》の下にくずおれ、デッキの上空を飛び去る海水を避けながら、鼓動が収まって息遣いが元に戻るのを待った。彼らが見守っている五〇なか、バーナムがブラウンに合図すると、目に見えぬ海面下で繋留索《けいりゅうさく》を支えているガロンドラム缶が、ホテルの下から吐き出されはじめた。クレーンのウィンチが回りはじめ、細いファルコンラインの弛《たる》みは取れ、ドラムが作動を開始した。鋼鉄製の浮きの下にぶらさがっている繋留索は、弱った蛇さながら潮に鞭打たれていた。一〇分後には、先頭の一連のドラム缶が船殻にぶつかっていた。それらはクレーンによって両方の繋留索の先端と共に船尾デッキに引き上げられた。クルーたちはすばやく近づき、ブラウンが作った両方の輪穴に通して枷《かせ》を掛けた。こんどは、試練から体力を回復したピットとジョルディーノの加勢を受けて、彼らはクレーンの前に搭載されている大きな牽引柱《けんいんちゅう》に二つの輪を絡《から》ませた。

「曳航《えいこう》の準備はいいか、オーシャンワンダラー？」バーナムは激しい息遣いの合間に告げた。

「こちらはいつでも結構です」ブラウンの答えが返ってきた。

バーナムは一等機関士に声を掛けた。「機関室の準備はいいか？」

「アイ、船長」ひどいスコットランド訛《なま》りが返ってきた。

つぎは操舵室《そうだしつ》の一等航海士に。「マヴェリック君、私がここから操船する」

「了解、船長。そちらにお任せします」

バーナムは大きなクレーンの前方に搭載されている制御コンソールに向かって、左右の脚を開いて立った。その表情は厳しかった。クローム製の二つのスロットルを握るとゆっくり前へ押しながら半ば身体《からだ》の向きを変えて、ちっぽけに見える調査船の頭上にそそり立つホテルを見つめた。

ピットとジョルディーノは、バーナムの両側に立っていた。クルーと科学者は全員、いまは波の上に出ているブリッジウイングに雨をものともせずに立ち、期待をこめながらも不安にかられて押し黙ったままホテル・オーシャンワンダラーに見入っていた。二基の巨大な電磁流体エンジンは、プロペラに連結するシャフトには接続されていない。生み出すエネルギーで海水をスラスターに送り込み推進力とするのだ。攪拌《かくはん》された大量の緑の水を船尾の下から叩き出さないので、水面は水平の竜巻さながらに水を旋回させる二筋の水流で乱されるに過ぎない。

牽引、強風、それに依然としてもみしだかれている海の重圧のせいで、シースプライト号の船尾は沈みこみ、船殻は震えた。船尾を振りはじめたものの、バーナムが機敏にスラスターの角度を調整すると、船殻は正面を向いた。永遠とも思える責めさいなまれる数分間、何事も起こりそうになかった。ホテルはかたくなに悲惨な死への旅を続けているかのようだった。

船尾デッキの彼らの足の下では、エンジンはディーゼルとは異なり振動もしなければ鼓動もしなかった。スラスターに動力を供給するポンプは、バンシー（訳注 女の小妖精）のように甲高い音を立てた。バーナムはエンジンに掛かる重圧を記録する計器とダイヤルに目を走らせた。数値を見た彼の表情は不安げだった。

ピットはバーナムに近づいて、隣に立った。彼の両手はスロットルを握りしめ、限度一杯まで、できればその先まで押し込もうと、血の気を失って白茶けていた。

「エンジンがこの上どれくらい耐えられるか分からん」バーナムは風のざわめきと機関室から立ち上ってくる金属音に負けずに声を張りあげた。

「思いっきり回転させせろ」ピットは氷河の氷のように冷徹な口調で言った。「もし吹っ飛んだら、私が責任を取る」

バーナムがこの船の船長であることに疑問の余地はなかったが、ピットはNUMAの序列でははるかに上だった。

「あなたがそう言うのは簡単さ」バーナムは警告した。「しかしエンジンが吹っ飛んだら、われわれも岩場で一巻の終わりになるんだよ」

ピットは花崗岩《かこうがん》のように固い笑いを浮かべた。「そんな心配は、そのときにするさ」

シースプライト号上の者たちにとって、願望は一秒経過するごとにますます絶望的になっていった。船は微動だにせず、水上に留まっているように思えた。

「頑張れ！」ピットはシースプライト号に訴えた。「きっとやれる！」

ホテルでは、強い不安が宿泊客の間に広がったうえに、磯波が近くの岩場を強襲し、海水が乱舞して飛沫《ひまつ》が噴きあがる破局的な状況を目《ま》の当《あ》たりにしたことで怯《おび》えに凍りつき、パニックが増大した。募るいっぽうの恐怖は、ホテルの基底部がせり上がっている海底に小突かれて出し抜けに震動が走りぬけたために、一段と強まった。火事や地震のときのように、狂ったように出口へ駆け出す者は一人もいなかった。走って行こうにも、行く場所がないのだ。海中に飛びこむのは、自殺行為以外の何物でもなかった。それは悲惨で苦痛な死に直結しており、溺《おぼ》れ死ぬか鋸歯《きょし》状の黒い溶岩に叩《たた》きつけられてずたずたにされるかのいずれかだった。

モートンはホテル中を巡り歩いて、宿泊客や従業員たちを落ち着かせて力づけようとしたが、彼に多少とも注意を払う者は皆無に近かった。彼は何度となく苛立《いらだ》ちと敗北感に見舞われた。窓から一目、外を見るだけで、きわめて精神力の強い者でも打ちのめされてしまった。両親の顔に書かれている不安に染まりやすい子供たちが、声を立てて泣きだした。一部の女性は金切り声を張りあげたり、すすり泣いたりしていたが、表面的には石のように無表情な女性もいた。男性の大半は個人的な不安に駆られて黙りこみ、愛している人を胸に抱きしめ、勇敢に振舞おうと努めていた。

眼下の岩場を打ちすえる波は、いまや雷鳴さながらに轟《とどろ》いており、多くの者にはそれが葬列のドラムの音に聞こえた。

操舵室では、マヴェリックが不安げにデジタル速度計に目を凝らしていた。赤い数字はゼロに凍りついているように思えた。五〇ガロンドラム缶を海の怪獣の鱗《うろこ》のようにぶら下げている、水中に伸びた繋留索を見つめた。動けと胸のうちで船を励ましているのは、彼一人ではなかった。彼は注意を全地球測位システム（GPS）に向けた。それは装置自体の正確な位置を三〇センチ以内の誤差で記録する。数値は動かなかった。後部の窓越しに、船尾の制御コンソールに向かって銅像のように立っているバーナムに視線を落とし、つぎに依然として怒れる海に包囲されているオーシャンワンダラーを見上げた。

彼はデジタル風力計にちらっと目を向け、この三〇分間に風がかなり弱まったことを心に留めた。「これはありがたい」彼は一人つぶやいた。

つぎに、改めてGPSを見ると、数字が変わっていた。彼は目をこすって、変化が想像の産物などでないことを確かめた。数字はゆっくりと変わり続けた。こんどは、速度計に目を凝らした。右端の数字がゼロと一ノットの間で揺れていた。

彼は呆然《ぼうぜん》と立ち尽くしたまま、目撃したことを信じたいとしきりに望みながらも、度過ぎた楽観的な観測の紛れもない産物ではないかと考えあぐねていた。しかし、速度計は嘘《うそ》をつかなかった。ほんのわずかずつであるにせよ、間違いなく前進していた。

マヴェリックは携帯拡声器をひったくると、ブリッジウイングに駆け出した。「動いたぞ！」彼は興奮して半ば狂喜しながら叫んだ。「曳航している！」

まだ、誰も歓声を上げなかった。逆巻く波を衝《つ》いての前進は肉眼では捉《とら》えにくいうえに、ごくわずかずつなので動いていると断定しようがなかった。みんなの拠《よ》りどころは、マヴェリックの言葉だけだった。耐え難い数分が過ぎるうちに、希望と興奮が一体になって募った。やがて、マヴェリックがまた叫んだ。

「一ノット！　一ノットで動いているぞ！」

それは幻覚ではなかった。それはゆるやかに認識され、オーシャンワンダラーと荒れ狂う沿岸との間隔が徐々に、しかし確実に開きつつあることが明確になった。

死も惨事も、今日はあの岩場で起こらずにすむはずだ。

13

シースプライト号は曳航用繋留索を張りつめて引きながら前進した。エンジンは設計家たちが夢にも思わなかった限界を超えて、猛然と回転していた。船尾デッキ上の者は誰一人、残忍な海岸も危機に瀕《ひん》しているホテルも見ていなかった。全員の目が、極度の重圧に軋《きし》み呻《うめ》いている車地と太い二本の繋留用鋼索に釘《くぎ》づけになっていた。もしも鋼索が切れたら、万事休すだ。ホテル・オーシャンワンダラーとそのガラスの壁の中にいる全員の救出は、まず不可能だ。

しかし不思議なことに、全員が視認するところでは、太い鋼索はまさにピットが計算した通り原形を保ち続けていた。

ごくゆっくり、ほとんど感知できないほどゆっくりと、シースプライト号はスピードを二ノットまで上げていった。船首に跳ね上げられた飛沫の大きな雲は、船尾まで飛び去った。ホテルを断崖《だんがい》から三キロほど引き離したところで、バーナムは初めてスロットルを手元に引いてエンジンの過大な負荷を軽減した。一メートル進むごとに危険は減少し、ついには威圧する岩場と荒海での大惨事は完全に回避された。

シースプライト号のクルーは、喜びにあふれるオーシャンワンダラーの宿泊客たちに手を振り返した。ガラスの壁の奥で、彼らは狂喜して手を振り、歓声を上げていた。死にまつわるいっさいの不安が取り払われるとともに、大騒ぎが始まった。モートンがワインセラーの開放を命じると、ほどなくホテルのいたるところで、シャンパンが川さながらに流しこまれた。宿泊客や従業員たちにとって、彼は時の人だった。客たちは絶えず彼を取り巻き、充分に値するか否かはともかく、自分たちを無残な死から救うために努力してくれたことを感謝した。

モートンは歓喜の騒ぎからこっそり抜け出て自分のオフィスへ引き返すと、心地よい疲労感に包まれて机に向かって腰を下ろした。安堵感に浸っているうちに、彼の思いは自分の将来へ向けられた。オーシャンワンダラーの支配人の地位から退くのは本意ではなかったが、スペクターとの関係がすべて過去のものとなったことを彼は心得ていた。根本的に自分が責任を負うべき大勢の人間を放棄した不可解な男のためになど、二度と働くわけにいかなかった。

モートンは時間を掛けてじっくり考えた。今回のドラマで彼が果たした役割が世間に知れれば、世界の国際的な高級ホテルチェーンで彼を雇わないところなどないはずだ。

しかしその働きを知られ、尊敬されることに関しては、問題が一つあった。ノストラダムスにご登場願わなくても、ホテルが生き残ったことをスペクターが知りさえすれば、救出の指揮を執って有名なホテルとその中の全員を救助したのが自分であると売りこむために、宣伝や広報関係者にプレスリリースの矢継ぎ早の送付、記者会見の設定、テレビインタビューの手配を命じるのは分かりきっていた。

モートンは時間的な優位を活用して、先手を打つことにした。ホテルの電話が復旧し、ハリケーンによる障害もなくなったので、大学時代のルームメイトでワシントンＤＣに広報関連の会社を持っている友人に電話を掛け、彼なりにまとめた波乱万丈の冒険譚《たん》を伝え、手柄を優雅にＮＵＭＡと曳航を工作した二人に譲ったが、エムリン・ブラウンとその配下の保全係たちの勇敢な働きについても忘れずに言及した。しかし、混迷した事態に際して自分が執った指揮に関する説明は、必ずしも控えめなものではなかった。

四五分後に、彼は受話器を架台に置くと、両手を後頭部に当てて有名なチェシャーキャットのように笑いを浮かべた。スペクターはきっと反撃するはずだ。しかし第一報がマスメディアに流れ、救出された客たちがインタビューを受けてしまえば、どんな続報もパンチに欠ける。

モートンはグラスのシャンパンをもう一杯飲み干すと、たちまち眠りに落ちた。

「まさに危機一髪だった」バーナムは静かに言った。

「よくやった、ポール」ピットは彼の背中を軽く叩きながら言った。

「計測では二ノット」マヴェリックが操舵ブリッジウイングから、下に集まって歓声を上げている者たちに大きな声で知らせた。

　雨は上がり、白い波頭が描く模様に飾りたてられた大きな三角波が埋めつくしていた海に、いまでは三メートル足らずの波が横たわっていた。ハリケーン・リジーは海上の船舶を危険に曝《さら》して沈めることに飽きたらしく、いまはその怒りをドミニカ共和国とその隣国ハイチの都市や町にぶつけていた。ドミニカ共和国では樹木はなぎ倒されてしまったものの、国民の大多数は依然として森が繁茂している内陸部で命拾いをした。死者は三〇〇名ほどにとどまった。

　しかし西半球の国の中でいちばんの貧困にあえいでいるもっと貧しいハイチ人たちは、小屋を建てたり薪に当てるための郊外の造植林を丸裸にされてしまった。建物は放置されて傷《いた》んだために保護する役目をほとんど果たさず、ハリケーン・リジーがこの島国を横断してふたたび外海へ吹き抜けるまでに、三〇〇〇名近くが命を落とした。

「恥を知るんだな、船長」ピットは声を立てて笑いながら言った。バーナムはいぶかしげに彼を見つめた。心身ともにくたびれ果てていたので、辛うじてつぶやいた。「何のことです？」

「あんただけだぞ、救命胴衣を着けていないのは」

彼はむき出しの防水服を見下ろして微笑《ほほえ》んだ。「騒動にすっかりあわてて、着用するのを忘れたのだろう」身体をひねって前方を向くと、ヘッドセットに語りかけた。「マヴェリック君」

「はい？」

「本船を君に委《ゆだ》ねる。操船してくれ」

「アイ、船長。ブリッジが指揮を執ります」

バーナムはピットとジョルディーノのほうに向き直った。「ところで、あなたたちは今日、大勢の命を救った。あれは勇敢な行動だ、二本の繋留索をシースプライト号まで引っ張ってくるなんて」

ピットとジョルディーノはどちらも、心底まごついているようだった。

やがてピットはにやりと笑うと、そっけなく言った。「どうってことないよ、本当に。われわれの数多い実績が一つ増えたに過ぎない」

バーナムは皮肉っぽい機知に騙《だま》されはしなかった。二人ともよく知っている彼は、彼らが自分たちの行なってきたことをただの一度も自慢することなく、黙って墓に入ることを見抜いていた。「お望みとあれば、自分たちの行動の重要性を軽視するのも結構だが、私に言わせればあなたたちは実に立派な仕事をなさった。さてと、話はもう十分だ。

操舵室《そうだしつ》に上がっていって、濡《ぬ》れているものを脱ぎましょう。カップ一杯のコーヒーが欲しい」

「何かもっと強いものはないのか？」ジョルディーノが訊《き》いた。

「用意できると思います。このあいだ寄港したとき、義理の弟のためにラムを一本、仕入れて置いたんで」

ピットは彼を見つめた。「あんたはいつ結婚したのだね？」

バーナムは答えずに笑みを浮かべただけで、ブリッジに通じる梯子《はしご》に向かって歩き出した。


文句なしに資格のある休息をとる前に、ピットは通信室へ入っていって子供のダークとサマーを呼び出してくれとジャーに頼んだ。何度か試みたすえに、ジャーは顔を上げて首を振った。「すみません、ピットさん。応答がありません」

「そいつは気掛かりだ」ピットは考えこみながら言った。

「些細《ささい》な故障のせいではないでしょうか」ジャーは明るく応じた。「嵐《あらし》のせいで、おそらくアンテナが壊れたのでしょう」

「それだけのことであってくれればいいが」

ピットは通路を歩いてバーナムの船室へ向かった。彼とジョルディーノはテーブルを囲んで座り、グラスに入ったバミューダ産のゴスリングズ・ラムを賞味していた。

「ピシーズと連絡が取れなかった」とピットは知らせた。

バーナムとジョルディーノは不安そうに視線を交わした。にわかに、満ち足りた思いが色あせてしまった。やがてジョルディーノがピットに請け合った。

「あの水中研究所は戦車なみの造りだ。ジョー・ザバーラと私が設計したんだ。できるかぎりの安全装置を盛りこんである。あの建物が引き裂かれるなんてありえない。嵐の海面下一五メートルでは起こりっこない。水深一五〇メートルに耐える造りになっているのだから、そんなことはない」

「君は三〇メートルにも達しようという波を忘れている」とピットは言った。「ピシーズは波の谷が通過するときは無傷ですんでも、つぎに襲ってくる海水の強力な壁を叩きつけられて台座がはずれ、サンゴ礁《しょう》の露出している岩に激突する恐れがある。その強烈な衝撃で、覗《のぞ》き窓など簡単に割れかねない」

「なくはない」ジョルディーノは譲歩した。「しかし、ありそうにない。覗き窓用には、迫撃砲弾だって跳ね返す強化プラスティックを指定したんだ」

バーナムの電話が鳴り、彼はジャーからの呼び出しに答えた。電話を切ると、腰を下ろした。「つい今しがた、オーシャンワンダラーのタグボートの片方の船長から連絡があった。出港したので、一時間半後には持ち場に到着できるはずだとのことだ」

ピットは海図台に近づき、コンパスを手に取った。彼は自分たちの現在地とピシーズを表わしている海図上のバツ印との距離を計測した。「タグボート二隻が着くまで一時間半」彼は考えながら言った。「さらに、繋留索《けいりゆうさく》を解くのに三〇分。そこでわれわれは目的地へ向かう。それから二時間。フルスピードで飛ばせばもう少し早く、水中研究所に着けるだろう。現場に着くまでには四時間ちょっと掛かる。子供たちの無事を神に祈るばかりだ」

「君の口調は、娘が真夜中過ぎても帰ってこないのでうろたえている親父《おやじ》そのものだ」ジョルディーノはピットの不安を和らげようとして言った。

「私も同感だ」バーナムが言い添えた。「サンゴ礁が最悪の嵐の破壊から二人を護《まも》ってくれたはずだ」

ピットは完全には納得しなかった。彼は操舵室のデッキを行ったり来たりしはじめた。「君たち二人の言う通りかもしれない」彼は静かに言った。「しかし、これからの数時間は、わが生涯でもっとも長い時間になるだろう」

サマーは水中研究所の傾いた側壁に簡易ベッドのマットレスを広げて寄りかかった。彼女の息遣いは浅く、ゆっくり息を吸っては吐いていた。できるだけ空気を節約するために、作業は一切しないことにしていた。思わず知らず、彼女は覗き窓越しに色鮮やかな魚たちを見つめた。ハリケーンが収まり、戻ってきた魚たちは水中研究所の周りを突進しながら、中にいる生き物たちをもの珍しげに見つめていた。これが窒息死する前に目にする最後の光景かもしれない、と彼女はつい思ってしまった。

ダークは脱出するために想像しうるあらゆるシナリオを検討していた。どれ一つとして、うまくいかなかった。残っているエアタンクを使って海面に達する案は、実際的でなかった。出入り口を何らかの方法で破れたとしても——それはたとえ大型ハンマーを使ってもあやしいものだが——水深三六メートルでは水圧は一平方センチ当たり約五キロ重に達する。海水が研究所内部に大砲の爆風なみの力で殺到し、二人の身体《からだ》に襲い掛かって無残な結果をもたらすのは目に見えていた。

「空気はどれくらい残っているの？」サマーが控えめに訊いた。

ダークは計器の列を見つめた。「二時間か、それより数分多い程度だ」

「シースプライト号はどうなったんだろう？　なぜポールは私たちを探しにこないのかしら？」

「もう近くに来てはいるさ」ダークは確信のないまま言った。「探してはいるけど、谷間の僕たちをまだ見つけられないだけのことさ」

「あの人たち、ハリケーンで消息不明になったと思う？」

「シースプライト号に限ってそれはない」ダークは慰め口調で言った。「これまでに誰生したどんなハリケーンにしろ、あの船を海底に送り込むなんてことは出来やしない」

二人は黙りこみ、ダークは叩《たた》きつぶされた水中無線送信機を修理してまた使えるようにしようと神経を集中したが、無駄な試みだった。壊れた接合部分を集めはじめた彼の物腰に、逆上している様子はまったくなかった。彼は確固とした目的を持って行動し、作業に冷静に専念していた。その後二人は話を交わさず、互いの勇気を支えにしながら、残っている空気の節約に努めた。

一生涯が過ぎたかと思えるほど、それからの二時間は果てしもなくだらだらと尾を引き続けた。頭上では、戻ってきた陽の光を受けて、ナヴィダド浅堆《せんたい》の上を絶え間なく掃く波が煌《きら》めいていた。ダークは粘ったが、通信装置はどうにも修理できなかった。ついに、敗北を認めて諦《あきら》めざるをえなかった。

彼は息遣いがますます苦しくなるのを感じた。もう一〇〇回目になるだろうか、壊れていないエアタンクの残存量を示す計器に目を向けた。サマーに近づいていくと、やさしく揺すった。彼女はピシーズ内の酸素が減ったために、軽い眠りに落ちつつあった。

「起きるんだ、ほら」

彼女は灰色の目をしばたたいて開けると、静かに穏やかな眼差《まなざ》しで彼を見上げた。それはすぐさまダークの胸中に、双子の間では典型的な兄妹愛の炎を掻《か》き立てた。

「起きるんだ、ねぼすけ。潜水用タンクから呼吸をするしかなくなった」彼はタンクを二人の間に置くと、調整器のマウスピースを彼女に渡した。「レディーファースト」

自分たちの手には負えない状況に直面していることを、サマーは痛いほど心得ていた。無力感は彼女とは無縁だった。生まれてこのかた、どんな場合でもある程度の統制力を失わなかった。それが今回はまったく無力であり、そのために意気消沈してしまっていた。

いっぽう、ダークは無気力になるより苛立《いらだ》っていた。彼は、牢獄を抜け出して最終的な処刑を逃れようとする自分のあらゆる努力を運命の女神たちに阻害されているように感じていた。二人が最後の息を引き取る前に脱出する方法があるはずだと考え続けていたが、考え出したどの案も行き止まりに突き当たった。

最期が急速にまぎれもなく現実と化しつつあることを、彼は悟るに至った。

14

太陽の弧の頂点は地平線の下に沈みかけていて、黄昏《たそがれ》が数分後に迫っていた。東からの強風が弱風に和らいで、暗さの募る海をやさしく撫でていた。ピシーズとの通信が全面的に途絶えているのを知ったシースプライト号のクルーの間では緊張が高まり、暗雲のように船上に広がった。ダークとサマーが災害にあったのではないかという不安が、彼らの気持ちを苦しめた。

ハリケーンを生き延びたのは、ひどく痛めつけられた硬体膨張式ボート一艘《そう》だけだった。シースプライト号が通常搭載している三艘は、巨大な波にさらわれてしまっていた。高速でナヴィダド浅堆の本来の停泊地へ引き返す間に、件《くだん》のボートはダイバー三人を運べるように修理された。ピット、ジョルディーノ、それに潜水の名手で、シースプライト号に乗りこんで新式のロボット艇のテストを担当していた機器エンジニアのクリスティアノ・レラシが、捜索兼救出作戦を展開することになっていた。

彼ら三人は、大半のクルーや関心を寄せている科学者たちと一緒に、船上の会議室に集まった。バーナムがピットとジョルディーノに行なっている水中地質学の説明に、彼らは熱心に耳を傾けていた。彼は一つ間を取ると、いっぽうの隔壁に掛かっている大きな二四時間時計をちらっと見つめた。「二時間後には現地に到着するはずだ」

「無線による接触がいっさいない以上」ジョルディーノが発言した。「ピシーズはハリケーンで損傷したという判断の下に行動を起こすべきだ。それにピットの読みが正しいとするなら、巨大な波が水中研究所を最後に確認されていた地点からさらっていった、と信ずべきあらゆる理由がある」

ピットが引き継いだ。「水中研究所の地点に到着して、それが消えてしまっているときには、GPSコンピューターにプログラムしてある探査グリッドを用いて捜索をはじめます。われわれは、私を真ん中に配して展開する。アルは私の右側、クリスティアノは私の左側で、東へ向かって浅堆を隈《くま》なく調べていく」

「なぜ東なんです？」レラシが訊いた。

「嵐がナヴィダド浅堆を襲ったときに、東へ移動していたからです」とピットが答えた。

「シースプライト号をぎりぎり一杯までサンゴ礁に近づけるつもりです」バーナムは知らせた。「投錨《とうびょう》はしないつもりです。そのほうが必要の生じたとき行動を起こしやすい。あなたたちが水中研究所を目撃してその地点を割り出ししだい、状況を報告してください」

「何か質問は？」ピットはレラシに訊いた。

たくましいイタリア人は首を振った。

誰もがその目と胸中に深い同情を宿して、ピットを見つめた。これは見知らぬ他人の探索ではなかった。ダークとサマーは過去二ヶ月にわたる船乗り仲間であり、単なる行きずりの知人や一時の友人をはるかに超えていると見なされていた。彼らはみな海の研究と保護を追求している同僚だった。誰一人として、兄妹が命を奪われてしまったのではないかなどと、とても思う気になれなかった。

「では始めるとしよう」と言い、ピットはつけ加えた。「支援してくれるみんなに、神の祝福あれ」

ピットの望みは一つ、ただ一つ、無事に生きている息子と娘を見つけだすことだった。彼は子どもたちが生まれ落ちてから二二年間、この世にあることを知らずにいたが、彼らが自分の戸口に現れてからわずかなうちに急速に愛情を育《はぐく》んできた。彼の唯一《ゆいいつ》の悔い、しかも深い悔いは、彼らの子ども時代に居合わせなかったことだった。同時に、彼らの母親がその間ずっと生きていたことを知らずにいたことが、非常につらかった。

彼の子どもたちをピットに負けずに愛するようになったのは、この世でただ一人、ジョルディーノだった。彼は二人にとっては優しいおじさんであり、父親が頑固振りを発揮したり過保護に走るときには二人の相談役であり頼もしい存在であった。

ダイバーたちはぞろぞろと出て行き、船殻から水中へ伸びている乗船用のランプへ向かった。クルーの一人が痛めつけられた膨張式ボートを水上に下ろし、二基の船外モーターをアイドリングさせた。

今回、ピットとジョルディーノはフルウエットスーツを着用しており、膝《ひざ》、肘《ひじ》、両肩には鋭いサンゴから保護するために、強化パッドが入っていた。さらに、閉回路酸素供給器の代わりにエアタンクを使うことに決めた。フルフェイスマスクが頭に取りつけられ、連絡用の電話の点検が行なわれた。つぎに、彼らは足鰭《あしひれ》を片手に持ってランプを下り、用具を携えてボートに乗り移ろうとした。彼らが乗り込もうとすると、先ほどのクルーが飛び込んでボートを支え、ランプに固定した。ピットはコンソールに向かって立ち、例のクルーが舫《もや》い綱を投げ出すと、早速、舵輪を握って二基のスロットルを静かに前へ押した。

ピットは最後に確認されているピシーズの座標をGPS装置にプログラムすると、四〇〇メートル足らず先のその地点へ直進する進路を設定した。早く到着したいとあせる心と直面しかねない事態に対する怯えにも近い不安から、ピットはスロットルに体重をかけ、小さなボートを時速七〇キロ余りで波を切って疾駆させた。GPSの数字が接近したことを示すと彼は速度を落とし、モーターをアイドリングさせて目標地点に近づいていった。

「これで真上のはずだ」彼は知らせた。

　その言葉が彼の口をついて出終わる寸前に、レラシが船縁《ふなべり》から水中へ小さな飛沫《ひまつ》を上げて滑りこみ、姿を消した。三分も経《た》つと、彼は海面に引き返してきた。舷縁《げんえん》のハンドロープを摑《つか》むと、エアタンクやその他もろとも片手でボートの中へ身体を引き上げ、船底に転げこんだ。

　ジョルディーノは興味深そうにこの離れ業をしげしげと見つめた。「おれにまだ出来るかとなると、怪しいものだ」

「おれには出来っこない」とピットは言った。そしてレラシの横にひざまずくと、彼は首を振りヘッドホンを介して話した。

「申し訳ない、スィニョーレ」彼は訛《なま》りのあるイタリア語で告げた。「水中研究所はどこかへ行ってしまった。目に留まったのは、散らばっているタンク数本と小さながらくたが少々」

「二人の正確な場所の手がかりはなしか」ジョルディーノの口調は深刻だった。「大波なら二キロぐらい運んでいきかねない」

「それなら、跡をたどるまでだ」レラシが望みを託していった。「あなたの言った通りだ、スィニョーレ・ピット。押しつぶされて砕けたサンゴの跡が、東のほうに伸びているようです」

「時間を節約するために、海面から探すことにする。舷側から頭を突っ込んでくれ。アル、君は右側だ。レラシは左側。声で私を誘導して、破砕されたサンゴの跡へ向かわせてくれ。君らの指示に従って操縦する」

膨張式ボートの丸みを帯びた船殻から身を乗り出して、ジョルディーノとレラシはフェイスマスク越しに水中を覗《のぞ》き込み、ハリケーンが運び去った水中研究所の通過した道筋をたどった。ピットはわれを忘れたように操縦していた。彼はジョルディーノとレラシが指示する針路へ夢中で船首を向けていた。彼の意識には、冒険に満ちてはいるが時に孤独な自分の生活に息子と娘が飛びこんできてからのこの二年間のことが、あれこれと浮かんでいた。彼はワイキキビーチの由緒《ゆいしょ》あるアラモアナホテルで、彼らの母親に出会った瞬間を思い返した。彼がカクテルラウンジに座り、サンデッカー提督の娘と世話をしているときに、彼女が幻のように現れたのだった。燃え立つような長く赤い髪を、背中にたらしていた。その完璧《かんぺき》な肉体は、スリットの入った、中国風のタイトな緑の絹のドレスに包まれていた。その色彩のコントラストは、息を呑《の》むほどだった。一目惚《ひとめぼ》れの恋などありえないと固く信じていた独り身の彼は、恋のためならいつでも死ねる心境にあることをあの瞬間に自覚した。悲しいことに、ハワイの北岸沖にある彼女の父親の水中の住まいが地震のために崩落した際に、彼女は死んでしまったものとピットは即断してしまった。彼女はピットと一緒に泳いで海面に出たが、止める間もなく、父親を助けるために海中へ戻っていったのだった。

その後、二度と彼女に会うことはなかった。

「砕かれたサンゴは、真っ直ぐ一五メートル先で途切れているぞ！」ジョルディーノが水中から頭を持ち上げながら怒鳴った。

「研究所は見つかったか？」ピットは答えを迫った。

「影も形もない」

ピットは相手の言葉を拒絶した。「消えうせるわけがない。そこにあるはずだ」

一分ほどすると、こんどはレラシが叫んだ。「見つけた！　見つけたぞ！」

「おれにも見える」ジョルディーノが知らせた。「狭い谷間に落ち込んでいる。三〇メートル余りの深さに横たわっているようだ」

ピットは点火スイッチを切ってモーターを止めた。彼はレラシに向かってうなずいて見せた。「場所の目印にブイを投げ出し、ボートの面倒を見てくれ。アルと私は潜る」

すでに用具は身に着けてあったので、あとは足鰭を履くだけだった。足鰭をブーツの上に引っ張り上げると、一瞬も無駄にせずに舷側から飛びこんだ。両足を上げると、潜ったときに生じた気泡を縫いながら、ゆっくり下りていった。谷間の側壁はすこぶる狭いので、水中研究所が狭い壁面に引っかからずに底まで落ちているのには驚かされた。

古馴染《ふるなじ》みの不吉な予感の触手が胃の腑《ふ》を這《は》いずりまわりだしたので、ピットはしばらくいっさいの動きを止めて一つ大きく息を吸い込み、目の当《ま》たりにしたくないと思っている事態に備えた。しかし、二人を救出するには到着が遅すぎたのではないかという思いを、どうにも振り払うことができなかった。

上から近づいてみると、水中研究所は原型を保っているようだった。頑丈な造りを考慮すれば、驚くには及ばなかった。ジョルディーノが追いつき、身振りで壊れた出入り用の気密室を示した。それはサンゴに激突して食い込んでいた。ピットは自分も確認したむねを身振りで伝えた。やがて、彼の呼吸は一瞬止まり、心臓が早鐘を打った。内部へ空気を供給するタンクがひどく傷《いた》んでいるのを見届けたのだ。ああ、なんてことだ、よしてくれ。足鰭《け》を蹴って潜りこみ、向きを変えて大きな覗き窓へ回りこみながら彼は思った。どうか、子どもたちが空気切れになっていませんように。

間に合わなかったことを恐れながら、彼はフェイスマスクを分厚いプラスティックに押しつけて、薄暗い内部を見定めようとした。そこは海面から射《さ》しこんだ不気味な薄明かりに彩《いろど》られていて、霧に覆《おお》われた洞穴の中を覗きこんでいるのに似た感じがした。研究所の底でぐったりと毛布に横たわっているサマーを、ピットは辛うじて見極められた。ダークは妹と並んで逆転した床に寄りかかっているように彼の目には映ったが、肘を付いて彼女のほうへ身を乗り出しているのだった。ダークが動くのを目撃し、ピットの胸は弾んだ。彼は空気調整器を自分の口から妹の口へ移し替えようとしていたのだ。

子どもたちが生きているのを見つけて有頂天になった彼は、潜水ナイフの柄で覗き窓を激しく何度も叩《たた》いた。

タンクの圧力計はレッドゾーンを指していた。いまや最期《さいご》は、わずか数分後に迫っていた。

サマーとダークは減少一途の空気の供給量をできるだけ長持ちさせるために、息を吸うのも吐くのも一定の間隔でゆっくり行なった。入日が翳《かげ》ったために、外の海水は青緑色から灰緑色《かいりよくしよく》に変わっていた。ダークは父がくれた文字盤がオレンジの潜水時計、ドクサのSNB300Tにちらっと目を向けた——午後七時四七分。彼らは研究所内に二人だけで、外部と交信のないまま一六時間近くすごしたことになる。

サマーは半睡の状態で横になっていた。彼女が目を開けるのは調整器を介してタンクから数度息を吸う番になったときだけで、その間ダークは肺の中にあるあらゆる空気の分子を吸いこみながら息を殺している。はじめのうち、サマーは靄《もや》の掛かった頭でたんに大きな魚だと思ったのだが、そのうちに硬い透明な窓の表面をこつこつ叩く音を聞きつけた。いきなり上半身を起こすと、ダークの肩越しに見据えた。

ダイバーが一人、外を漂っていた。その男はフェイスマスクを覗き窓に押しつけて、興奮ぎみに手を振っていた。数秒たつと、別のダイバーが加わり、その男も研究所内に生存者を見つけて嬉《うれ》しげにしきりに励ますような仕草をした。

自分は朦朧《もうろう》とした譫妄《せんもう》状態がもたらす恍惚境《こうこつきょう》に入りこんだのだと思ったが、そのうちにサマーは自分が見ている水中の男たちは本物なのだと気づいた。「ダーク！」彼女は叫んだ。「彼らがここにいるわ、私たちを見つけてくれたんだわ！」

彼は振り返り、漠然と安堵《あんど》しながら目をしばたたいた。やがて、覗き窓の外にダイバー二名を識別すると、実感が一挙に湧いてきた。「おお、なんと、親父《おやじ》とアル小父だ！」

兄妹は二人とも覗き窓に手を押し当てると、喜びに満ちた笑い声を立てた。ピットは外側から同じ場所に手袋をした手を当てた。つぎにピットはベルトから石版を取り出すと、二語書いて、それを持ち上げて見せた。

君たちのエア？

ダークは乱雑なピシーズの内部を夢中でかき回して、フェルトペンとパッド式メモ用紙を探し当てた。大きな文字で書くと、パッドを覗き窓に押しつけた。

一〇分、たぶん一五分ぶん残っている。

「こいつはかなり厳しい」ジョルディーノはヘッドホン越しに言った。

「ぎりぎりだ」ピットは同意した。

「彼らのエアが底をつく前に、覗き窓を打ち破る方法がない」ジョルディーノは胸苦しくなるが言わざるを得ない言葉を口に出した。「ミサイル以外では、この覗き窓を吹っ飛ばすことは無理だ。それに、それが可能だとしても、この深度では管の中でダイナマイトが爆発したように、海水が研究所内に炸裂《さくれつ》しながら殺到するに決まっている。雪崩《なだれ》を打つ波に、彼らは押しつぶされてしまう」

ジョルディーノはピットの冷静で読みの深いことには、いつもながら驚かされてきた。自分の息子と娘があとわずか数分で苦悶《くもん》の死を遂げると知ったら、ほかの男ならパニックに取りつかれかねない。だが、ピットは違う。彼は熱帯魚のゆったりとした動きを検討でもしているかのように、水中に浮いていた。数秒間、落ち着き払って、何もする意思がなさそうに見えた。口を開いたときも、口調は落ち着いて明瞭《めいりよう》だった。

「ポール、私の声が聞こえるか？」

「聞こえるし、あんたのジレンマも理解できる。こっちの私に出来ることは？」

「そっちの用具室にモルフォン水中ドリルがあると思うんだ」

「ああ、たしか一台あったはずだ」

「われわれがそっちに着くまでに、そいつをランプに用意しておいてくれ。ドリルには必ず最大の旋回式切断ビットを取り付けておいてくれ」

「ほかに何か?」

「余分にエアタンクが一対あると助かる、調整器つきの」

「あんたが着くまでにぜんぶ揃《そろ》えておく」

それからピットは石版に何か書きつけると、覗き窓の外でかざして見せた。


頑張れ。一〇分で戻る。


そこで彼とジョルディーノは視界の外へ上っていき、頭上に姿を消した。

ピットとジョルディーノが海面目指して上昇し、視界から姿を消してしまうと、まるで芝生の上での抜き打ちの誕生祝いが暴風雨に襲われたような感じに見舞われた。彼らの望みは父親とその親友の姿を見たときに高揚したが、二人が行ってしまうとすべてがわびしい状態に逆戻りしてしまった。

「二人に行ってほしくなかったわ」サマーは低い声で言った。

「心配するのはよせ。二人は僕たちの空気量を知っている。ふと気づいたときには、もう戻ってきているさ」

「どうやって私たちを外へ出すのだと思う？」サマーは疑問を口に出していった。

「誰かが奇跡を起こせるとしたら、親父とアルだ」

彼女はエアタンクの計器の指針を見つめた。それはいたぶるように、小刻みに震えながらゼロに近づきつつあった。「二人に急いでもらいたいわ」彼女はそっとつぶやいた。


ピットが船に急いで戻っていくと、バーナムはすでに予備のエアタンクとモルフォン水中ドリルを用意しておいてくれた。ピットは疾走するボートの向きをぴたりと変えて、ランプの横に急停止させた。

「ありがとう、ポール」彼は声を掛けた。

「喜んでもらえれば何よりだ」バーナムは硬い笑みを浮かべて応じた。

ピットは用具が積みこまれるのを待ちかねたようにスロットルを前方へ叩きこみ、ピシーズの頭上に浮いているブイを目指して猛然と引き返した。

レラシが錨《いかり》を投げこむ傍らで、ピットとジョルディーノはフルフェイスマスクの調整を終えると、背中から水中に潜った。ピットは重さ九キロほどの頑丈なモルフォンドリルを携えていたが、平衡浮力を得るために浮力調整器を膨らまさずにおいた。ドリルが海底まで一分足らずで引きずりこんでくれるのに任せて、降下しながら耳を水圧に慣らした。両足で谷底の砂地をしっかり踏みしめると、すぐさまドリルの円形の切断刃を覗き窓に押し当てた。

スイッチを入れてドリルを回転させる前に、彼は中を覗きこんだ。サマーは半ば意識がないようだった。ダークは弱々しく手を振ってきた。ピットはすばやくドリルを脇《わき》に置き、石版に書きなぐった。

　これから穴を開けて
　エアタンクを送りこむ。
　突入する水を避けろ。

貴重な時間を無駄にしないために、ピットは覗き窓にドリルを押し当ててトリガーを絞り、ドリルビットが鋼鉄に近い抗張力を備えている透明な物体を貫通してくれることを、無理かと思いつつも祈った。水中では拡大されるドリルモーターの回転音と覗き窓に襲い掛かるビットの摩擦音に、およそ一〇〇メートル以内の魚はことごとく驚いてサンゴの中を泳ぎ回った。

ピットは左右の脚と腕のあらゆる筋肉を奮い立たせて、ドリルに体重をかけながら押した。ジョルディーノが膝《ひざ》を砂の中に固定してピットの下にかがみこむと、ドリルの円筒部分に両手を当てて前方へ押し、切断作業に力を貸してくれたので感謝した。

男二人がドリルに全力を傾けて体重をかけている間も、一分また一分と、時がのろのろと過ぎていった。彼らは口をきかなかった。それには及ばなかった。互いの胸中は、もう四〇年以上にわたるつきあいで分かりきっていた。二人は歩調の合う一対の荷馬さながらに働いた。

ピットは研究所内部に以後まったく動きが見られないので、いまにも狂乱状態に陥りそうだった。ドリルビットが覗き窓に深く食いこむにつれて、その速さは一段と増大した。やがて、ピットとジョルディーノは、ドリルビットが覗き窓をくり抜いたのを感じ取った。彼らはすぐさまドリルを手元へ一挙に引き寄せた。ピットがスイッチを切るか切らぬうちに、ジョルディーノは気圧の低い内部へ流れこむ水の力に助けられながら、エアタンク一本と調整器を直径二五センチほどの丸い穴から押しこんだ。

ピットは反応を示せと子どもたちに叫びたかったが、彼らに聞こえるはずがなかった。サマーが身体《からだ》をまったく動かそうとしないのが見て取れた。ドリルを取り戻し、這いこめるように穴を広げようとした際に、ダークが弱々しく調整器に手を伸ばしマウスピースを口にくわえた。二度、深く吸いこむと、通常の状態に戻った。彼はたちどころに、マウスピースをサマーの唇の間に優しくゆっくり押しこんだ。

ピットは喜びの余り歓声を上げたかった。サマーが瞬《また》きながら目を開け、胸部が上下し始めたのだ。流れこむ海水で研究所内は急速に埋められつつあったが、いまや彼らは呼吸するエアをたっぷり持っていた。ピットとジョルディーノは改めてドリルを手に取ると、中の二人が脱出できる大きさに穴を広げる仕事に取り掛かった。こんどは死に物狂いの作業ではなかった。彼らが交代で穴を拡大していくうちに、円形の切り口は人一人が通り抜けられる大きさの四葉のクローバー型になった。

「ポール」ピットはヘッドホンで呼びかけた。

「聞こえている」バーナムは応答した。

「高圧酸素室は？」

「乗船した瞬間に二人を受け入れられる態勢にある」

「彼らはどんな水深で、水中のピシーズにどれくらい留まっていたのだろう？」

「水深一八メートルで、三日と一四時間にわたって水圧を受けていた」

「それだと、少なくとも一四時間の減圧が必要だ」

「何時間でも問題はない」バーナムは応じた。「船上には高圧療法の専門家が一名いる。彼が減圧時間をコンピューターではじき出してくれる」

ジョルディーノは穴の切開が終わったことを合図した。いまや研究所の内部は水でほぼ埋めつくされ、空気圧が圧縮されたために海水の流入は制限されていた。彼は内部へ手を伸ばし、サマーの手を摑《つか》んで外へ引き出した。ダークはエアタンクの一本を外へ押し出した。サマーはそれを両腕で抱え、調整器のマウスピースを介して空気を吸った。

やがて不意に両手で待ってくれと合図すると、研究所の中に姿を消した。彼女はノート、コンピューターディスク、デジタルカメラの入った水密ビニール袋を握りしめて戻ってきた。ジョルディーノは彼女の腕を取ると海面へといざなった。

つぎにダークが、二本目の予備タンクを携えて出てきた。ピットは息子をさっと抱きしめると、一艘《そう》だけ残った膨張式ボート目指して一緒に浮上した。兄妹がボートの中に無事引き入れられるが早いか、レラシはスロットルを前へ倒して高速で調査船へ向かわせた。ピットとジョルディーノは時間を一、二分なりとも節約するためにボートに乗り込まずに水中に留まり、回転するスクリューに切り刻まれないようにボートを押すと後方に離れた。

レラシが戻ってきて彼らを引き上げるころには、ピットの息子と娘はすでに高圧酸素室に収まっていた。減圧症、あるいは潜水病と呼ばれるものの根本は、通常の気圧下では肉体が余分な窒素の大半を排出するところにある。しかし圧力が強まると、血流中の窒素が増える。ダイバーが潜っていき、周囲の水圧が高くなるにつれ、純粋な窒素の気泡が血液中で発生し、それが最終的には大きくなりすぎて組織を通過できなくなる。そうした気泡を拡散させて肺の組織を通過させるために、ダイバーは一〇〇パーセントの酸素を呼吸しながら、ごくゆっくり気圧が低下していく部屋の中で座っていなくてはならない。

ダークとサマーは高圧酸素室内で本を読んだり、死滅しつつあるサンゴや褐色汚濁に関する発見を報告書にまとめたりしながら長い時間をすごした。それに加えて、古代遺物を秘蔵している洞穴に対する二人の印象も記録した。その間彼らは、高圧療法専門の医師にずっとモニターされていた。

星がダイヤモンドさながらに煌《きら》めき、高層コンドミニアムの照明が輝く中、シースプライト号は世界でもっとも繁忙を極める深水港の一つであるフォートローダーデイルのエヴァーグレイズに入港した。調査船はデッキの灯りを照り映えさせながらゆっくりと航走を続け、翌朝の出航に備えて乗客や補給品を受けいれているクルーズ船の長い列の横を通り過ぎていった。沿岸警備隊から知らされていたので、港内のどの船も汽笛やエアホーンを三度鳴らして、NUMAのドックへ向かっているシースプライト号に敬意を表した。

同船がやってのけたオーシャンワンダラーとその一一〇〇名もの宿泊客や従業員の勇壮な救出劇は、四八時間前から世界中のニュースに取りあげられていた。ピットはドックで待ち構えているにちがいないマスメディアの攻勢を恐れた。船首の手すりにもたれて黒い海面を見つめていると、反射する光の筋が船首で白く煌めいては消え去っていった。自分の隣に人影を意識して振り向くと、微笑《ほほえ》んでいる息子の顔が目の前にあった。

いつものことながら、二五年前の自分自身を鏡で見ているようで驚かされた。

「どう思う、あれをどうするつもりだろう？」ダークは訊《き》いた。

ピットは眉《まゆ》を吊《つ》り上げた。「何をどうするって？」

「ピシーズさ」

「あれを引き上げるか否《いな》かの決定はサンデッカー提督が下すことだ。クレーンを搭載した艀《はしけ》をサンゴ礁《しょう》の上まで運んでいくのは不可能だと明らかになるかも知れない。それにたとえそれが出来たとしても、自重六五トンの物体を狭い谷間から引き揚げるのは費用的に見合わないということになるかもしれない。提督があっさり見切りをつける可能性だってある」

「現場に居合わせて見たかったよ、親父とアルがホテルの繋留索《けいりゅうさく》に結んだラインをシースプライト号へ引っ張っていくところを」

ピットは微笑んだ。「われわれのどちらかが、またあんな任務を買って出るかは怪しいものだ」

こんどはダークが笑いを浮かべた。「その点に関しては、逆に賭《か》けざるを得ないな」

ピットは向きを変えて手すりに背中をもたせ掛けた。「お前とサマーはすっかり快復したのか？」

「僕たちは平衡と比較感度に関するテストは文句なしで通ったし、後遺症の気配もまったくない」

「さまざまな症状が数日か数週間たってから現れないとも限らない。お前と妹はしばらくのんびりするほうがいい。その間、どうしても何かしたいのなら、私が雑用を与えてやる」

ダークは父親をいぶかしげに見つめた。「たとえばどんな?」

「サン・ジュリアン・パールマターと会えるように取り計らってやる。お前たち二人は彼と共同研究して、ナヴィダド浅堆《せんたい》で見つけた古代遺物にまつわる答えを探り出すがいい」

「僕たちはぜひとも戻っていって、あの洞穴で見つけたものをさらに調べる必要がある」

「それもなんとかしてやれる」ピットは請け合った。「しかし、ゆっくり取り組むさ。期日を限られてはいないんだ」

「それに、浅堆周辺で海棲《かいせい》生物を殺している褐色汚濁は?」ダークは食い下がった。

「あれは無視するわけにいかない」

「新しいクルーと別の調査船からなるＮＵＭＡのもう一つの派遣隊が結成されて戻っていき、災害の研究をする」

ダークは向きを変えて前方の港と水面に躍る灯りを見つめた。「もっと一緒にすごす時間が欲しいよ」彼は恨めしげに言った。

「どうだ、カナダの北部森林地帯での釣行《ちょうこう》は？」ピットは提案した。

「僕のほうはいいよ」

「サンデッカーに掛け合ってみる。われわれ全員がこの数日に収めた実績を持ってすれば、彼も短い息抜きの休暇を断るわけにいかないだろう」

ジョルディーノとサマーが現れて手すり際《ぎわ》の二人の仲間に加わり、見事な働きを讃《たた》える合図を送ってくるすれ違う船に手を振った。シースプライト号が湾曲部を回ると、ドックが視野に入ってきた。ピットが恐れていた通り、そこはテレビ局のヴァンや記者たちでごった返していた。

バーナムが船をドック沿いに静かに停止させると、舫《もや》い綱が投げ渡され係船柱に巻きつけられた。やがてタラップが下ろされると、ジェームズ・サンデッカー提督がひよこを追いかけている狐《きつね》さながら船に猛然と乗りこんできた。細身で燃え立つような赤毛にヴァンダイク髭《ひげ》を蓄えた彼は、すこぶる狐に似て見えた。彼の後にはNUMAの次官で、同機関を陰で支えている管理の天才ルディ・ガンが従っていた。

バーナムは乗りこんできた提督を出迎えた。「ようこそ船上へ、提督。お目にかかれるとは思っておりませんでした」

サンデッカーは腕を軽やかに振り回して、ドックや大勢の報道関係者を示しながら喜色満面だった。「こんな機会を、この世と引き換えでも無にするものか」そう言い終わると、バーナムの手を思うさま握りしめた。「なんとも見事な仕事ぶりだ、船長。NUMA全体が君とクルーを誇りに思っているぞ」

「みんなの力です」バーナムは謙虚に言った。「ピットとジョルディーノがやってのけた繫留索を手渡すという英雄的な行為がなければ、オーシャンワンダラーはきっと岩場に叩《たた》きつけられていたはずです」

サンデッカーはピットとジョルディーノに目を留め、近づいていった。「やあ」彼は手短に言った。「毎度、同じことの繰り返しか。お前さんたち二人ときたら、騒ぎに巻き込まれずにはいられないようだ」

ピットにはそれが提督にしては最高の褒め言葉なことが分かっていた。「プエルトリコ沖のプロジェクトに携わっているときに、キーウエストのNUMAハリケーンセンターのハイジ・リシャーネスから電話が掛かってきて、状況を説明してくれたのはラッキーだったとだけ言っておきます」

「神に感謝するよ、君たちが間に合うように現場に飛び、大災害を躱《かわ》す助けが出来たのだから」ガンが発言した。彼は小柄な男で、分厚い角縁の眼鏡をかけており、親しみやすい気性の持ち主なので、誰からもすぐ好感を持たれた。

「運《つき》が決め手になった」ジョルディーノが控えめに言った。

　ダークとサマーが近づいていくと、サンデッカーから声をかけられた。「君たちは二人とも試練の後、体調を取り戻したようだな」

「父とアルがあの時点でピシーズから連れ出してくれなかったなら」サマーが言った。「ここに立ってはいないでしょうね」

　サンデッカーの笑顔は皮肉めいていたが、眼差《まなざ》しはいかにも誇らしげだった。「ああ、例の善き行ないをなすお方の働きは、止まることを知らぬようだ」

「そこでお願いがあるのですが」ピットは切り出した。

「頼みごとは、おことわりだ」サンデッカーは相手の胸中を読み取って答えた。「君らはつぎのプロジェクトを完了しだい、のんびり休暇に入れる」

　ジョルディーノはふくれ面《つら》で提督を見つめた。「根性の捻《ね》じ曲がった爺《じい》さんだ」

　サンデッカーはぼやきを無視した。「君たちみんなが持ち物をまとめしだい、ルディが空港まで乗せていってくれる。私がNUMAのジェット機を待機させてある。君たちをワシントンへ飛ばすためだ。与圧されているから、減圧治療を受けたばかりのダークとサマーにも、何の支障もないはずだ。全員、明日の正午、私のオフィスで会うこととする」

「その飛行機にはベッドがあるんでしょうね、それがわれわれの得られる唯一《ゆいいつ》の眠りになりそうなんで」ジョルディーノが反撃に出た。

「提督、あなたも一緒に飛ばれるんですか？」サマーが訊いた。

彼は悪ぶった笑いを浮かべた。「私かね？　いや、別の機で後を追う」待ち構えている記者たちを身振りで示した。「誰かが報道メディアの祭壇に、わが身を犠牲に差し出さねばならないじゃないか」

ジョルディーノは胸のポケットから、サンデッカーの特注ブランドと紛らわしいほどよく似た葉巻を一本取り出した。彼はその端に火をつけながら、提督を油断なく見つめた。「われわれの名前は正しく綴《つづ》ってもらってくださいよ」


ハイジ・リシャーネスは、死に絶えようとしているハリケーン・リジーを映し出すモニターの列を、見るともなしに見据えていた。それは南東へ折れて、カリブ海全域を航行していた船舶に猛威を振るった後に、ニカラグアのプエルトカベサスとプンタゴルダの間の東岸を急襲した。幸い、ハリケーンの勢力は半減していたし、その沿岸に暮らしている住民はほとんどいなかった。リジーは八〇キロに及ぶ低湿地帯を横切り、山麓《さんろく》の丘陵地帯に吹きこむころには力を使い果たしてついに消滅したが、すでに一八隻《せき》の船舶が全乗組員ともども消息を絶っていたし、三〇〇〇名が命を奪われたうえに、負傷者や住まいを失った人は一万を数えた。

もしもハリケーン・リジーの発生直後に予報と警報を出さなかったなら、死者の数は恐ろしいほど増えたのではないかと想像をめぐらせた。彼女は机の前の椅子《いす》に身体《からだ》を沈めて座っていた。机には何枚もの写真、コンピューター分析報告書、それに大量のコーヒーの紙コップが散らばっていた。そこへ、彼女の夫のハーリーが、まるでハリケーン・リジーが吹き抜けでもしたような、掃除係も手を焼く荒れ放題の人気のない部屋を通って近づいてきた。

「ハイジ」彼は妻の肩にやさしく手を載せながら声を掛けた。

彼女は充血した目で見あげた。「まあ、ハーリー。来てくれてうれしいわ」

「一緒に行こう、君は実に立派に職責を果たしたんだ。さあ、いまは僕が君を家へ連れ帰るときだ」

ハイジがけだるいものの感謝しながら立ち上がって夫に寄りかかると、彼は書類が散らばっているハリケーンセンターのオフィスの外へと妻をいざなった。戸口で彼女は振り向き、最後にひとわたり眺め、誰かが書きなぐって片側の壁面に画鋲《がびょう》で止めた大きな紙に焦点を合わせた。そこにはブロック体でこう記されていた。〝みんなが、われわれと同様にリジーを知っているなら、いやはや、なんとも恐れ入った嵐《あらし》だ〟

彼女が一人微笑みながら照明のスイッチを切ると、ハリケーンセンターの大きな部屋は闇《やみ》に包まれた。

第二部　さて今度は？

15

二〇〇六年八月二三日
ワシントンDC

風もなく、じっとりと覆《おお》っている湿気のために、大気は暑苦しく、じめじめしていた。空はコバルトブルーで、白い雲が羊の群れさながらに移動している。観光客を除けば、この都市《まち》の動きは夏の盛りにスローペースになる。議会はあらゆる口実を設けて休会に入り、暑熱と鬱陶《うっとう》しい大気から逃げ出す。審議に入るのは抜き差しならぬ必要に迫られるか、メンバーである委員たちのイメージを磨き上げ、選挙民の目に働き蜂《ばち》と映る場合に限られている。NUMAのジェット機サイテーションから下り立ったピットには、大気が飛び立ってきた熱帯とほとんど変わらないように感じられた。街の北数キロにある政府機関専用の空港にほかの航空機の姿はなく、彼に続いてジョルディーノ、ダーク、サマーがタラップを下りて黒いアスファルトの上に立つと、スパム（訳注　豚肉のランチョンミートの缶詰）も温められるほど熱く感じられた。

駐機場で待機している唯一《ゆいいつ》の車は、一九三一年に生産されたV16エンジン搭載のすこぶる大きなタウンカー、マーモンだった。品位と格式を備えた逸品で、技術的には時代を先取りしており、高貴にして優雅だ。三九〇台しか製造されなかったV16の一台であるこの車は不思議なほどスムーズなうえに静かだし、大型エンジンの出力は一九二馬力で、トルクは四〇七フートポンドだった。くすんだバラ色に塗り上げられた車体は、マーモンの〝世界で最も進んでいる車〟という宣伝文句と完全に一致していた。

その脇《わき》に立っている女性がまた、車に引けを取らず隅々まで美しく洒落《しやれ》ていた。背が高く、目をひきつける黄褐色の髪が陽を浴びて煌《きら》めきながら肩まで流れ落ち、柔らかいスミレ色の目のせいで際立《きわだ》つ頬骨の高い整ったモデルなみの顔を縁取っている下院議員のローレン・スミスは、見栄《みば》えがよく光彩を放っていた。持ち前の曲線を強調する白いレースのパッチが入ったブラウスに、似合いのフレアードレッグのアサナパンツに身を包み、そのゆったりした裾《すそ》は白いキャンバスのスニーカーに軽く掛かっていた。彼女は手を振って微笑《ほほえ》むと、ピットに走りよった。彼を見あげると、唇に軽くキスをした。そして、後ずさった。

「お帰り、船乗りさん」

「君にそう言われるたびに、一ドルもらいたいものだ」

「お金持ちになれるわ」彼女は声を立てて愛らしく笑いながら言った。それから彼女は、ジョルディーノ、サマー、ダークを抱きしめた。「みなさん大変な冒険をなさったそうね」

「父とアルがいなかったら」とダークは応じた。「サマーと僕は背中に羽を生やしていただろうね」

「一段落したら、詳しく話を聞きたいわ」

彼らは手荷物とダッフルバッグを車まで運んで行き、一部はかまぼこ型のトランクに、残りは後部シートの床に放りこんだ。ローレンは露天の運転席に滑りこみ、ピットは助手席に乗った。残りの者はみな、仕切り窓の背後にある屋根に覆われた後部のコンパートメントに納まった。

「アルはアレクサンドリアのコンドミニアムで落とすのかしら？」ローレンは訊《き》いた。

ピットはうなずいた。「それから格納庫へ行って、さっぱりしよう。提督はわれわれが正午までに彼のオフィスへ来ることを望んでいる」

ローレンは計器盤の時計に視線を落とした。指針は一〇時二五分を示していた。巧みかつ滑らかにギアチェンジをしながら、彼女は辛辣《しんらつ》な口調で言った。「リラックスする余暇抜きで、仕事に復帰するの？　あなたたち四人は大変な苦労をしたのに、いささか人使いが荒いんじゃない？」

「君だって僕と同じようによく知っているじゃないか、彼は無愛想に見えて、思いやりがある人なんだ。重要でない限り、時間を切るなんてことはしないさ」

「それにしても」ローレンは手を振る武装警備員に見送られて車が空港ゲートを通り抜けているおりに言った。「体力を取り戻すために、二四時間与えたっていいんじゃない」

「すぐ分かるさ、彼が何を考えているのか」ピットは居眠りしないように精一杯頑張りながら、つぶやくように言った。

一五分後に、ローレンはジョルディーノが住んでいる大きなコンドミニアムの玄関前に車を寄せた。まだ結婚していない独身の彼は、急いで踏ん切りをつけるつもりはないらしく、本人に言わせると、ますます楽しみの間口を広げるほうがお気に召しているそうだ。彼が二度同じ女性と一緒のところを、ローレンはめったに見かけたことがなかった。彼女はこれまで女友達を彼に紹介してきたし、彼女たちはみんな彼を魅力的だし楽しいと思ったが、しばらくすると彼は決まってほかの女性のほうへふらふらと離れていってしまった。ピットはいつも彼を、金を捜し求めて熱帯地方の楽園をほっつき歩いているばかりで、ヤシの木の下でそれを一度も見つけたことのない探鉱者に譬《たと》えていた。

ジョルディーノはダッフルバッグを取り出すと手を振った。「また間もなく会おうぜ……早すぎるが」

ピットの住まいである、ロナルド・レーガン国際空港の人気のない片隅にある格納庫までのドライブは、道が空いていて快調だった。彼らはまた、ピットを見知っている警備員に手を振られてゲートを通り抜けた。ローレンは消滅して久しいある航空会社がかつて一九三〇年代と四〇年代に使っていた古い格納庫で車を止めた。ピットはそれを収集した古い車を納めるために買取り、上の階を住まいに改造したのだった。ダークとサマーは一階で暮らしていたが、そこにはピットのコレクション五〇台のほかに、古い航空機二機、彼がニューヨークの洞穴の中で発見した鉄道車両プルマンが一台保管されていた。

ローレンが正面玄関の前でマーモンのブレーキを掛けると、ピットは遠隔装置で複雑な警報装置を解除した。するとドアが上がり、彼女は中に乗り入れて、最も古い一九一八年製のV8キャデラックから一九五五年製のロールスロイス・フーパーボディド・シルバードーンにいたる信じかねるほど美しい名車の列の真ん中に停止させた。白いエポキシ樹脂の床に鎮座し、頭上の採光窓に照らされているクラシックカーは、まばゆいとりどりの色を放っていた。

ダークとサマーはプルマン車両のそれぞれの個室へ引き取り、ピットとローレンは階上の住まいへ向かい、彼がシャワーを浴びて髭《ひげ》を剃《そ》っている間に、彼女は四人分の軽いブランチの用意に取り掛かった。三〇分後に、ピットは普段着のスラックスとゴルフシャツ姿で寝室から出てきた。彼がキッチンのテーブルに着くと、ローレンは一杯のラモス・ジンフィズを手渡した。

「オデッセイという名前の大企業のことを聞いたことはある?」彼はいきなりローレンに訊いた。

彼女はしばらくピットを見つめた。「ええ、私は下院のある委員会に連なっているのだけど、その委員会があの会社の事業内容を調べているの。マスメディアで報道されていることは議題になっていないわ。あなたは私たちの調査について、どんなことを知っているの?」

彼はさりげなく肩をすくめた。「何一つ。君たちの委員会がスペクターに関与しているなんて、まったく知らなかった」

「あの会社のとらえどころのない創立者よね? じゃ、どうして訊いたの?」

「好奇心。それだけ。スペクターはアルと僕が手を貸して救出した、ハリケーン・リジーのせいで岩場へ押し流される危機に瀕《ひん》していたホテルのオーナーなんだ」

「ニカラグアにある広範囲に及ぶ科学調査機関の代表を務め、世界中で巨大建設プロジェクトと採鉱事業に関係しているという事実を除くと、彼についてはほとんど何も分かっていない。彼の国際的な取引には合法的なものもあるけど、そのほかはすこぶる疑わしいわね」

「合衆国内ではどんなプロジェクトを手がけているのだろう?」

「南西部を貫通する水路数本とダム数ヶ所。そんな程度ね」

「オデッセイが行なっている科学調査プロジェクトって、どんなもの？」ピットは訊いた。

ローレンは肩をすくめた。「あそこの活動はがっちりベールに包まれているうえに、施設がニカラグアにあるために、実験内容を報告する法的拘束をいっさい受けていない。噂《うわさ》では燃料電池の研究をしているそうだけど、確かなことは誰にも分からないの。情報関係者は、オデッセイを優先調査対象にはしていないわ」

「それで、建設事業のほうは？」

「もっぱら地下のドーム状の建物や倉庫のための掘削ね」ローレンは答えた。「CIAが耳にしている噂では、北朝鮮のようないくつかの国で製造された秘密の核および生物兵器のために洞穴を掘ったということだけど、その証拠はまったくない。あの会社のいくつかのプロジェクトは中国がらみで、中国は軍事研究計画や兵器の供給量を秘密にしたがっている。どうもオデッセイは、軍事活動や兵器の配置計画を偵察衛星から隠すためのドーム状貯蔵庫の建造を専門にしているようよ」

「しかしスペクターは浮かぶホテルを経営している」

「お得意様をもてなすためのある種の玩具《おもちゃ》よ」とローレンは説明した。「彼はたんに楽しみのために、リゾート事業に手を染めているんでしょう」

「どういう男なんだろう、スペクターって？　オーシャンワンダラーの支配人に言わせると、彼には何一つ取り柄がない」

「その人は、きっといまの仕事が嫌いなのよ」

「それはないな。彼は僕に言ったもの、スペクターの下では今後働かない、なぜならハリケーンが襲撃する前に、宿泊客や従業員たちが全員死ぬ危険があるのに気にも留めずに専用機でホテルから飛び去ったからだと」

「スペクターはすこぶる謎《なぞ》めいた人物なの。巨大事業を手がけている企業のCEOで、専属の広報代理店や広報会社を持っていないのはおそらく彼一人でしょう。一度もインタビューに応じたことはないし、人前にもめったに出ない。経歴に関する記録が一切ないの。家族や学歴に関しても」

「出生記録まで？」

ローレンは首を振った。「出生記録はアメリカで見つかっていないし、世界中のどの国の公文書館でもそうなの。彼の正体は国内の最高の情報機関が最善の努力を尽くしているにもかかわらず、いまだに突き止められていない。FBIは数年前に彼の手がかりを摑《つか》もうとしたのだけど、成果はゼロだった。正体を裏付ける写真もなかった。というのも、彼の顔はいつもスカーフと大きなサングラスで覆われているからなの。指紋を入手しようとしたが、彼は手袋をしている。仕事上のもっとも身近な補佐役ですら、彼の顔を一度も見たことがないのよ。はっきりしていることは、大変な肥満体だということだけで、たぶん一八〇キロ以上あるでしょう」

「どんな人の生涯にしろ事業にしろ、そこまでベールに包んでおくのは無理なものだが」

ローレンは両手でどうしようもないという身振りをした。

ピットは自分でコーヒーをカップに注いだ。「彼の会社の本社はどこにあるのだろう？」

「ブラジルよ」ローレンは答えた。「パナマにも大きなオフィスセンターを持っている。それに、あの国には巨額の投資をしているので、共和国大統領は彼に市民権を与えた。さらに、スペクターをパナマ運河会社の役員の一人に任命したわ」

「では、君たち下院の調査を正当化する根拠はどこにあるんだね？」ピットは訊いた。

「中国との取引よ。スペクターと中華人民共和国との結びつきは長くて、一五年前までさかのぼる。彼はパナマ運河会社の役員として、香港《ホンコン》に本拠を置き人民解放軍と提携している黄浦《ホアンポア》株式会社が、運河の大西洋側と太平洋側の港バルボアとクリストバルに対する二五年の支配権を得られるように助力している。黄浦は同時に、あらゆる船荷の積み込みと積み下ろしに加えて、二つの港の間の鉄道輸送を担当していて、ほどなく大型コンテナを運河地帯の南北へトラックで搬送するための新しい吊橋が建造される予定よ」

「われわれの政府は、それに対してどんな手を打っているのだろう？」

ローレンは首を振った。「私の知っている限りでは何一つ。クリントン大統領は、中国がその影響力を中央アメリカ全域に拡大することに関しては自由裁量権を与えてしまった」そう言ってから、彼女はつけ加えた。「もう一つオデッセイ社の不思議な点は、経営首脳部の大半が女性で占められていることね」

ピットは笑いを浮かべた。「スペクターはフェミニストたちから、さぞかし偶像視されていることだろう」

ダークとサマーが簡単な遅い朝食に加わり、やがて彼らはサンデッカーのオフィスに向かった。こんどはピットが、NUMAの車両隊の一部である青緑色のナヴィゲーターを運転した。ローレンのタウンハウスで車を止めて、彼女を落とした。

「今夜の夕食は？」彼は訊いた。

「ダークとサマーもくるの？」

「子どもたちを引っ張って行くかもしれないが」ピットは笑いながら言った。「君がどうしてもと言うなら」

「どうしても」ローレンは彼の手を握りしめると、優雅にナヴィゲーターから軽やかに私道に下りたち、踏み段を上って玄関へ向かった。

ＮＵＭＡの本部ビルはポトマック河畔の丘の上にある三〇階建てで、首都を眼下に収めている。連邦議会がビルの建設費を計上してくれた際に、サンデッカーがその場所を自ら選び出したのだった。当初、議員たちが想像していたよりはるかに豪壮なビルとなり、予算を数百万ドルオーバーした。コロンビア特別区を外れたばかりのポトマック川東岸に位置しているので、提督はどういう手を使ったものか高層建築が高さの制限を受けないことを突き止め、周囲数キロ先から目に映る緑のガラス製の円筒形の堂々たるビルを建てたのだった。

ピットは混みあっている地下駐車場へ下りていき、専用の駐車区画に車を止めた。彼らはエレベーターで最上階のサンデッカーのオフィスに向かい、さまざまな難船の甲板のチーク材を使った羽目板作りの控えの間へ入っていった。提督の秘書は、会議中なのでほんの少し待ってくれ、と彼らに了解を求めた。

彼女がそう言い終わるか終わらないうちに提督のオフィスのドアが開き、友人二人が控えの間へ出てきた。歳《とし》に似合わぬ灰色の髪をしていて、特殊任務の責任者であるピットと似た立場にあるカート・オースチンと、細いながらもたくましい体つきの技師で、ジョルディーノと組んでしばしば潜水艇の設計と建造を行なっているジョー・ザバーラが進み出て握手をした。

「変わり者のおっさんは、君ら二人をどこへ送り出す魂胆なんだ?」ピットが訊いた。

「カナダの北部さ。一部の湖で、魚が突然変異を起こしているという噂がある。提督にそいつを確かめてこいといわれたんだ」

「あんたたちがハリケーン・リジーの最中に、オーシャンワンダラーを救出した話は聞いている」ザバーラが言った。「こんなに早く任務に戻るとは思ってもいなかったが」

「骨休めなどという言葉は、サンデッカーの辞書にはないんだ」ピットが薄笑いを浮かべて言った。

オースチンがダークとサマーのほうに顎をしゃくった。「近いうちに、あんたたちと子供さんたちをバーベキューに招待する」

「それはありがたい」ピットは承知した。「つねづね、君の古い銃のコレクションを見たいと思っていたんだ」

「そして私は、まだあなたの車のコレクションを拝見していない」

「一巡りしてはどうだろう? われわれの家ではカクテルとオードブルを用意して、その後にバーベキューをする君のお宅へ乗りつけるというのは」

「じゃ約束成立だ」

サンデッカーの秘書が近づいてきた。「提督がお会いになります」

別れの挨拶《あいさつ》をすると、オースチンとザバーラはエレベーターに向かい、ピット一行はサンデッカーのオフィスに案内された。提督は引き揚げた南軍の封鎖突破船のハッチカバーから作った、すこぶる大きな机の奥に座っていた。

守旧派に属する紳士である彼はサマーが入ってくると立ち上がり、身振りで机の真向かいの椅子《いす》を勧めた。驚いたことに、ジョルディーノはすでに着いていた。普段着のスラックスと花柄のアロハシャツを身に着けている。ルディ・ガンが二八階のオフィスから上がってきて、彼らに加わった。

前置き抜きで、サンデッカーは会議をはじめた。「われわれは対処しなくてはならない、不可解な二つの問題を抱えている。きわめて重大なのは褐色汚濁で、カリブ海全域で拡散中である。この件は後で取り上げる」彼は鋭い眼差《まなざ》しで机越しにまずサマーを、つぎにダークを見つめた。「君らはナヴィダド浅堆《せんたい》での発見によって、明らかにパンドラの匣《はこ》を開けた」

「バーナム船長があのアンフォラの壺《つぼ》を研究室へ届けた後に、どんなテスト結果が出たものか私は聞いておりませんが」サマーが発言した。

「研究室はいまも付着物の除去を続けている」ガンは明らかにした。「ハイアラム・イエーガーとそのコンピューターマジックが、年代と文化を特定した」

サマーが質問しようとすると、それより先にサンデッカーが発言した。「ハイアラムは例のアンフォラが紀元前一一〇〇年以前のものだと時代を割りだした。同時に、ケルト族の産物だと特定してもいる」

「ケルト族？」サマーは繰り返した。「確かなんでしょうね？」

「三〇〇〇年ほど前に古代ケルト族が作ったことがはっきりしている、ほかのあらゆるアンフォラと一致している」

「私たちが写真に撮った櫛《くし》はどうなったでしょう？」サマーが訊《き》いた。

「検討する実物がないので」サンデッカーは答えた。「ハイアラムのコンピューターはおおよその年代しか算定できずにいる。しかし、彼のもっとも確かな推測では、やはり三〇〇〇年前のものだ」

「ハイアラムはその遺物がどこから伝来したと思っているのだろう？」ピットが訊いた。

サンデッカーは天井を見つめた。「ケルト人は海洋民族ではないし、大西洋を渡って新世界へ向かったことも知られていないのだから、通りがかった船が投げこんだか失ったものに違いない」

「ナヴィダド浅堆を航走するのは、浅いサンゴ礁《しょう》で船殻を引き裂いて保険金詐欺《さぎ》をたくらんでいる船以外にない」とピットは言った。「それ以外の可能性は、嵐《あらし》のせいで船があの浅堆へ押し流された場合だけだ」

ガンは何か頭に浮かんだかのように、絨緞《じゅうたん》をじっと見つめていた。「保険の記録によると、ヴァンダリア号という古い蒸気船があのサンゴ礁に激突している」

「あの船の残骸《ざんがい》なら調べました」サマーは促すように兄のほうを見つめながら言った。ダークは妹にうなずき、笑顔を見せた。「われわれが発見したのは、あのアンフォラだけではありません」

「ダークが言わんとしたのは、私たちが岩から彫り起こされた洞穴というか部屋の迷路も発見したことなんです。いまではサンゴに覆《おお》われていますが」サマーはハンドバッグの中に手を伸ばし、デジタルカメラを取り出した。「私たちは問題の建造物に加えて、古代の戦士たちの彫像をあしらった大釜《おおがま》の写真を撮りました。それには小さな日用品の遺物がぎっしり詰まっていました」

サンデッカーは信じかねて彼女を見つめた。「オルメカ、マヤ、インカに先行して、西半球に海底都市があった？　ありえないように思えるが」

「徹底した探査が終わるまで答えは得られないでしょう」サマーは高価な宝石であるかのように、カメラをかざした。「私たちが観察した建造物はある種の神殿のようでした」

サンデッカーはガンのほうを向いた。「ルディ？」

ガンは長官の意図を呑《の》みこんでうなずき、サマーの手からカメラを受け取って側壁のスイッチを押すと、パネルが上がって大きなデジタルテレビが現れた。つぎにケーブルをテレビに差込んでリモコンを手に取ると、ダークとサマーが記録した水中神殿の画像が次々に映し出されはじめた。

画像は三〇点以上あって、入り口のアーチからはじまり、石の踏み段は内部の大きな石のベッドらしきものへと繋がっている。大きな釜とその中身は別の部屋に納まっていた。

ダークとサマーが説明し、ガンは画像を順に切り替えていった。最後の画像がモニターに映しだされると、出席者はみなしばらく無言のまま座りこんでいた。

やがて、ピットが最初に発言した。「私はサン・ジュリアン・パールマターを、この件に加えるべきだと思う」

ガンは疑わしげな顔をした。「サン・ジュリアンは考古学者じゃないぞ」

「その通りだが、三〇〇〇年前に大西洋のこちら側へ渡った古代の船乗りや航海者に関して理論を持ち合わせている者がいるとするなら、彼ということになるだろう」

「当たってみる価値はある」サンデッカーが同意した。彼はダークとサマーを見つめた。「君たちの向こう二週間の調査プロジェクトだ。答えを突き止めろ。休暇兼用の任務と考えるんだな」彼は大きな革張りの立派な椅子の向きを大きく変えて、ピットとジョルディーノと正対した。「では今度は褐色汚濁の件だ。現在われわれが知っているのは、あれが珪藻《けいそう》ともある種の藻類とも無関係だということだけだ。それに原因は、赤潮と関連する生体毒素でもない。いまはっきり分かっているのは、破壊の爪跡《つめあと》を残しながら大西洋の外海まで広がり、南赤道海流に乗って北へ張りだしてメキシコ湾とフロリダへ向かっていることだけだ。海洋科学者たちは、すでに褐色汚濁はアメリカの領海に達していると見なしている。キーウエストから来た何通かの報告によると、海綿動物の群落が未知の破壊源に痛めつけられている」

「残念です、海水のサンプルや死んだ海棲《かいせい》生物の標本の入っていたガラスのジャーが、大波のためにピシーズが転げて谷間に落ちこんだときに破壊されてしまって」サマーが言った。

「気に病むことはない。サンプルや標本は毎日、カリブ海全域の五〇の異なる地点から送られてきている」

「汚濁の発生源について何か手がかりはあるのだろうか?」とピットは訊いた。

ガンは眼鏡をはずし、小さな布でレンズを拭《ふ》いた。「決め手はない。うちの科学者たちは水のサンプル、風と海流のデータ、衛星画像、船舶による目撃談を分類整理している。現時点でもっとも有力な推測は、ニカラグアの沖のどこかで汚濁が発生しているというものだ。しかし、それはそれだけのこと、推測さ」

「川から流れこんでいるある種の化学物質ではないのでしょうか?」ダークが訊《たず》ねた。

サンデッカーは愛用の大きな葉巻を、火をつけぬまま指の間で転がしていた。「ありうるが、そうだとしてもわれわれとしては発生源を遡《さかのぼ》って突き止めねばならぬ」

「何かよからぬことが進行中なのだ」ガンが言った。「この代物《しろもの》は大半の海洋生物とサンゴの命取りだ。早急に原因を突き止めないと、カリブ海全体に瀰漫《びまん》して手の施しようがなくなり、ヘドロが一面を埋めつくして水棲生物が生存できない死の海域が出来てしまう」

ピットはガンを見つめた。「その口ぶりだと、かなり深刻な感じがする」

「源を突き止めて、対抗手段を講じなくてはならん」サンデッカーがつけ加えた。「そこで、君とアルの出番だ。君らの任務は、ニカラグア西岸沖の水質調査だ。すでに、NUMAのネプチューンクラスの船舶の一隻《せき》を用意しておいた。断るまでもないだろうが小さい船だから、クルーは五人程度しか必要としない。今回のような特別な計画にはうってつけの最新鋭の調査用装置や機器も搭載している。ほかの海洋調査研究船とは異なり、海上にあるどの船の速度に負けないどころか、お釣りが来る」

「われわれが数年前にニジェール川でやむなく破壊したカリオペ号に似ているわけだ？」ピットは黄色いパッドにメモを取りながら顔を上げずに言った。

「あの船を失った弁償を、君の給料からさせるべきだった」

「あなたにとってどちらでもいいのなら、提督、アルも私も今回はあのときほど派手な奴《やつ》でないほうが有り難いんですが」

「心配にはおよばん」サンデッカーは煙草《たばこ》を吸わないみんなを無視して、ついに葉巻に火をつけた。「ポコボニト号はわが誇りであり喜びだ。全長二二・五メートルで、その姿は人目を欺《あざむ》く。誰にも目立ちはしない。船殻、デッキ、操舵室《そうだしつ》は、スコットランドで建造されるトロール船バッキーを基本にしているからだ」

　ピットはいつものことながら、風変わりで独創的な船に対するサンデッカーのほれ込みように感心させられた。「海洋調査船が漁船に似せて変装するのか。今までになかった新手《あらて》に違いない」

「スコットランド風の造りのトロール船となると、カリブ海では社交界デビューの舞踏会場に紛れ込んだ路上生活者なみに目立ちそうだ」ジョルディーノは疑わしげにいった。

「案ずることはない」とサンデッカーは応じた。「ポコボニト号の上部構造は、世界のいずれの漁船団にも溶けこめるように、外観を電子装置によって自動的に変えられるようになっている」

　ピットは絨緞を見つめて、そのような船を思い描こうとした。「高校時代に習ったスペイン語の記憶が正しければ、ポコボニトは〝小さなマグロ〟という意味だ」

　サンデッカーはうなずいた。「ふさわしい名前だろう」

「なぜ手の込んだ偽装をするんです？」ピットは訊いた。「われわれは戦闘地域に踏みこむわけじゃない」

　サンデッカーはピットが知りすぎている抜け目のない顔をして見つめた。「いつ何時、幻の海賊どもを満載した幽霊船に出会わないともかぎるまい」

ピットとジョルディーノは共に、提督がまるで火星へひとっ飛びして戻ってきたところだと嘯《うそぶ》いたかのように見据えた。「幽霊船ね」ピットは皮肉な口調で繰り返した。「放浪する海賊の伝説を耳にしたことはないのか？」

「最近はありません」

「リー・ハントは悪辣《あくらつ》な略奪者にして海賊で、一七世紀後半に西インド諸島を荒らしまわり、出会った船はスペイン、イギリス、フランスのものであれ、ことごとく餌食《えじき》にした。大男だった彼に較《くら》べれば、黒髭《くろひげ》（訳注　アメリカ沿岸を荒らしたイギリスの海賊エドワード・ティーチの俗称。一七一八年死亡）などひ弱に見える。彼の蛮行にまつわる話は、スペイン全土で伝説になっている。彼に捕えられた商船のクルーたちは、降伏する前に自ら命を絶ったことで知られている。彼のお気に入りの暇つぶしは、運悪く捕らわれ人になった者たちを船尾から引きずり、サメたちに食い尽くされてから空のロープを取り入れることだった」

「私の知っている、船乗りの年寄り爺《じじい》に似ている」とジョルディーノはいまいましげにつぶやいた。

サンデッカーは嫌みなど聞こえなかったように話を続けた。「ハントの恐怖支配は一五年続いた後に、無力な商船に化けていたイギリスの軍艦を捕えようとしたために息の根を止められた。一杯食わされたハントは、黒地に目と口から血を流している髑髏《どくろ》を印した彼流の海賊旗を揚げると、イギリス商船の船首越しに砲弾を一発見舞った。やがて、彼が船を横づけにすると、イギリス人たちは砲門を上げてひとしきり猛烈な片舷《へんげん》斉射をハントの船に浴びせた。その船名はスカージ（訳注　天罰、災難などの意）。猛烈な戦いの後に、海賊の勢力は激減した。そこでイギリス海兵隊の一中隊が海賊船にどっと乗り込み、クルーをあっさり片付けてしまった」

「ハントはその戦闘後も生きていたんですか？」サマーが質問した。

「彼には気の毒だが、その通り」

ダークはサンデッカーの古い磨り減った机を指で撫《な》でた。「イギリス人たちは彼に報復するために、船尾から引きずったのですか？」彼は訊いた。

「そうではない」サンデッカーは答えた。「イギリスの船長は二年前に、ハントのせいで兄弟の一人を失っていたので復讐心《ふくしゅうしん》に凝り固まっていた。彼はハントの両足を切れと命じた。つぎに彼は一本のロープで縛り上げられ、舷側から血まみれの断端が海面からわずか三〇センチまで下ろされた。サメたちが血の臭《にお》いを嗅《か》ぎつけるのは時間の問題で、水中から飛び上がって食いちぎっていくうちに、ハントの左右の腕と手だけがロープに繋《つな》がって残った」

サマーの美しい顔が嫌悪《けんお》の表情に変わった。「胸が悪くなるわ」

ダークは異を唱えた。「彼は相応の報いを受けたように思える」

「うかがいますが、提督」ジョルディーノは眠り込まないよう懸命に闘いながら切り出した。「その海賊が何か関係あるのですか？」

サンデッカーは曰《いわ》くありげな笑いを浮かべた。「〝さまよえるオランダ船〟（訳注　荒天時に喜望峰あたりに出没すると伝えられた幽霊船）と同様、リー・ハントとその配下の血に飢えた海賊どもは、君たちがこれから仕事をする海域を依然としてうろついている」

「まさか？」

「過去三年以上にわたって、プレジャーボートや漁船など、さまざまな船舶によって数多く目撃されている。何隻かは亡霊さながらのクルーが乗りこんだ幽霊帆船に襲われていると打電した後、全乗組員もろとも消息を絶っている」

ピットはサンデッカーを見つめた。「冗談なんでしょう」

「とんでもない」提督は断固答えた。「君らは疑い深いから、報告書を届けることにする」

「メモしてください」ジョルディーノが辛辣な口調で言った。「木の杭《くい》と銀色の銃弾を蓄えること」

「骸骨《がいこつ》も同然のクルーから成る幽霊船が、褐色汚濁の海を帆走している」ピットは窓越しに眼下のポトマック川を考えこみながら見つめた。やがて彼は見切りをつけたように肩をすくめた。「まあ、あそこには墓場まで持っていくにふさわしい光景があるわけだ」

16

ピットは優雅で古典的なマーモンを運転して、みんなをレストランへ連れていくことにした。暖かい宵だったので、男たち三人はオープンのフロントシートに座り、女性たちは風に髪が乱されないよう後部に陣取った。男たちは薄手のスポーツコートにスラックス姿だった。女性たちはさまざまな軽やかなサマードレスで着飾っていた。

ジョルディーノは目下のガールフレンドで、ワシントンに本拠を置く鉱山会社で働いているミッキー・レヴィを連れてきた。柔らかい目鼻立ちをしていて、肌は浅黒く、切れ長な茶色い目をしていた。長く黒い髪はカールして束ね、うずたかく重ねてあった。小さなハイビスカスの花を左耳の後ろに飾っていた。話し声は柔らかく、イスラエル訛《なま》りがわずかにあった。

「なんてすばらしい車なんでしょう」ジョルディーノからみんなに紹介されてから、彼女は言った。彼女はジョルディーノが支えてくれている後ろのドアから乗り込み、サマーの隣に座った。

「君、僕の友人は我慢してくれ」ジョルディーノはさらりと言ってのけた。「どこへ行くにも仰々しいのが好みなんだ」

「申し訳ない、トランペットもドラムロールもなくて」ピットは逆襲した。「お抱えバンドが、今夜は休みでして」

前後を仕切る窓は風を防ぐために上げられ、女性たちはレストランへ行く道すがら雑談に興じた。ローレンとサマーは、ミッキーがイスラエルに生まれ育ち、コロラド鉱山研究所で修士の学位を得たことを知った。

「するとあなたは地質学者なのね」サマーが言った。

「構造地質学者です」とミッキーは答えた。「私の専門は、掘削プロジェクト案を持っている技術者たちのために分析を行なうことです。漏水とか深部や帯水層へ入り込んでいる地下水流を調べるんです、技術者たちがトンネルを掘削中に出水する可能性を計算しておけるように」

「かなり退屈そうね」ローレンが感じよく言った。「私は大学で地質学の講座を取ったことがあるの。社会経済学の学位を得るのに必要な科学関係の必須《ひっす》科目を満たすためだったけど。まさか、私の間違いではないでしょうね。地質学って簿記と同じくらい魅力的だわ」

ミッキーは声を立てて笑った。「幸い、現場での仕事はそれほどありきたりなものではありません」

「父はどこへ連れて行くといっていましたか?」サマーは訊《き》いた。

ローレンは首を振った。「何も言わなかったわ」


二五分後、ピットはヴァージニア州グレートフォールズにあるレストラン、オーベルジュ・シェ・フランソワの私道に乗り入れた。アルザス風の建物と内装が、温かみのある居心地のいい雰囲気をかもし出していた。彼が車を止めると、みんなで玄関を入っていった。レストランの持ち主である家族の一人が予約簿に当たってピットの名前を確認し、小さなアルコーブ内のテーブルへ六人を案内した。

ピットは古い友人たちに気づき——クライド・スミスとその美しい妻ポーラ——ちょっと話をした。スミスはピットとほぼ同じくらいNUMAに在籍していたが、仕事は経理関係だった。全員が席に着いたところでウェイターが現れて、当夜のスペシャルを知らせた。ピットはカクテルを省き、いきなりワインにして、コクのあるスパールピノノワールを注文した。つぎに前菜としてシカ、レイヨウ、キジの胸肉、ウサギ、鶉《うずら》にマッシュルームとクルミを添えた鳥獣肉のプラッターを注文した。

みんなでワインを賞味し、大皿に盛られた鳥獣の前菜を楽しんでいる間に、ローレンはワシントン政界における最新の噂話《うわさばなし》を披露した。下院議員が明かす内部のゴシップに、みんなすっかり引きつけられて聞き入った。彼女のあとはダークとサマーが引き継ぎ、古代の神殿と遺物の発見にまつわる話をし、ハリケーンに襲われたナヴィダド浅堆《せんたい》で死の一歩手前まで行った体験談で話を締めくくった。ピットが口を挟み、サン・ジュリアン・パールマターに電話をして、息子と娘があなたの船舶と海洋に関する膨大な知識を求めて伺う予定でいると知らせておいた、と二人に知らせた。

アントレは、いかなるフランス料理愛好家をもうならせるはずだ。ピットはシェリーとマスタードソース添えのキドニーとマッシュルームを注文した。幼獣の脳と珍しい子牛のタンもメニューにあったが、女性たちに敬遠された。ジョルディーノとミッキーはラムの肋肉《あばらにく》を一緒に食べることにし、ダークとサマーはシュークルートを試してみることにした。これは大きな皿で、ザワークラウトにソーセージ、キジ、カモのコンフィ、ひな鳥、フォアグラの盛り合わせで、この店の特別料理だった。ローレンはザワークラウト、マスのスモーク、サーモン、アンコウにシュリンプを盛り合わせたプチ・シュークルートに決めた。

三組のカップルのほぼ全員が濃厚なデザートを分け合い、引き続き一杯のポートワインを飲んだ。その後、期せずして全員が翌日からダイエットを始めることになった。豪華な食事を終えて寛《くつろ》いでいる折に、地質学的な遠征のために世界のどんなところへ行ったことがあるかとサマーがミッキーに訊いた。彼女はブラジルとメキシコにあるいくつもの巨大な洞窟《どうくつ》と、往々にして困難が伴うそうした洞窟の最深部への潜入について話した。

「金でも見つけたことはある？」サマーは冗談半分で訊いてみた。

「一度だけ。カリフォルニア砂漠南部の地下を流れてカリフォルニア湾に注いでいる川で、微量元素のかすかな痕跡《こんせき》を発見したことがあるわ」彼女が川のことを口にしたとたんに、ピット、ジョルディーノ、ローレンが声を立てて笑い出した。ピットとジョルディーノがインカ・ゴールド計画の際にその川を発見し、ローレンを人工遺物泥棒の一味から救い出した経緯を知らされ、ミッキーはすっかり驚いた。

「リオ・ピット」ミッキーは感激して言った。「結びつきに気がついて当然なのに」彼女は引き続き世界中を旅して歩いた話をした。「いちばん関心を引かれたプロジェクトの一つは、ニカラグアにある一連の石灰岩洞穴の水位調査です」

「ニカラグアにコウモリの洞穴があることは知っていたけど」サマーは言った。「石灰石の洞穴は知らなかったわ」

「一〇年前に見つかったのだけど、どれもとても長いの。何キロも続いているものもある。研究のために私を雇った開発会社は、二つの海を繋ぐドライ運河の建造計画を立てていたんです」

「ニカラグアを横断するドライ運河？」ローレンが尋ねた。「それは新しい着想ね」

「実を言いますと、技術者たちは〝地中橋〟と呼んでいました」

「地下を走る運河かしら？」ローレンはいぶかしげに言った。「想像できないわ」

「カリブ海側と太平洋側で建設が予定されている深水港と自由貿易地帯を、山脈とニカラグア湖の下を貫通する大きな穿孔《せんこう》を走る高速の磁気浮上鉄道で繋ぐんです。列車の最高速度は、時速五六〇キロに達します」

「その狙《ねら》いは当を得ている」ピットは認めた。「実現できるなら、輸送費を大幅にカットできるはずだ」

「えらく金が掛かるぞ」ジョルディーノが言った。

ミッキーがうなずいて同意した。「見積予算は七〇億ドルでした」

ローレンは依然として疑わしげな顔をしていた。「妙だと思うの、それほど大規模な事業にまつわる報告書を運輸省が配布していないなんて」

「マスメディアでも取りあげられていない」ダークがつけ加えた。

「着工されなかったからです」とミッキーが知らせた。「計画を推進していた件《くだん》の開発会社が、撤退することに決めたんです。なぜなのか、私は突き止められませんでした。その計画に関連する私の仕事や、計画に関する情報は一切漏らさないという内密の協定に私はサインしましたが、それは四年前のことです。それにあの計画は明らかに消滅しており、協定を無視してもかまわないと思うので、楽しい夕食の席で友人の皆さんにお話ししたのですけど」

「興味をそそられる話だわ」ローレンは認めた。「誰が資金を提供することになっていたのかしらね？」

ミッキーはポートワインを一口すすった。「私の理解するところでは、資金は中華人民共和国が出すことになっていたようです。あの国は中米に莫大な投資をしています。あの地下輸送網が完成した暁には、南北アメリカ全域で大きな経済力を得たことでしょう」

ピットとローレンは、確認の色を深めた眼差《まなざ》しで顔を見合わせた。やがてローレンがミッキーに訊いた。「あなたを雇った開発会社って、なんていうの？」

「巨大な国際開発会社で、名前はオデッセイです」

「なるほど」ピットはテーブルの下でローレンの膝《ひざ》を柔らかく握りながら答えた。「そう、その名前は聞いたことがあるようだ」

「偶然の一致なの」ローレンが話した。「ピットと私はほんの数時間前に、オデッセイについて話し合っていたのよ」

「開発会社にしては変わった名前ね」とサマーがいった。

ローレンはうっすらと笑いを浮かべて、ウインストン・チャーチルの（国連総会でのソ連に関する）発言に引っ掛けていった。「得体の知れない内部で展開されている、秘密の事業の迷路に包まれた謎《なぞ》。創立者兼会長で、自らスペクターと称している彼は、タイムトラベルの公式同様とらえどころがない」

ダークがいぶかしげな顔をした。「なぜ彼は計画を中断したとお考えですか？　資金不足でしょうか？」

「資金でないことは確かでしょうね」ローレンが答えた。「イギリスの経済ジャーナリストたちは、彼の個人資産を五〇億ドル強と踏んでいるわ」

「不可解だ」ピットはつぶやいた。「実に多くのことが懸かっていたのに、なぜトンネルを完成させなかったのか」

ローレンはためらった。ジョルディーノはそんなことはしなかった。「彼がタオルを投げ入れたって、どうして分かるのだね？　われわれがこうしてポートワインを楽しんでいる間にも、彼はニカラグアの地下をひそかに掘り進んでいるかもしれないぞ？」

「ありえないわ」ローレンがそっけなく言った。「衛星写真が建造活動を捉《とら》えるはずよ。そんな大規模な掘削を隠しおおす方法などありえないもの」

ジョルディーノは空になったグラスをしげしげと眺めた。「かりにも彼が、掘り出した何百万トンもの岩や土砂を隠しているなら、見事なものだ」

ピットはテーブル越しにミッキーを見つめた。「想定されていたトンネルの起点と終点周辺の地図を提供してもらえないだろうか？」

ミッキーは喜んで応じるつもりだった。「好奇心を刺激されました。ファックスの番号をお知らせくだされば、現場の設計図をお送りします」

「何を考えているんだ、親父《おやじ》？」ダークが訊いた。

「アルと私は二、三日後に、ニカラグア方面へクルージングする予定なんだ」ピットは曰くありげな笑いを浮かべながら言った。「ちょっと立ち寄って、あの辺りをぶらつくかもしれんから」

17

ダークとサマーはジョージタウンにあるサン・ジュリアン・パールマターの家へ、ピットの持っている一九五二年型トップダウン方式のメテオールで向かった。それはファイバーグラス・ボディのカリフォルニア仕様ホットロッドで、そのストックカーに搭載されているデソト・ファイアドームV8エンジンは一六〇馬力から二七〇馬力に強化されていた。ボディはアメリカのレーシングカーの色とされる、白地の真ん中を青い帯が一本走るものだ。雨が降ると、ダークは座席の下からビニールシートを引き出し、運転席にひろげて穴から頭を突き出し、すましている。

街路樹に縁どられた煉瓦《れんが》の通りから折れて、大きくて古い破風《はふ》窓が八つある三階建ての領主館を丸く囲む私道に、ダークは車を乗り入れた。側面を回っていくうちに、かつて領主の馬車と馬を収容していた建物の前へ出たので、彼は車を止めた。それはすこぶる大きな建物で、かつては馬一〇頭に馬車五台、そして二階には飼育係と御者たちの部屋が収まっていた。それをパールマターが四〇年前に買取り、内部を家庭的な古文書館に改造したのだ。全長数キロにも達する書棚には、三〇万隻《せき》近い船舶と難船にまつわる海事史を記録している書籍、文書に加えて個人的な書簡がぎっしり詰めこまれている。美食家で贅沢《ぜいたく》なパールマターは冷凍貯蔵用のロッカーを持っていて、世界中の美味を蓄えていたし、セラーには四〇〇〇本ものワインが保管されていた。

ドアベルはなく、錨《いかり》を模《かたど》った大きな鋳物《いもの》のドアノッカーがあるだけだった。サマーは三度軽く叩いて待った。まるまる三分ほど経ってから、身長一八〇センチ以上、体重一八〇キロの巨漢によってドアがさっと開けられた。パールマターは肥大漢ではあったが、固太りだった。全身を埋めつくす肉は、強靭《きょうじん》で引き締まっていた。

灰色の髪はぼさぼさで、顔を埋めつくしている髭《ひげ》の仕上げを、両端をひねった口髭が務めていた。身体《からだ》の大きさを除けば、子どもたちは彼をサンタクロースと見間違えかねなかった。丸い顔は赤みを帯び、小鼻が開いているうえに、目が青いからだ。いつものことで、彼は紫と金色のペーズリーの絹のローブを纏《まと》っていた。ダックスフントの可愛《かわい》らしい子犬が彼の足にまとわりつき、訪ねてきた客たちに甲高い声で吠《ほ》え立てた。

「サマー!」彼は声を張りあげた。「ダーク!」彼は若者たちを太い左右の腕で抱きかかえ、玄関先から抜き上げた。サマーは肋骨《ろっこつ》にひびが走るような心持ちがしたし、ダークは息が詰まってあえいだ。自分の力の強さに気づいていないパールマターが二人を下ろし、手を振って内へ通れと合図してくれたので、二人はほっとした。

「入ってくれ、入ってくれ。君たちには分かるまいが、二人に会えてなんともうれしい限りだ」そう言っておいて、犬をしかった。「フリッツ！　これ以上吠えたら、おいしいドッグフードをやらないぞ」

サマーは胸をさすった。「私たちの来ることを、父が断っておいてくれたならいいのだけど？」

「そう、そう、知らされたとも」パールマターは陽気に答えた。「何たる喜び」黙りこんだ彼の目が涙にかすんだ。「ダークを見ていると、お父さんが君の年だったころが思い出される、もう少し幼なかったが。よく遊びにきて、私の蔵書をあさって歩いたものだ。まるで時間が止まったような錯覚に陥る」

ダークとサマーはピットと一緒にパールマターを数度訪ねていたが、そのたびに、棚が沈みこむほど膨大な文書と、馬車小屋の廊下や部屋という部屋はおろか、バスルームにまで積み上げられている本に驚かされていた。海事史に関して世界最大の書庫であることは広く知られていた。国中の図書館や古文書館が、その夥《おびただ》しいコレクションを彼が万一売ることに決めた場合、いかなる付け値にも応じる構えで列を成して待機していた。

サマーはいつもパールマターの信じがたい記憶力に呆然《ぼうぜん》とさせられた。大量のデータは分類したうえ指標化して、コンピューター・データファイルシステムに収容すべきだと思えるが、彼は抽象的な思考はどうにも性に合わないといって、端末ひとつ買ったことがなかった。驚いたことに、彼はあらゆるほんの些細な情報の在りかも、あらゆる著者や資料、さらにはレポートの置き場所まで知り抜いていた。どんなデータでも、迷路の中から六〇秒以内に探し出せるとよく自慢した。

パールマターは紫檀《したん》の羽目板張りの美しい食堂へ二人を案内した。この家で本がないのはその部屋だけだった。「座った、座った」彼はかなり大きな声で勧め、分厚い食事用の丸テーブルを身振りで示した。彼が有名な幽霊船メアリー・セレステ号の舵《かじ》から彫り起こしたもので、その船の残骸《ざんがい》はハイチで見つかっていた。「軽い昼食用に、私独特の味付けでグアヴァソテー・シュリンプを作っておいたんだ。そいつをマルタン・レイ・シャルドネーで流しこもう」

フリッツがテーブル脇《わき》に座りこみ、尻尾《しっぽ》で床を掃いていた。パールマターが二、三分ごとに手を下ろしてシュリンプのかけらをやると、犬はそれをかまずに呑《の》み込んでしまった。

さほどしないうちに、ダークは張りつめた腹部を軽く叩きながら言った。「このシュリンプはとてもおいしいので、豚になってしまいそうだ」

「あなただけじゃないわ」サマーがすっかり満腹して、そっとうめくように言った。

「さてそれで、君たちのお役に立てることは何だろう？」とパールマターが水を向けた。

「お父さんは、君たちがケルト族の遺物を発見したとか言っていたが」

サマーは携えてきたブリーフケースを開けて、彼女とダークがワシントン行きの機上で書いた報告書と古代遺物の写真を取り出した。「これには、私たちの考えがかなりよくまとめられています。同時に、アンフォラの壺《つぼ》、櫛《くし》、遺物と部屋の写真のコピーに対するハイアラム・イェーガーの結論も含まれています」

パールマターはグラスにまたワインを注ぐと、眼鏡を鼻の先まで落として読みだした。

「もっとシュリンプをどうぞ。たくさんあるんだ」

「二人とも、もう一口も無理だと思います」ダークは腹を抱えながら答えた。

パールマターは無言のまま、口をほとんど覆《おお》い隠している髭を一回り軽く押さえた。時おり中断して考え込みながら天井を見つめては、また報告書の検討へ戻った。やがて、それをテーブルに置くと、ピット家の子どもたちにじっと目を注いだ。

「自分たちが何をしでかしたか、君たちは分かっているのか？」

サマーは決めかねるように肩をすぼめた。「何がしかの重要性を持つ考古学上の発見をした、と思っていますけど」

「何がしかの重要性だと」パールマターはいささか皮肉な調子で鸚鵡《おうむ》返《がえ》しに言った。「もしも発見したものが本物なら、君たちは認知されてきた夥しい考古学上の理論を溝《どぶ》に捨てたことになる」

「まあ、どうしよう」サマーは兄を見つめながら言った。ダークは笑い出すのをこらえていた。「そんなにひどいの?」

「それは見る角度しだいだ」パールマターはワインをすすりながら答えた。報告書は大地を揺さぶる啓示である可能性を秘めていたが、彼は高揚しながらも冷静に振舞った。「紀元前五〇〇年よりずっと以前の時代におけるケルト文化については、ほとんど知られていない。彼らは中世になるまで、文書記録を残していない。時間の霧を通して分かっていることは、紀元前二〇〇〇年前後のある時点で、ケルト人はカスピ海周辺に登場した後に東ヨーロッパから各地へ広がったということに尽きている。一部の歴史家は、ケルト人とヒンドゥー人の先祖は共通していると唱え、その根拠に二つの言語の類似性を挙げている」

「彼らの居留地はどれくらいの広がりを持っていたんでしょう?」ダークが訊《き》いた。

「彼らはイタリアとスイスの北部へ移動し、その後、フランス、ドイツ、ブリテン、アイルランドに進出し、北はスカンディナヴィア地方のデンマーク、南はスペインやギリシアにまで及んだ。考古学者たちは地中海を渡ったモロッコでさえ、ケルトの遺物を見つけている。それに、保存状態のいいミイラの墓所が中国北部のウルムチと呼ばれる人たちの文化圏から発見されている。ミイラたちがケルト人であることは明らかだ。というのも、彼らはコーカソイドの肌と目鼻立ちをしており、髪はブロンドと赤毛で、タターン毛織の服を着ていたからだ」

ダークは椅子《いす》にもたれ掛かって、床から爪先を浮かした。「ウルムチ文化については読んだことがあります。しかし、ケルト人がギリシアへ流入したなんてまったく知りませんでした。ずっと、ギリシア人は固有の種族だと思っていました」

「彼らの一部はあの地域に起源を持つが、大半は中央ヨーロッパから南へ流入したという説が広く受け入れられている」パールマターはその巨体をひねって楽な姿勢を取ると話を続けた。「ケルト人は古代ローマ帝国にほぼ匹敵する土地を、最終的には支配した。ストーンヘンジのような巨石遺構をヨーロッパ周辺に建てた新石器時代人に取って代わって、彼らは神秘主義のドゥルイド教の伝統を継続した。ついでながら、〝ドゥルイド〟とは〝しごく賢明な人〟を意味する」

「不思議ですね、彼らに関しては時代を経てごくわずかなことしか伝わってきていないなんて」

　パールマターはうなずいて同意した。「エジプト人、ギリシア人、ローマ人とは異なり、彼らは帝国を築いたことも国体を形成した例もない。彼らは部族の緩やかな連合体で、しばしば互いに戦ったが、共通の敵には一致団結して対処した。一五〇〇年以降、彼らの村落文化はついに丘陵地帯の土塁と木製の矢来から成る砦《とりで》に取って代わられ、大勢の人間がたむろする地域社会へと発展した。夥しい数の現代都市が、旧ケルト要塞《ようさい》跡に建てられている。たとえばチューリッヒ、パリ、ミュンヘン、コペンハーゲン。さらに、ヨーロッパ全域の半分の町はかつてのケルト村落の上に収まっている」

「信じがたいわ、宮殿も城も作らなかった人たちが、西欧を支配する文化を形成したなんて」

「ケルト社会は田園生活を主体としていた。彼らの人生における主眼は牛や羊の飼育にあった。農業にも従事したが収穫量は乏しく、個々の家族を養うのがやっとだった。しかし、遊牧民でなかった点を除くなら、彼らの部族の暮らしぶりはアメリカインディアンのそれに極めて似ていた。彼らはしばしば牛と女性を求めて、ほかの村落を襲った。紀元前三〇〇年になって初めて、彼らは厳しい冬の間動物たちを養うために、穀類の栽培に手を染めるようになった。海沿いに暮らしている者たちは商人になって、青銅の武器を扱い、青銅の製造に欠かせない貴重なスズをほかの文化圏に売りつけた。統率者である族長や上流階級のための、異国風の装飾品を作るために用いられた金の大半は輸入された」

「不思議だ、ほとんど決め手をもたない文化が、そんな広大な地域で強大な勢力を持つにいたるなんて」

「ケルト人が何も強みを持っていなかったとは言えないぞ」パールマターはダークに講義した。「彼らはブリテンで巨大な埋蔵量が発見されたスズと銅との合金である青銅を開発することによって、青銅器時代を招来した。後には鉄の精錬を行ない、鉄器も導入したとみなされている。彼らは優れた馬術家であり、車輪の知識をヨーロッパにもたらし、戦車を作り、農業用の四輪車と金属製の鋼索と収穫用具を最初に使った。今日でも使われている、ペンチやプライヤー類なども造った。馬に青銅製の馬蹄《ばてい》を履かせたのも、戦車や荷車用に鉄のリムを作ったのも彼らがはじめてだ。ケルト人は古代世界に、石鹸《せっけん》の使用を教えた。彼らの金属加工の腕には並ぶ者がなく、宝石、装身具、戦士の兜《かぶと》、剣、斧《おの》の金の飾り細工は絶妙であった。ケルト人の陶磁器の造形も独創的で、ガラス器具の製造術もマスターしていた。そのうえ、エナメル加工の技術をギリシア人やローマ人に教えもした。ケルト人は詩と音楽に卓越していた。それに、一日を真夜中から始める彼らの習慣が、今日のわれわれまで伝えられている」

「何が彼らの栄光を途絶えさせたのかしら？」サマーが訊いた。

「主な原因は、侵略してきたローマ軍に敗れたことだ。ゴール人の世界は——ローマ人たちはケルト人をそう呼んでいたのだが——ドイツ人、ゴート族、それにサクソン人などの異文化がヨーロッパ全域に拡散するにつれて、瓦解しはじめた。ある意味では、ケルト人は彼ら自身にとって最悪の敵だった。獰猛《どうもう》で馴化《じゅんか》されておらず、冒険と個人の自由を愛していた彼らは、陽気で衝動的なうえに秩序をまったく欠いていた。そうしたさまざまな要素が彼らの没落を早めた。古代ローマが崩壊するころには、ケルト人はすでに北海を渡ってイングランドとアイルランドに至っており、そうした土地では今日でも彼らの影響が感じとられる」

「彼らの容姿はどうだったのかしら――それに女性の扱い振りは？」サマーはいたずらっぽい笑いを浮かべて訊いた。

パールマターはため息を漏らした。「いつになったら、君がその点に触れるだろうと思っていたんだ」彼はワインの最後の残りをみんなのグラスに注いだ。「ケルト人は頑健な種族で、長身にして色白。髪は金髪から赤毛、さらには褐色に及んでいた。彼らは騒々しい連中だと見なされていて、よく響くすばらしい声をしていた。君は知ったら喜ぶと思うのだが、サマー、女性はケルトの社会では大切にされていた。彼女たちは望みの男性と結婚できたし、財産を相続できた。そのうえ、彼らの時代以降の大半の文化とは異なり、暴行されたときは損害賠償を請求できた。ケルトの女性は男性に劣らず体格がよく、男たちに伍《ご》して戦ったと述べられている」パールマターはためらって薄笑いを浮かべると、話を続けた。「ケルトの男女混合の軍隊は、さぞ見ものだったろう」

「どうしてなの？」サマーは罠《わな》にはまって訊いた。

「だって、彼らはしばしば素っ裸で戦争に参加したからさ」

サマーは赤面するほどやわではなかったが、くるりと目を回すと床を見つめた。

「そこで、僕たちがナヴィダド浅堆《せんたい》で見つけたケルトの人工遺物に話は戻りますが」ダークは生真面目《きまじめ》に言った。「かりに、三〇〇〇年後に船舶で運ばれたものでないとするなら、どこから来たのでしょう？」

「それに、私たちが見つけた岩から彫り起こされた部屋と寝室についてはいかがでしょう？」サマーがつけ加えた。

「確かに岩から彫り起こされているのだろうか、石を積み重ねたのではなく？」パールマターは質問した。

ダークは妹を見つめた。「その可能性はあるでしょうね、付着物が石の間の隙間《すきま》を簡単に覆ってしまうでしょうから」

「岩盤から部屋を彫り起こすのはケルト流ではない」とパールマターは言った。「ナヴィダド浅堆が海面上にあった当時、建材として切る樹木がなかったのかもしれない。たとえば、熱帯地方のヤシの木は幹が曲がっている上に繊維質なので、居住性に富む建物には不向きだ」

「しかし、彼らは紀元前一一〇〇年に、どうやって一万キロの大洋を横断できたのかしら？」

「難しい質問だ」パールマターは認めた。「大西洋沿岸に住んでいたのは船乗りたちで、よく〝オールの民〟と呼ばれていた。彼らは北海のさまざまな港から地中海に乗り入れたことで知られている。しかし、ケルト人が大西洋を渡ったという伝説は存在しない。おそらくは、アイルランドの神官である聖ブレンダン以外にはいないだろう。彼は七年がかりでアメリカ東岸に到着した、と多くの者が考えている」

「その航海が行なわれたのはいつのことです?」ダークが訊いた。

「紀元五二〇〇年から五三〇〇年のある時点」

「私たちが発見したものより一五〇〇年も遅いわ」サマーが言った。

ダークが腕を伸ばしてフリッツの相手をしてやると、犬はさっそく身体《からだ》を立てて彼の手をなめた。「どの考察も成り立たないようだ」

サマーは視線を落として、ドレスを撫《な》でつけた。「ではこの先、どうしたらいいのかしら?」

「君たちの謎《なぞ》のリストのうちで真っ先に解決すべき問題は」パールマターが助言した。「ナヴィダド浅堆が三〇〇〇年前に海面上に出ていたかどうかを突き止めることだ」

「地表の起源と年齢を研究する地形学者なら、何か理論を提供してくれるかもしれないわ」わけ知り顔でサマーが言った。

パールマターは有名な南軍の潜水艦ハンリー号の模型を見つめた。「ハイアラム・イェーガーとそのコンピューターから始めるといいかもしれない。海洋科学に関する世界一広範な資料が、彼のライブラリーに収められているのだから。もしもナヴィダド浅堆に関する科学的な調査がこれまでに行なわれているのなら、彼はその記録も持っているはずだ」

「だけど、ドイツやロシアの科学者のチームが記録をまとめている場合は？」

「イェーガーが訳文を手に入れてくれるさ。だいじょうぶだとも」

ダークが立ち上がり、行ったり来たりしはじめた。「まずNUMAの本部に戻ってハイアラムに会い、ファイルに当たってみてくれと頼む」

サマーは微笑《ほほえ》んだ。「それから？」

ダークはためらわなかった。「つぎに出向くのは、サンデッカー提督のオフィスだ。この件を徹底的に極めるつもりなら、彼を説得してクルー、調査船、水中の部屋をくまなく調べたうえ人工遺物を回収するのに必要な機具を貸し与えてもらわなくてはならない」

「戻っていくつもりなのね」

「ほかに方法があるだろうか？」

「なさそうね」彼女はゆっくり言った。なぜなのか突き止めかねたが、ある種の恐れが体内に噴き上がってきた。「だけど、またピシーズを見る気にはとてもなれそうにないわ」

「サンデッカーのことだから」パールマターが口を挟んだ。「君たちの踏査を別のプロジェクトと抱き合わせて、NUMAの資金を節約するさ」

「君も当を得た読みだと思うだろう」ダークは妹のほうへ向きを変えながら言った。

「失礼しようか？　サン・ジュリアンの時間をすっかりつぶしてしまった」

サマーは用心しながらパールマターに抱きついた。「素晴らしいランチをごちそうさま」

「いつものことながら、老いたる独り者には若い女性のお相手が楽しい」

ダークは握手を交わした。「さようなら、感謝しています」

「お父さんによろしく、立ち寄るように言ってくれ」

「伝えます」

子どもたちが帰ってしまうと、パールマターは座りこんで長い間物思いにふけっていたが、やがて電話が鳴った。ピットからだった。

「ダーク、息子さんと娘さんは今しがた帰ったところだ」

「彼らを正しい方向へ導いてくれたろうね？」ピットは訊いた。

「彼らの意欲をいささか研ぎすましてやったよ。たいして示唆《しさ》してやることは出来なかったが。ケルト人の航海史はなきに等しいんだ」

「あんたに質問が一つあるんだ」

「どうぞ」

「ハントという名前の海賊を聞いたことがあるだろうか？」

「ああ、一六〇〇年代に多少名を売った海賊だよ。なぜ訊くんだね？」

「彷徨《さまよ》える海賊と呼ばれる、永眠できない亡霊だと聞かされたものだから」

パールマターは溜息《ためいき》をついた。「あの報告書なら読んだ。新手の〝さまよえるオランダ船〟だ。とは言え、あの船を目撃したと打電した数隻《せき》の船舶やボートは、跡形もなく姿を消している」

「すると、ニカラグアの海域を航行する際に留意すべきいわれがあるのだろうか？」

「そう思うが。何に関心があるんだね？」

「好奇心さ」

「私が持っている、ハントに関する史実を知りたいか？」

「私の格納庫まで、特急便で届けてくれるとありがたいのだが」ピットは知らせた。「明日の朝一番で、飛行機に乗らなければならないので」

「すぐ手配する」

「ありがとう、サン・ジュリアン」

「こぢんまりとした夜会を二週間後に開くことになっている。都合はつくか？」

「あんたの素敵なパーティーなら、絶対に逃すものか」

電話を切ると、パールマターはハントに関する文献を集め、特急配送会社に電話を掛けた。それから寝室へ行くと、本がぎっしり詰まっているガラスケースの前に立った。あやまたずに棚から一冊引き抜くと、重い足取りで書斎へ向かい、一八四〇年にフィラデルフィアで作られた革製の診察用寝椅子に巨軀《きょく》を横たえた。フリッツが飛び上がってパールマターの腹に寝そべり、悲しげな眼差《まなざ》しで彼を見据えた。

彼はイマン・ウイルケンズ著の『かつてトロイアがあった場所』を開いて読みはじめた。一時間後に本を閉じると、フリッツを見つめた。「ありうるかな？」彼は犬にささやいた。「ありうるかも？」

やがて彼は、当たり年のシャルドネーの余韻のなすがままに眠りこんだ。

18

ピットとジョルディーノは翌日、NUMAのジェット機サイテーションで、ニカラグアの首都マナグアに向けて発《た》った。その地で彼らは一時間一〇分のフライトのために、スペイン製の民間航空機ターボプロップ・カサ212に乗り換え、イサベリア山地の上を飛んでカリブ海へ出る低地帯を過《よぎ》り、モスキート海岸の上空へ出た。NUMAのジェット機で手短に飛ぶことも出来たのだが、潜入するには一般の観光客らしく到着するに越したことはないと、サンデッカーが判断したのだった。

夕日が西側の山地の峰々を金色に染め、やがて陽は沈んで東斜面に影を投げかけた。これほど険しい地勢を横断する運河などピットには想像しにくかったが、ニカラグアではずっと昔から、大洋間運河のルートとしてはパナマより優れていると考えられてきた。気象条件は勝っていたし、調査ルートは掘削しやすいうえに、運河はアメリカ合衆国に四八〇キロ近くなる。パナマ運河から往来する距離を計算するなら、九六〇キロの違いになる。

二〇世紀への変わり目は、すこぶる影響力甚大《じんだい》な歴史的転換期で、政治はそのねぐらから這《は》いずり出て、誤れる判断を下すことになる。パナマは強力なロビーを駆使してその主張を強引に売りこみ、ニカラグアとアメリカ政府との関係をいたぶった。一時期、情勢は五分五分だったが、セオドア・ローズベルト大統領が水面下でパナマの関係者たち相手にうま味のある条件を引き出そうとしている間に、カリブ海にあるマルティニク島のペレー火山が噴火して三万人以上の死者が出たのがきっかけとなり、振り子はさらに大きくニカラグアから遠ざかった。信じがたいほど間が悪いことに、ニカラグアは火山の国として売りこむ一連の郵便切手を発行しており、その一枚には波止場と鉄道のイラストの背後に噴火が描かれていた。それが止《とど》めを刺した。上院は合衆国が建造する運河の用地として、パナマを支持した。

ピットはワシントンを離陸した直後から、モスキート海岸に関する報告書の検討をはじめた。ニカラグアのカリブ海寄りの低地帯は、同国のより人口の多い西側とは裾野《すその》の広い険しい山地と密生している熱帯雨林によって隔絶されていた。その住民と地域はスペイン帝国に包含されたことは一度もなく、イギリスの影響下に置かれていたが、一九〇五年に沿岸全域がニカラグア政府の支配下に収められた。

ピットの最終目的地はニカラグアのカリブ海側の主要港ブルーフィールズで、その名は船を隠すために同市に近い礁湖《しょうこ》を利用していた悪名高いオランダの海賊にちなんでつけられたものだった。その地域の住民はミスキート族から成っていて、その多数を占めるグループの祖先たちの出身地は中米、ヨーロッパ、アフリカに分かれている。クレオールは植民地時代に奴隷《どれい》だった黒人の子孫である。メスティソの血統はインディアンとスペイン人の混血だ。

漁業を基軸とする経済は、沿岸全域における大事業である。主な漁獲物はシュリンプ、ロブスター、カメである。町中に在る大きな工場は輸出用の魚の加工を行なういっぽう、手広いメインテナンス企業が国際漁業船団に燃料や食糧の供給などのサービスをしている。

報告書から顔を上げると、空は石炭のように黒くなっていた。プロペラの単調なうなりとエンジンの金属音に誘われて、彼は懐旧の世界へと旅立った。毎朝、鏡の中に見る自分の顔は、厳《いか》めしい皺《しわ》のない二五年前の滑らかさをもはや宿していなかった。時の流れと冒険暮らし、さらには自然の猛威の代償だった。

窓越しに虚空《こくう》を見つめているうちに、彼の心は総《すべ》ての出発点となったハワイのオアフ島にある、カエナ岬のひっそりとした海辺へ舞い戻っていった。彼が陽を浴びながら砂浜で横になり、見るともなしに寄せ波の先の沖へ視線を走らせると、水中に漂っている黄色い円筒が目に留まった。危険な離岸流を泳ぎ抜いて円筒を回収すると、苦闘しながら岸辺に引き返した。中には消息を絶った原子力潜水艦の艦長からの伝言が入っていた。

その瞬間を境に、彼の人生は新しい局面を迎えたのだった。彼はある女性と出会い、一目見るなり恋に落ちた。彼は記憶にあるその女性が生き延びていると知る由もなく、死んだものとずっと信じて幻影を抱き続けてきたが、やがてダークとサマーが彼の玄関口に現れたのだった。

彼の肉体はよく時に耐えてきた。筋肉にかつての強靭《きょうじん》さはないだろうが、歳《とし》とともに襲われる関節の痛みや苦痛にはまだ見舞われていない。髪はまだ濃く波打っているが、こめかみには幾筋かの灰色が広がり出していた。うっとりさせるようなオパールがかった緑の目は、依然として強い輝きを宿していた。海とＮＵＭＡの仕事はいまも彼の時間を食い尽くしていた。これまでの実績——楽しいものもあれば悪夢じみたものもあるが——に加えて、身体に受けたかなりの数の傷の思い出は、歳月は経てもまだ色あせてはいなかった。

彼は胸のうちで、大鎌《おおがま》を携えた老いたる死神をはぐらかした度重なる場面を追体験していた。インカの黄金の探索で地下の川を下っていった危険極まりない道中、サハラ砂漠での古びたフランスの外人部隊の砦《とりで》における圧倒的に不利な戦闘、南極での巨大な老朽雪上車を駆使しての戦い、それにタイタニック号の引き揚げ。二十年間における成果に伴う充実感と達成感は心温まる満足感をもたらし、つまるところ価値のある人生だったと彼は感じることができた。

しかし昔日《せきじつ》の気魄《きはく》、未知への挑戦欲は薄れてしまっていた。いまや彼には家族があり、責任があった。熱狂の日々は終末に近づきつつあった。向きを変えてジョルディーノを見やった。彼は条件の悪い場所でも、ワシントンの自分のコンドミニアムでグースダウンのベッドに納まっているように、いとも簡単にぐっすり眠れる。二人で勝ち得た成果はほとんど人間離れしているが、私生活では特に親しいわけではなく、一見して圧倒的な苦境や災難にひとたび直面すると彼らは一つに結束し、相棒の心身の強さと競い合ってついには勝利を収める。時には敗れるが、そんなことはそうざらにはない。

彼の成果がごくまれに注目を浴びた折に、ある記者が自分について書いた言葉をピットは思い出して一人微笑んだ。「誰の胸のうちにも、ダーク・ピットなみの冒険への願望が多少は宿っている。しかしダーク・ピットなるがゆえに、彼の願望は大半の人を上回るのだ」

ターボプロップ機カサの降着装置が下ろされ、ピットは物思いから引き戻された。着陸灯がブルーフィールズ空港周辺の幾筋かの川や礁湖の水に照り映えていた。ピットは窓に身を寄せて下を見つめた。軽い雨をついて機体は接地し、地上滑走でメインターミナルに向かった。時速八キロ余りの軽風が雨を斜めに降らせ、大気に湿り気を帯びた匂《にお》いを含ませていた。ピットはジョルディーノのあとからタラップを下り、気温が二〇度ほどなのでいささか意外な気がした。少なくともあと五度くらい高いかと予想していたのだ。

彼らが足早にエプロンを横切ってターミナルに入り、二〇分待つとカートに乗せられた彼らの手荷物が入ってきた。サンデッカーからの指示は、一台の車がターミナルの入り口で待っているということだけだった。ピットはスーツケース二つをカートに載せ、ジョルディーノは潜水用具の入った大きなダッフルバッグを担《かつ》いだ。彼らは舗装された通路を五〇メートル近く歩いて表通りへ出た。乗用車五台とタクシー一〇台が乗客を待ち構え、運転手たちは客を奪い合っていた。彼らが手を振って運転手たちを追い払い、心待ちしながら立っていると、列の最後の車――がたがたの擦り傷だらけでへこみのある古びたフォード・エスコート――がライトを点滅させた。ピットは助手席の窓に近づき、覗《のぞ》きこんで確かめた。「君はわれわれを待っていたの……」

そこまで話しかけたところで、驚いて黙りこんだ。ルディ・ガンが運転席の側から下り、車を回って出迎えの握手をした。彼はにやりと笑った。「いつも、こんな具合に会うわけにはいかんが」

ピットはあっけにとられて見つめた。「提督はあんたがこの計画に参加するなんて、一言も言ってなかったぜ」

ジョルディーノも呆《あき》れ顔で見つめた。「どこから来たんだね、それにどうやってわれわれより早くここに着いたんだね？」

「机に向かって座っているのに飽きたので、サンデッカーにうまいこと掛け合って仲間入りを許してもらったんだ。例の会議が終わった直後に、ニカラグアに向かって発った。提督は君たちに知らせる手間を省いたのだろう」

「彼のことだ、忘れたに違いない」ピットは皮肉な口調で応じた。彼は小柄な相手の肩に腕を掛けた。「われわれはこれまでも一緒に素晴らしい時をすごした仲だ、ルディ。いつものことながら、あんたのそばで仕事をするのは楽しい」

「マリのニジェール川で、私をボートから放り投げたときのように？」

「おれの記憶では、あれは必要不可欠だった」

ピットとジョルディーノは共に、このNUMAの次官に一目置いていた。外見も行動も学問好きの教師のような印象を与えるが、NUMAのプロジェクトを成功させるために必要となれば強硬手段も辞さなかった。二人がたとえどんなに羽目をはずしても、ガンが決して提督に告げ口をしない点を、彼らは特に買っていた。

彼らは手荷物をトランクに放りこみ、くたびれたエスコートに乗りこんだ。ガンはターミナルの外で客待ちをしている車を縫って抜けると向きを変えて、空港からメインドックへ通じる道に乗った。彼らは幅の広い砂浜に囲まれた、広大なブルーフィールズ湾沿いに車を走らせた。エスコンディド川は数本の支流に枝分かれして都市《まち》の周囲を迂回《うかい》し、ブラフス海峡を経て海に注いでいる。礁湖、入り江、港には、人気のない静まり返った漁船がびっしり並んでいた。

「全漁船団が陸《おか》に上がってしまったような感じがする」ピットが印象を口にした。

「褐色汚濁のせいで、操業停止になっているんだ」ガンが応じた。「シュリンプやロブスターは死滅しているし、魚類はもっと安全な海域へ移動してしまった。テキサスから出向いた民間の国際的な漁船団は、もっと水揚げ量の多い水域へ移動した」

「地元の経済はすっかり落ち込んでしまったはずだ」バックシートで身体《からだ》を楽に伸ばしたジョルディーノが言った。

「災難だ。低地帯の住人はみんな、何らかの形で生活の糧《かて》を海に求めている。魚が獲れなければ、金は入らない。しかもそれは、苦難の半分でしかない。ブルーフィールズとその周辺の沿岸はまるで時計で測ったように、一〇年ごとに大型ハリケーンに襲われる。ハリケーン・ジョーンは一九八八年に港を破壊し、再建された港もハリケーン・リジーに一掃された。しかし、褐色汚濁が消滅するなり制圧されない限り、大勢の住民は餓死を余儀なくされる」ガンは一つ間を置いた。「状況は嵐《あらし》に見舞われる前から、十分悪かった。失業率は六〇パーセントだった。いまでは九〇パーセントに近い。ニカラグアの西岸はハイチについで、西半球でもっとも貧しい除《の》け者だ。忘れないうちに訊《き》くが、君たちは食事を済ましたのか？」

「心配は無用」ジョルディーノが答えた。「マナグアの空港で軽く夕食を取ったんだ」

ピットは微笑《ほほえ》んだ。「テキーラを二杯ずつ飲《や》ったのを忘れてるぞ」

「忘れちゃいないよ」

エスコートは飛び込めるほど深く見える窪《くぼ》みで弾みながら、原始的な都市《まち》を走り抜けた。崩壊一途の廃屋にも等しい建物は、イギリスとフランスの混淆《こんこう》様式だった。かつては鮮やかな色に塗り上げられていたのだが、どれもこの何十年か刷毛《はけ》にお目にかかっていなかった。

「経済が壊滅状態だというのは冗談ではなかったんだな?」ピットは話しかけた。

「貧困の大半は都市のインフラの完全な欠如と、それを整備しようとしない地元の指導者たちが原因だ」ガンは説明した。「娘たちは選択肢がないので、一四歳で売春に身を投じ、少年たちはコカインを売る。誰も電気料金を払う余裕がないので、掘っ立て小屋の電線を街灯に接続している。下水施設はまったくないのに、州知事は年間の全予算を公邸の建造に当てている。訪ねてくる高官に立派な外観を見せるほうが重要だ、と彼女は考えているのだ。ここでは麻薬が一大産業だが、密輸はもっぱら沖合や人目の届かぬ入り江で行なわれるので、暮らし向きがよくなった地元住民は一人もいない」

ガンはエルブラフの民間のドック地帯に車を乗り入れた。そこは礁湖への入り口で、湾を挟んでブルーフィールズの向かいに位置していた。港の悪臭は強烈だった。廃棄物、石油、汚水が、汚れた海水と混じり合っている。彼らはドックで荷下ろしをしている、いまにも崩れて汚らしい水中に落ちこみそうな船舶の脇《わき》を通りすぎた。大半の倉庫の屋根は、引き剝《は》がされてしまったような様相を呈していた。ピットは一隻《せき》のコンテナ船が、側面に〝農器具〟と型抜きされた大きなクレートを下ろしているのに目を留めた。大型で染みひとつない煌《きら》めくセミトラックとセミトレーラーが、すこぶるみすぼらしい背景とは場違いに思える船荷と共に積み込まれていた。その船の名前は、船上の作業灯のすぐ下に辛うじて見えたのだが、〝東河《トンヘ》〟と記されていた。COSCOという文字が船体の中央に拡《ひろ》がっている。それがチャイナ・オーシャン・シッピング・カンパニーを表わすことを、ピットは知っていた。

ピットは〝農器具〟と記された箱の中に何が入っているのだろうと、想像をめぐらせるしかなかった。

「ここは彼らの港湾施設なのか？」ジョルディーノが信じかねて訊いた。

「あそこだけなんだ、ハリケーン・リジーが吹き抜けた後に残ったのは」ガンが答えた。

三五〇メートル余り先で、エスコートは黒ずんだわびしげな小船がたむろしている古びた木製の桟橋にさしかかった。ガンは甲板に明かりがともっている唯一《ゆいいつ》の船の前で、ブレーキを踏んだ。その船のよき日々は過ぎ去ってしまったようだった。黄ばんだ照明の下、黒いペンキは色あせて見えた。デッキや船体の金属には錆《さび》が筋を描いていた。桟橋を通りがかった者には、それは漁船だらけの小世界にはざらにある実用一点張りの船で、周囲に投錨《とうびょう》して繫留《けいりゅう》されている船舶とまったく同じ部類に映った。

ピットはその幅の広い船の船首から船尾へと目を移動させて、水平に伸びる一本の白い帯と隣り合う二本の青い帯から成るニカラグア国旗が力なく垂れているのを見やりながら、シャツの内側に手を伸ばして小さくたたんだ絹の包みにさわり、ちゃんとそこにあることを確かめて安心した。

少し向きを変えるとちらっと視線を横へ走らせて、近くの倉庫の陰に止まっている藤《ふじ》色《いろ》のピックアップトラックを見た。空ではなかった。雨が筋を描いている風防ガラス越しに、ハンドルの奥の黒っぽい人影と煙草《たばこ》の赤い光を見届けることが出来た。

やがて彼は、漁船のほうを振り向いた。「するとこれが、ポコボニト号か」

「さして見栄《みば》えしないだろう？」ガンがトランクを開け、バッグを取り出すのを手伝いながら言った。「しかし、動力源は二基の二〇〇〇馬力のディーゼルエンジンだし、大半の化学研究所が垂涎《すいぜん》の科学装置を搭載している」

「こいつは新趣向だ」ピットが言った。

ガンは彼を見つめた。「どうして？」

「この船はNUMAの船団の中で、青緑色に塗られていない唯一の船のはずだ」

「おれはNUMAの調査船で、もっと小型のネプチューン級の船をよく知っている」とジョルディーノが言った。「その船は装甲車のような造りで、荒海でも安定していて快適だ」彼は言いよどんで、波止場に入っているほかの漁船を左右に見やった。「見事な偽装だ。甲板室が大きすぎるが、舞台装置の関係で小さくするわけにも行かないわけだし、ちゃんと格好はついている」

「製造して何年ぐらいになるんだ？」ピットは訊いた。

「六ヶ月」ガンが答えた。

「うちの技術者たちは、どんな手を使ってこんなに……使い古した感じを出したのだろう？」

「特殊効果だよ」ガンは声を立てて笑いながら答えた。「古びたペンキと錆は、ああした感じを出すために特別に処方されたものさ」

ピットが桟橋から甲板に飛び降りて振り向くと、ジョルディーノが自分たちの手荷物とダッフルバッグを手渡した。デッキを踏みしめる足音に一人の男と女が気づき、甲板室の後ろのドアから現れた。五〇代前半で、灰色の髭《ひげ》をきれいに刈り込んだ、眉《まゆ》がもじゃもじゃの男が甲板灯の下に出てきた。頭は剃《そ》りあげていて、汗で光っている。ジョルディーノよりさほど背は高くなく、背中が軽く丸まっていた。

もう一人のクルーは身長が一八〇センチ近くてすらりと優美で、ファッションモデルなみの拒食症のような体形をしていた。顔は陽に焼けていて頬骨は高く、人を出迎えて微笑むと上下の美しい歯がのぞいた。戸外で働く大半の女性の例に漏れず金髪は後ろで結び、化粧はほとんどしていなかったが、それも全身が発する魅力を損なってはいなかった。少なくとも、ピットはそう思った。彼女はある種の女性美を備えている、と彼は認めた。足の爪《つめ》にはペディキュアが施されていた。

男女はともに、地元産の縦縞《たてじま》のコットンのシャツとカーキ色の短パンを身に着けていた。男は撃ち抜かれて穴だらけになったようなスニーカーを履き、女の足は幅の広いストラップ・サンダルに納まっていた。

ガンが紹介した。「ルネ・フォード博士、われわれの養魚場常駐の海洋生物学者。それにパトリック・ダッジ博士、NUMAの代表的な海洋地質学者。二人ともご存知でしょう、特殊任務責任者のダーク・ピットと、海洋技術者アル・ジョルディーノです」

「同じプロジェクトで働いたことはありません」ルネはささやきよりほんの少し強めのかすれ気味の声で言った。「ですけど会議では数度、同席したことがあります」

「ご同様で」とダッジは二人と握手をしながら言った。

フォードとダッジは一緒に車庫を使っているのかとピットは訊きたくなったが、つまらぬ冗談はやめておいた。「また会えて、何よりです」

「きっと楽しい船旅が出来ることでしょう」ジョルディーノがいつもの感じのいい笑顔をちらっと浮かべた。

「そうならない理由《わけ》があるかしら？」ルネがやさしく訊いた。

ジョルディーノは答えなかった。彼が気の利《き》いた返事をしないのは稀《まれ》なことだった。

ピットはしばらく立ちつくして、桟橋の杭《くい》を叩《たた》く水の音に耳を傾けていた。人の姿は見当たらなかった。桟橋にはほとんど人気がない感じだった。しかし、皆無ではなかった。

彼は船尾の自分の船室へ下りていき、スーツケースから小さな黒い箱を取りだすと階段をゆっくり登って引き返し、桟橋の反対側のデッキに出た。甲板室の陰に身を隠して箱を開け、ビデオカメラに似たものを取り出した。そのトランスのスイッチを入れると、くぐもった甲高い唸《うな》りが生じた。つぎに彼は黒い覆《おお》いを頭からかぶり、徐々に身体を上げて、甲板室の屋根に乗っているロープの束の上から見通せる高さまで目を持っていった。顔を暗視単眼鏡の接眼レンズに押し当てると、スコープは自動的に倍率、輝度、赤外線照明装置を調整した。そこで桟橋越しに闇《やみ》を覗くと、いまや緑色の画像を結んでおり、彼はフクロウのように夜目が利いた。

ポコボニト号に着いたときに気づいたシボレーのピックアップトラックは、依然として闇の中に留まっていた。星明りと桟橋の一〇〇メートルほど先の薄ぼんやりした二基の街灯の明るさがいまや二万倍にも強化され、トラックの運転手が照明のよく利いた部屋の中にいるかのように映し出された。しかしよく観察すると、運転手は男ではなく女だと分かった。その監視役がスコープを左右に振って、こちらの船殻の明かりの点《とも》っている舷窓《げんそう》を走査しているやり口から、彼女が見破られていることに気づいていないことが分かった。彼女の髪が濡《ぬ》れているのさえ見分けられた。

ピットはスコープを少し下げて、ピックアップトラックの運転手側のドアに焦点を絞った。監視役はプロではない、とピットは判断した。彼女は慎重でもなかった。おそらく建設労働者がスパイも兼ねているのだ。雇い主である社名が、ドアの側面に金色のペンキで記されていたのだ。

オデッセイ

社名だけで、その後ろには〝有限会社〟、〝株式会社〟、〝会社〟のどれも加えられていなかった。その下には四肢を躍動させて走っている様式化された馬の像が描きこまれていた。なんとなく見覚えがあるような気がしたが、どこで見たのかどうしても思い出せなかった。

なぜオデッセイはNUMAの調査遠征隊に関心があるのだろう？　ピットはふと考えた。どんな脅威が海洋科学者の一チームにあるというのだ？　巨大な組織が見張りをしたところで何も得るところはないはずで、無意味に思えた。

　我慢しきれずに彼が立ち上がって漁船の桟橋側へ歩いていき、ピックアップトラックの女性に手を振ると、彼女はすかさず暗視スコープをピットに向けた。彼は自分のスコープを目に持ち上げて見つめ返した。紛れもなくプロの見張りでないその女は、ひどくうろたえて暗視スコープを座席の上に落とし、あわててエンジンを点火させると、後ろのタイヤをスピンさせ、軋《きし》ませながら轟音《ごうおん》もろとも桟橋を走り抜けて闇の奥へ消えた。

　ルネはジョルディーノやダッジと同時に顔を上げた。「いったい何事かしら？」ルネが訊いた。

「誰かが急いでいるのさ」ピットは面白がって言った。

　ルネが船首と船尾の舫《もや》い綱を投げこむのを、男たちは見物していた。ガンが操舵室《そうだしつ》を担当し、強力なエンジンは咳《せ》きこんで唸っているうちにまろやかな回転音と共に始動し、デッキをやさしく震わせた。やがてポコボニト号は滑るように波止場を離れ、ブラフス海峡を経て海へ注ぐ水路へ、スクリューで海水を攪拌《かくはん》しながら入っていった。針路はコンピューター航法装置にプログラムされており、船首は北東を指していた。しかしガンは――航空会社の大半のパイロットが、民間の旅客機をコンピューター任せではなく自分で離着陸をしたがっているのと同様に――舵輪を握って船を海へ向かわせた。

　ピットは梯子《はしご》を下りて自分の船室へ行き、暗視単眼鏡をケースに戻すとグローバルスター・トライモード衛星電話を取り出した。そこでデッキに引き返すと、ぼろぼろの長《なが》椅子《いす》で寛《くつろ》いだ。彼は振り向くと微笑んだ。ルネが調理場の舷窓から、カップを持った手を差し出したのだ。

「コーヒーは?」彼女が調理場の中から訊いた。

「なんて優しいんだ」とピットは言った。「ありがとう」

彼はコーヒーをすすると、衛星電話である番号をダイヤルした。サンデッカーが四度目の呼び出しに答えた。「サンデッカー」提督は歯切れよく応じた。

「私に言うべきことを何か忘れたでしょう、提督?」

「何のことだか、ぴんとこないな」

「オデッセイ」

沈黙が生じた。やがて、「なぜ訊くんだね?」

「連中の一人が、例の漁船に乗り込むわれわれをスパイしていました。なぜなのか、それが知りたいのですが」

「知るのは後のほうがいい」サンデッカーは謎《なぞ》めいたことを言った。

「ニカラグアにおけるオデッセイの掘削プロジェクトと関係があるんですか?」ピットは何気なげに言った。

また沈黙と、繰り返し。「なぜ訊くんだね?」

「ほんの好奇心です」

「どこからその情報を仕入れた？」

ピットは我慢できなかった。「知るのは後のほうがいいでしょう」

そう言い終わると、ピットは電話を切った。

19

ガンはポコボニト号を誘導して、黒い水を切り裂きながら高い絶壁にはさまれた水路を縫って行った。その一帯に船影はまったくなく、彼は船首をまっすぐ水路の中央に向けていた。港への出入り口を示している一対のブイの先端の灯りが、遠く波と共にゆれていた。一方は点滅する緑色灯で、反対側は赤色灯。

ピットは例の長椅子に座りこみ、海上で熱帯の宵を楽しみながら、船尾の闇の中へ薄れ行くブルーフィールズ市の黄色い町灯りを見つめている間も、気がかりな波止場のスパイの記憶が植物の根のように広がっていった。迂遠《うえん》で焦点のぼやけた、捉《とら》えどころのない不安だった。舫い綱を投げこむ時点で見張られていたことに、彼はこだわっていなかった。不審のその部分は取るに足りない。オデッセイとドアに記されたあのピックアップトラックは、彼の心理的動揺の尺度ではせいぜい二度止まりだ。気がかりなのは、彼女が慌《あわ》てふためいて猛然と車で走り去ったことだった。あの場では、あわてて逃げ去る必要性はまったくなかった。するとあの女は、われわれＮＵＭＡのクルーのせいで逃げ出したのか？　では、何のために？　われわれは彼女に近づこうとしたわけではない。答えはどこかほかにあるはずだ。

つぎの瞬間、何もかもが明らかになった。彼女の髪が濡れていたことをピットは思い出したのだ。

ガンは燃料噴射式エンジンに繋《つな》がる二基のスロットルをゆっくり押して、カリブ海から寄せてくる低いうねりに漁船を突入させようと、右手を差しのべたところだった。不意に、ピットは長椅子から立ち上がるなり叫んだ。

「ルディ、船を止めろ！」

ガンは半ば振り返った。「何だって？」

「船を止めろ！　止めるんだ、今すぐ！」

ピットの声はフェンシングのサーベルのように鋭かった。ガンはすかさず求めに応じ、スロットルを限度いっぱい手元に引き戻した。その瞬間、ピットはジョルディーノに向かって叫んだ。彼は下の調理場でフォードやダッジと一緒に腰を下ろして、パイとコーヒーを味わっていた。「アル、私の潜水用具を持ってきてくれ！」

「いったい何事だ？」ガンは混乱して操舵室の横のドアから出てきた。ルネとダッジも当惑顔で、なんの騒ぎか見届けに姿をデッキに現わした。

「確信があるわけじゃないが」ピットは説明した。「この船に爆弾を仕掛けられたおそ

「どうしてそんな結論に達したのです？」ダッジが信じかねたように訊《き》いた。「あのトラックの運転手は待ちかねて逃げ出した。なぜ急いだのか？　何か理由があるはずだ」

「あなたの言う通りだとすると」ダッジが手がかりを得てきっぱり言った。「それを見つけ出すに越したことはない」

ピットはきっぱりとうなずいた。「まさにその通り。ルディ、あんたとルネとパトリックは、船室を隅々まで調べ上げる。アル、君は機関室だ。私は舷側から水中に潜り、船殻の下に取り付けられている可能性を探る」

「さあ、取り掛かろう」アルが声をかけた。「爆発物にタイマーがセットされていて、われわれが港を出て深い水域に入り込んだとたんに爆発する仕掛けになっているおそれがある」

ピットは首を振った。「私はそうは思わん。われわれが朝までドック周辺に留まる可能性は常にあった。誰にしろ、われわれが舫い綱を解いて外海へ達する時間を正確に予測するのは不可能だ。私の読みだと、われわれが港の出入り口を通過すると、水路ブイの片方に取り付けられた送信機が、爆薬に繋がっているレシーバーを起動させる」

「あなたの考えすぎだと思うけど」ルネが疑わしげに言った。「どう考えても、われわれ全員を殺してこの船を破壊する動機を持っている人など想像できないわ」

「何者かが、われわれに何かを見つけられることを恐れているのだ」ピットは話を続けた。「それにさしあたり、オデッセイの連中がわれわれにとって最大の容疑者だ。彼らの情報収集能力は優れていると思わねばならない。かりにも彼らが、われわれ五名とこの船をブルーフィールズ市に潜入させる提督の計画を見通していたなら」

ジョルディーノがピットの潜水用具を持って下から現れた。彼はピットの読みを受け入れるのに、直感を必要としなかった。小学校以来の長いつき合いなので、ピットが状況をめったに見誤らないことを彼は知っていた。互いの洞察力に対する信頼は、単なる絆《きずな》を超えていた。過去、幾度となく、彼らの心は一つとなって働いた。

「早く行動したほうがいい」ピットが強く促した。「ぐずぐずしていると、われわれのお友だちはその分だけ早く、気づかれたことを悟る。連中は一〇分後には派手な花火を見られると期待しているはずだ」

言わんとしているところは伝わった。誰一人、せかされるには及ばなかった。彼らはたちどころに協力し、船の受け持ちを割り振った。その間に、ピットは短パン姿になってエアタンクと調整器を帯紐《おびひも》で留めた。ウエットスーツを着用しようとは思わなかったし、そんな時間も掛けなかった。ウエットスーツの浮力が伴わないので、ウエイトベルトにも煩《わずら》わされるに及ばないと判断した。調整器のマウスピースを歯でくわえると、左足に小さな道具箱を縛りつけ右手に潜水ライトを持って、船尾から踏みだした。海水は頭上の大気より温かく感じられた。視界はほとんどダイヤモンドなみに澄んでいた。潜水灯で下を照らすと、深さ三〇メートルあまりに、平らで砂地のこれといって特徴のない海底が認められた。生ぬるい海水が身体《からだ》に押しつけられ、素晴らしく心地よかった。喫水線下の船殻に付着物は一切なかった。サンデッカーがポコボニト号に南下を命ずるに先立って、乾ドック入りして付着物をきれいに擦《こす》り取ったのだった。

ピットは舵《かじ》とスクリューのある場所から船首方向へ、潜水灯を左から右へ、さらに逆に振りながら移動していった。物見高いサメが光のほうに向かってくる危険は常にあったが、ピットは長年にわたる潜水で深海の殺人マシーンに出会ったことは滅多になかった。彼は潜水灯の光に捉えられた物体のほうに注意を集中した。それは竜骨の中央から腫瘍《しゅよう》のように突き出ていた。彼の疑いは裏づけられた。足鰭《あしひれ》を蹴《け》って近づき、フェイスマスクの二五センチたらず前方にある、紛れもない起爆装置を見据えた。

ピットは爆弾の専門家ではなかった。およそ長さが九〇センチ、幅が二〇センチの楕円形をしたある種の容器が、竜骨と接しているアルミニウムの船殻に取りつけられているということしか分からなかった。何者であれその容器を取りつけた者は、液体を通さないうえに、船が水路を航行する際に水の牽引《けんいん》力を受けても剝《は》がれない強力な粘着テープでそれを固定していた。

彼にはどんな種類の爆薬が使われているのか見極める術《すべ》はなかったが、典型的な過剰殺戮《さつりく》を狙っているように思えた。その起爆力はポコボニト号を無数の破片に吹き飛ばし、クルーの肉と骨を細かく砕いて余りあるほど強力な代物のようだった。考えるだけでぞっとしなかった。

　潜水灯を脇《わき》に挟んで固定すると、静かに両手を容器に掛けた。一つ深く息を吸いこみ、容器を船殻から引き離そうとした。何事も生じなかった。力を加えても、なんの成果もなかった。しっかりした足場がないので、ピットは粘着テープに勝つだけの力をとても振るえなかった。後ずさると、足に縛りつけてある道具箱に手を伸ばし、漁師用の刃が曲線状の小さなナイフを取り出した。

　光に照らして、古びた潜水時計ドクサのオレンジ色の文字盤をすばやく見た。潜ってから四分経《た》っていた。陸《おか》にいるスペクターのエージェントに何やら動きがあると感づかれないように急がねばならなかった。しごく慎重に、ナイフの刃を容器の下にできるだけ滑り込ませると、木を鋸《のこぎり》で挽《ひ》くように、刃でテープを切り裂いた。その爆弾を取りつけた者は、クジラでも窒息させられそうなほどテープをたっぷり使っていた。ピットは四方からテープを切り裂いたが、容器は依然として船殻に付着していた。

　ナイフを道具箱に戻して容器の両端をしっかり摑《つか》み、身体を丸めて足鰭をつけた足を竜骨にしっかり押しつけると、電気信号が発信し続けてくれることをひたすら願いながら、力をこめて引っ張った。不意に容器が猛烈な勢いで船殻から剝がれたはずみで、ピットは二メートル近く投げ出された末にようやく漂いながら止まった。そのときになって初めて、自分が両手に爆薬を抱えたまま、まるでポンプのようにタンクからエアをあえぎながら吸い込んでおり、心臓が胸郭を打ち破りそうなことに気づいた。

動悸《どうき》が落ち着き、息遣いが正常に戻るのを待たずにピットは竜骨沿いに泳ぎ、船尾の梯子《はしご》の脇に浮上した。誰の姿もなかった。みんな、船内を調べあげるのに忙殺されているのだ。マウスピースを吐き出すと、彼は叫んだ。

「誰か手を貸してくれ！」驚くまでもなく、最初に反応したのはジョルディーノだった。小柄なイタリア人は機関室のハッチから飛びだしてくると、船尾肋板《ろくばん》の上に身を乗りだした。「何が見つかった？」

「戦艦だって楽にぶっ飛ばせるだけの爆薬」

「そいつを船上に引き揚げてほしいのか？」

「違う」ピットは波に頭上を洗われてあえぎながら言った。「救命筏《いかだ》に長いロープを結びつけて、船尾から投げ込んでくれ」

ジョルディーノは何の疑問もさしはさまずに、甲板室の屋上に出る梯子を急いで上った。たどり着くと、船が万一沈んでも浮上できるように縛りつけずにある、二艘《そう》の救命筏の片方を架台から必死に引っ張り出した。ジョルディーノが甲板室の屋上から下のデツキへ救命筏を滑り下ろそうとしていると、おりよくルネとダッジがデッキに現れて筏を受け止めた。

「どうしたの？」ルネが訊いた。

ジョルディーノは船尾後方の水中で浮き沈みしているピットの頭に向かってうなずいた。「ダークが船殻に固定されていた起爆装置を見つけたんだ」

ルネは船尾肋板越しに覗《のぞ》き込んで、ピットの潜水灯に照らされて姿を現わしている容器を見つめた。「なぜ海底に捨ててしまわないの？」彼女のつぶやきは、恐怖に彩《いろど》られていた。

「なぜなら、彼に計画があるからさ」ジョルディーノは辛抱づよく答えた。「さあ、筏を舷側《げんそく》から下ろすのを手伝ってくれ」

ダッジは何も言わなかった。三人が力を合わせて重い筏を手すり越しに海中へ落とすと水がはね、ピットの頭が潜ってしまった。ピットは足鰭をしきりに蹴って胸まで水中から浮上すると、運のよさを頼りにしすぎだと痛切に意識しながら、容器を頭上に持ち上げて筏の船底へ慎重に下ろした。あの世へ送り込まれたと気づくのは、万事片がついてからなのが、彼の唯一《ゆいいつ》の慰めだった。

容器が筏の内部にしっかりと固定されると、ピットははじめて長々と安堵《あんど》の吐息をついた。

ジョルディーノは乗船梯子を下ろし、船に乗りこむピットに手を貸した。ジョルディーノがエアタンクを下ろしてやっていると、ピットが言った。「燃料油を数リットル、筏に注いで、ロープを限度いっぱい送り出してくれ」

「ガソリンまみれの起爆物を載せた筏を曳航《えいこう》しろというのですか？」ダッジがためらいがちに訊いた。

「そのつもりです」

「それが送信機付きのブイを通過するとき、どうなるんです？」

ピットはダッジを見つめ、曰《いわ》くありげにちらっと笑った。「爆発するだろうね」

20

沖から港へ入っていくとき、水路の左右の目印となるブイは通常左側が緑色に塗り上げられ、頂きに同じ色の灯りを点したうえ、奇数の番号をつけられている。真向かいにある右側のブイは赤で、赤色灯を載せて偶数をつけられている。ポコボニト号がブルーフィールズ港を出る際は逆となり、左手に赤、右手に緑が現れた。

舵輪《だりん》を握っているガンを除き、全員が船尾デッキに固まって船尾舫板越しに成り行きを注視しながら、ブイとポコボニト号の船首が平行になる瞬間を待った。

ピットが起爆装置を発見したのは分かっており、その容器を固定して筏を船尾方向へ流してやったのも目の当《ま》たり《あ》にして安心はしていたものの、フォードとダッジは強烈な爆発で漁船が破壊されるのではないかと、いまだに半ば心配だった。船尾方向一三〇メートルたらずの黒い海水を背景に小さなオレンジ色の救命筏を油断なく見つめているうちに、不安の雲はチェインソーで切り落とされたように一掃され、ポコボニト号は飛散することもなく無事に左右のブイを通過した。

やがて緊張がまた高まった。筏が曳航されて着実に近づいてくるので、緊迫度はむしろ今度のほうが強かった。五〇メートル、二五メートル。ルネは本能的に身を潜め、両手を耳に当てた。ダッジはうずくまり、背中を船尾のほうへ向けた。ピットとジョルディーノは、まるで星月夜に流れ星を待ってでもいるように、平然と船尾方向を見つめていた。

「間もなく筏は吹っ飛ぶぞ」ピットはダッジに言った。「航行灯を消して、連中にわれわれが消滅してしまったと思わせるのだ」

ピットがそう命令し終わるか否《いな》かに、救命筏は蒸発した。

左右の断崖《だんがい》に挟まれた水路に爆発音が轟《とどろ》いて木霊《こだま》し、衝撃が海上を渡って彼らの顔を打ち、船を揺らした。夜の闇《やみ》は火炎と火を噴く破片の悪夢と化し、水路中央の洞穴からはおよそ幅二〇メートルの沸騰《ふっとう》する白い大きな水柱が立ち上がった。ピットが救命筏を満たすのに使った燃料油は爆発し、炎の柱を噴き上げた。ポコボニト号のクルーたちは催眠にでも掛けられたように、上空から尾を引く隕石《いんせき》さながらに降り注ぐ、粉々になった筏の破片を見つめた。細かなかけらや断片が漁船上に散り撒《ま》かれたが、誰も負傷しなかったし船体に損傷もなかった。

やがて、これまた不意に夜は静まり返り、漁船の背後の水域は、洞穴が海水に埋めつくされてふたたび空漠とした状態に戻った。

ピックアップトラックの中に座り込んでいた件《くだん》の女は、漁船が桟橋を離れてから一〇度以上も腕時計に当たって時間を確かめていたが、遠方の雷鳴さながらの轟音をようやく聞きつけ、三キロ余り前方の闇の中に瞬時の閃光《せんこう》を視認すると、深々と満足の吐息をついた。爆発まで予想以上に時間がかかっていた。彼女の計算では八分遅れていた。たぶん操舵手が慎重で、狭い水路の黒い水域をゆっくり抜けたのだろう。あるいは、何か機械に故障が生じて、クルーが応急処置を施すために船を停めたか。理由はなんであれ、もう問題ではなかった。同僚に対して、任務は成功裡《り》に完遂されたと知らせることが出来るのだ。

空港で待機中のオデッセイ社のジェット機へ直行するのはやめて、侘《わび》しげなブルーフィールズの盛り場で一杯のラムを楽しむことにした。今夜の働きに免じて、多少の休息と寛《くつろ》ぎは許されると思ったのだ。

また雨が降り出した。彼女は風防ガラスのワイパーのスイッチを入れると、波止場から走り去って街中へ向かった。

水路に船影はなく、ピットたちは外海へ向かった。針路はプンタペルラスと、その先のカヨスペルラス諸島にセットされていた。空は晴れつつあり、星が雲間から覗《のぞ》いており、彼らは軽い南風に乗って航行した。ピットは午前零時から三時までの当直を買って出た。彼が操舵室を預かり、さまざまに思いをはせている間にも、コンピューター自動制御装置はプログラムされた針路を正確にたどっていた。最初の一時間は、眠り込まないよう、ありったけの意志の強さを発揮せねばならなかった。

ローレン・スミスの幻影が浮かびはじめた。彼らは親しくなったり疎遠《そえん》になったりしながら、ほぼ二〇年の付き合いだった。少なくとも二度、結婚の何歩か手前までいったが、どちらもすでにそれぞれの仕事と結婚していた。ピットはNUMAと、ローレンは連邦議会と。しかし最近ローレンは、五期目の立候補をする意思はないと表明しており、ピットにとっても海洋の遥《はる》かな果てまで引きずり出されずにすむ、ずっと楽な仕事に身を引く潮時が来ているようだった。彼は何度となく死に直面し、心身の両面に傷が残っていた。おそらく、彼は猶予《ゆうよ》期間を食いつぶしているのだ。幸運だって、いつまでも続くわけがない。オデッセイ社のトラックの件の女に彼が疑いをかけ、不意に爆薬ではないかと勘づかなかったなら、彼と友人のジョルディーノは、ほかの者たちもろとも、すでに死んでいたに決まっている。引退すべきときかもしれない。なんと言おうと、彼はいまや成人した子ども二人を持つ、二年前には想像すらしたことのない責任を帯びた家庭の主《あるじ》だった。

唯一の問題は、彼が何にもまして海を愛していることだった。あっさり背を向けて、海を忘れるわけにいかなかった。どこかに、妥協点があるはずだ。

彼は直面している褐色汚濁の問題に改めて焦点を絞った。依然として、そのささやかな痕跡《こんせき》が化学探知装置に記録されているだけで、その敏感なセンサーは船殻の下側に搭載されていた。船舶の光は水平線上にまったく認められなかったが、彼は双眼鏡を手にとって、前方の闇を漫然と眺め回した。

時速三五キロほどの快適なクルージング速度で、ポコボニト号はカヨスペルラス諸島を一時間あまり前に通過していた。双眼鏡を下に置くと海図を検討して、ニカラグア沿岸のタスパパウニという町から四〇キロ足らずの沖合だと割り出した。あらためて、計器類をざっとひとわたり眺めた。計器の指針や数字は依然として震えることもなくゼロを示しており、自分はあてどのない追究をしているのではないか、とピットはいぶかしみ始めた。

ジョルディーノがコーヒーカップを持って仲間入りした。「眠気覚ましに何か欲しいんじゃないかと思ったんだ」

「ありがとう。君の当直にはまだ一時間ある」

ジョルディーノは肩をすくめた。「一度目が覚めると、もう寝つけないんだ」

ピットはありがたくコーヒーをすすった。「アル、君はどうして結婚しないんだ？」

黒い瞳《ひとみ》が好奇心に駆られてすぼめられた。「いまさら、なぜ訊《き》くのだね？」

「時間をもてあまして、妙なことをいろいろ考えていたんだ」

「昔ながらのセリフはどうだ？」ジョルディーノは肩をすくめて言った。「これはという女性が見つからないんだ」

「いちど、一歩手前まで行ったじゃないか」

彼はうなずいた。「ドロシー・オコンネルか。おれたちの場合、最後の瞬間になって留保条件が頭をもたげてしまった」

「どう思う、おれがNUMAをやめてローレンと結婚することを考えていると言ったら？」

ジョルディーノは向き直り、まるで片方の肺を矢に射抜かれでもしたようにピットを見つめた。「もう一度言ってくれんか？」

「趣旨は分かったろうが」

「いまの話、太陽が西から上がったら信じてやるよ」

「まったく考えたことはないのか、いっそおさらばしてのんびり暮らそうと？」

「正直なところ、ないな」ジョルディーノは考えこみながら言った。「おれは大望を抱いた例《ためし》がない。今やっていることに満足している。決まりきった亭主や父親の役は、おれの性に合わない。そのうえ、一年のうち八ヶ月は家を留守にしている。そんなことに、どんな女性が我慢できるね？　そうとも、いまのままの生活を続けて、いずれ老人ホームへ車椅子《くるまいす》で送りこんでもらうさ」

「君が老人ホームで息を引き取るところなんて、おれには想像できん」

「名うての早撃ち、ドク・ホリデイがやってのけた。彼の最後のセリフは、〝おれは嫌だぜ、はだしの足を見て、ブーツを履かずに死にかけていると気づくなんて〟」

「墓石にはなんと記して欲しい？」ピットは冗談抜きで訊いた。

「生きているとは素晴らしいパーティーだ。あの世でも続くものと思っている」

「ちゃんと思い出してやるぜ、君にお迎えが来たときには――」

突然、ピットは黙りこんだ。計器類の表示装置が生気を帯び、水中の化学汚染の痕跡を探知しはじめたのだ。

「なにか捕まえたようだぞ」

ジョルディーノはクルーの船室に通じる階段へ向かった。「ダッジを起こしてくる」

数分後に、ダッジがあくびをしながら操舵室に上ってきて、コンピューターのモニターと読取装置に目を通しはじめた。やがて当惑した様子で、後ずさった。「こんな人工的汚染は、いまだかつて見たことがない」

「あなたの判断は？」ピットは訊いた。

「いくつかテストしてみないと確かなことは言えないが、化学元素から流出している無機質がまぎれもなく混じりあっている溶液のようだ」

操舵室のにわかのあわただしさに目覚めたガンとルネが加わり、興奮はいっそう高まりを見せたし、彼らは朝食の用意を買って出た。入ってくるデータをダッジが収集して数値を分析しはじめると共に、期待と楽観が底流として広まった。

太陽が水平線の上に昇るまで、まだ三時間あった。ピットはデッキへ出て、船殻沿いに流れ去る黒い海水を観察した。彼はデッキに腹ばいになって手すりの間から身を乗り出すと、水中で片手を引きずった。手を引き寄せて目の前に上げると、手のひらと指は茶色のヘドロに覆われていた。操舵室へ戻ると片手をかざして見せながら言った。「汚濁水域に入った。海水はまるで海底の軟泥《なんでい》がかき回されて浮上したように、鈍い褐色の泥と化している」

「あなたは自分で考えている以上に核心をついている」ダッジが三〇分経って初めて口を開いた。「こんなひどい混合状態を見たのは、はじめてだ」

「組成の手がかりは何か見つかりましたか？」ジョルディーノは、ルネがベーコンとスクランブルエッグを自分の皿に取り分けてくれるのを辛抱強く待ちながら訊いた。

「あなたが考えそうな構成要素とは、異なっているかもしれませんよ」

ルネが当惑顔をした。「どんなタイプの化学物質汚染なのかしら？」

ダッジは彼女を真剣な眼差《まなざ》しで見つめた。「褐色汚濁の発生源は、人工の毒性化学物質ではない」

「人間が犯人ではないというのですか？」とガンは訊いて、科学者に迫った。

「そうです」ダッジはゆっくり答えた。「この場合、犯人は母なる自然です」

「化学物質が原因でないとなると、何なのかしら？」ルネは食い下がった。

「ある種の溶液」ダッジは自分でカップにコーヒーを注ぎながら答えた。「地球で見つかる最も毒性の強い無機物がいくつか含まれている溶液。バリウム、アンチモン、コバルト、モリブデン、バナジウムといった元素が含まれているんだが、そうした元素は輝安鉱、バライタ、パトロナイト、硫砒鉄鉱のような有害鉱物から取れる」

ルネの形のいい眉《まゆ》が吊《つ》り上った。「硫砒鉄鉱《りゅうひ》？」

「砒素の原材料となる鉱物です」

ピットは探るように真顔でダッジを見つめた。「おっしゃるようなすこぶる濃度の高い有毒鉱物の溶液が、自ら再生産できないというのに増大することがどうして可能なんでしょう？」

「蓄積されているのは、常時、補充されているからです」とダッジは答えた。「つけ加えておきますが、マグネシウムの強度の痕跡、苦灰石の前例を見ない溶解濃度も認められます」

「それは何を示唆《しさ》しているのだろう？」ルディ・ガンが訊《たず》ねた。

「一つには石灰石の存在です」ダッジは直截《ちょくせつ》に答えた。黙りこむと、しばらくプリンターから出てきたプリントアウトを検討した。「もう一つの要素は、アルカリ水中の鉱物ないし化学物質を真正の磁北方向へ引っ張る引力です。鉱物は他の鉱物を誘引して錆《さび》を作る。アルカリ水中の化学物質はほかの化学物質をその表面へ引き寄せて有毒廃棄物ないしガスを作りだす。それゆえに、大半の褐色汚濁はキーウエストを目指して北へ移動する」

ガンが首を振った。「その説では、ダークとサマーがドミニカ共和国の反対側の大西洋岸にあるナヴィダド浅堆《せんたい》で汚濁について研究できた説明がつかない」

ダッジは肩をすくめた。「一部は風と潮流によって運ばれて、ドミニカとプエルトリコとの間のモナ海峡を通り抜け、ナヴィダド浅堆へ漂流して行ったにちがいない」

「問題の溶液がどんなものであれ」ルネが環境保護論者の見地から発言した。「それが海水を利用するあらゆる生物にとって有害で危険なものに変えてしまった——人間、動物、爬虫類《はちゆう》、魚類、さらには海に下り立つ鳥類にまで。微生物の世界は言うにおよばず」

「なんとも解《げ》せないんです」ダッジはルネの言葉を聴いていなかったかのように、話を続けた。「沈泥なみの密度だというのにどういうわけで寄り集まって粘着性の塊を形成し、海面からせいぜい三五メートル程度の深さにわたって雲のように覆《おお》い、長い距離を漂いながら移動するのか」彼は話しながら、ノートに記号を書きこんでいた。「海水の塩分が拡散に一役買っていると着目しているんですが。汚濁が海底に沈まない理由をそれが解明してくれるかもしれない」

「謎《なぞ》の妙な部分は、それだけではない」ジョルディーノが口を開いた。

「要点を言ってみろよ」ピットが穏やかに勧めた。

「水温は二五度だから、カリブのこの海域の通常の温度を優に三度は下回っている」

「それも解決を要する問題です」ダッジはくたびれたようにつぶやいた。「これほどの低下は、例外的な現象だ」

「あなたは多くの成果を挙げた」ガンは科学者を労《いた》わった。「ローマは一日にして成らず。標本を採取して、ワシントンにあるNUMA研究所に謎の残りに対する答えを見つけ出してもらうことにしよう。当面のわれわれの任務は、なんとかして発生源を突き止めることだ」

「それには、いちばん濃度の高い地点をたどっていくしかないわ」ルネが発言した。

ピットがくたびれた笑いを浮かべた。「そのためにわれわれはここへ来たわけで――」

彼は不意に身体《からだ》を強張らせて風防ガラスの外を見据えた。「それと」彼は静かに話を続けた。「それと、ディズニーランドへの遊覧旅行のために」

「君は少し眠ったほうがいい」ジョルディーノが落ち着いて応じた。「戯言《たわごと》を言い始めたぞ」

「ここはディズニーランドじゃないわよ」ルネがあくびを押し殺しながら言った。

ピットは振り向いてうなずき返し、船首前方の海上を指さした。「ではなぜわれわれは、〝カリブの海賊〟に入ろうとしているのだろう?」

全員がいっせいに顔の向きを変え、すべての目が星空と接している黒い海面の果てに注がれた。おぼろげな黄色い光が、ポコボニト号がそれに向かって着実に進むにつれて、徐々に輝きを増していった。彼らは押し黙ったまま立ち尽くしていた。その輝きは刻々と時がたつとともに、ぼんやりと古い帆船の形を現わし、やがてその輪郭をくっきりと見せた。

一瞬、彼らは現実から遊離しかけているのだと思った。やがてピットが静かに、淡々と言った。「いつ、老いたるリー・ハントが現われるかと思っていたんだ」

21

船上の雰囲気は不意に一変した。一分近く、誰一人身じろぎもしなかった。誰もがものも言わずに、奇怪な現象を不安げに見つめていた。やがて、ガンが沈黙を破った。

「提督がわれわれに警告した、あのパイレート（海賊）のハントだろうか？」

「違うよ、バッカニアのハントだ」

「本物であるわけがないわ」ルネは目が脳に伝えていることを拒みながら、怯《おび》えて見つめていた。「私たち、本当に幽霊船を見ているのかしら？」

ピットの口元にあいまいな笑いが浮んだ。「凝視する眼《まなこ》にのみ」そう空で読むと、コールリッジの〝老水夫行〟の詩句を言い換えた。「海にはささやきひとつなし、オデッセイの船の行き交いしげくして」

「ハントって何者ですか？」ダッジが震えを帯びた声で訊いた。

「一六六五年から八〇年にかけてカリブ海をうろつきまわった海賊《バッカニア》で、その年にイギリス海軍の軍艦に捕らえられ、サメの餌食《えじき》にされてしまった」

幻影を見たくないのでダッジは目をそらし、頭の機能しないままの状態でつぶやくように言った。「パイレートとバッカニアの違いは何です？」

「あっても、ごくわずかだ」ピットは答えた。「〝パイレート〟はイギリス、オランダ、フランスの商船を、賞金や宝物目当てに捕獲する船乗りを指す総称です。〝バッカニア〟という言葉はバーベキューを指すフランス語から来ている。初期のバッカニアたちは肉を焼き、乾燥させていた。私掠船《しりゃくせん》は政府かられっきとした免許を与えられていたが、バッカニアはそれとは異なり書類なしでどの船でも、もっぱらスペイン船を襲った。彼らは略奪者としても知られている」

いまや亡霊さながらの船はわずか八〇〇メートル先に迫り、急速に接近しつつあった。不気味な黄色い光が、幻影に現実離れした雰囲気を添えていた。接近してくるにつれて船の細部がますます明確になり、幽霊船上で叫んでいる男たちの声が海面越しに聞こえはじめた。

相手は横帆艤装《ぎそう》のバーク帆船でマストは三本、喫水は浅く、一七〇〇年以前に海賊が好んで使っていたものだ。フォアスルとトップスルは風もないのに張っていた。大砲を一〇門搭載していて、うち五門はメインデッキの両舷《げん》に引き出されていた。頭をバンダナで包んだ男たちが、剣を振り回しながら後甲板に立っている。メインマストの頭上高く揚げられた、不気味な笑いを浮かべ血をたらしている髑髏《どくろ》の大きな黒い旗が、向かい風に逆らって帆走してでもいるかのように真《ま》っ直《す》ぐ広がっていた。

ポコボニト号上の者たちの表情は、いや増す恐怖感から不吉な予感へ、さらには懐疑的な洞察のそれへと変化した。ジョルディーノは冷めたピザでも見つめているような顔をしていたし、ピットはSF映画を堪能《たんのう》している男のような顔で双眼鏡越しに幻影を見つめていた。やがて双眼鏡を下ろすと、声を立てて笑い出した。

「気でも狂ったの？」ルネは答えを迫った。

彼は双眼鏡を手渡した。「後甲板に立っている緋色《ひいろ》の服に金色の飾り帯の男を見て、目に映ったことを言ってみて」

彼女はレンズ越しに見据えた。「羽根をあしらった帽子の男」

「それ以外に、彼をほかの男たちから際立《きわだ》たせているのは？」

「義足と右手の鉤《かぎ》」

「眼帯をお忘れなく」

「ええ。それもあるわ」

「欠けているのは、肩にとまっているはずのオウムだけだ」

彼女は双眼鏡を下ろした。「何を言いたいのか、分からないわ」

「ちょっと凝りすぎだと思わない？」

海上勤務一五年の元海軍軍人であるガンは、幽霊船の針路変更をほぼ開始以前に読み取った。「あの船はわれわれの船首を横切るぞ」

「あいつら、こっちに片舷斉射を食らわすつもりじゃあるまいな」ジョルディーノが冗談めかしながら半ば真剣な口調で言った。

「スロットルを目いっぱい入れて、あっちの中央部に突っこめ」ピットはガンに命じた。

「やめて！」ルネはあきれて呆然《ぼうぜん》とピットを見つめながら、あえぐように言った。「そんなの、自殺行為だわ！」

「おれはピットを支持する」ジョルディーノが忠誠振りを披瀝《ひれき》した。「こっちの船首を、間抜け野郎どもに突き立ててやれ」

ガンの顔に笑いが広がりはじめた。ピットが無言のうちに伝えていることに気がついたのだ。彼が舵輪《だりん》の前に立ち、エンジンに喝を入れて動力を最大に発揮させると、船首が海面から一メートルも浮き上がった。ポコボニト号は尻《しり》を三叉《さんまた》で突かれた競走馬さながらに前方へ飛び出した。一〇〇メートルと行かぬうちに、海面を時速八〇キロの速度で海賊船の左舷目がけて直進していた。すでに砲門から突き出ていた大砲の砲口から炸《さく》裂《れつ》する炎が吐き出され、雷鳴のような爆風の大音響が海面一帯に響き渡った。

レーダースクリーンをさっと一目見るなり、ピットは暗視スコープを取りに自分の船室へ駆け出した。一分とかからずに露天甲板へ引き返すと、おれにならって操舵室の屋根に出る梯子《はしご》に上れと身振りで伝えた。ジョルディーノはなんの躊躇《ちゅうちょ》もなく、彼の後から上った。二人は屋上にうつ伏せになると、受け渡した暗視スコープを両肘《ひじ》で固定した。妙なことに、彼らは光を放っている幻影をまともに見ないで、その前方と船尾の闇《やみ》に目を凝らしていた。

NUMAの男二人は現実から遊離しつつあるのではないかと訝《いぶか》りながらも、ダッジとルネは本能的に操舵室背後のデッキにしゃがみこんだ。彼らの頭上のピットとジョルディーノは、近づきつつある惨劇を無視していた。

「おれのほうは見つけたぞ」ジョルディーノが知らせた。「小型の艀《はしけ》らしい、西寄りおよそ三〇〇メートルだ」

「こっちも目標物を捉えた」ピットが続いた。「ヨットだ。大きいやつで全長三〇メートル以上、東へ同じ距離」

未知との遭遇必至の針路も残すは一〇〇メートル、そして五〇メートル。やがて、ポコボニト号は古《いにしえ》のバーク型帆船のくすんだ形に突入し、突き抜けた。一瞬、ロックコンサート会場のオレンジ色のレーザー光線のように黄色い光が炸裂して、小型の調査船を包みこんだ。主甲板にいたルネとダッジの頭上では、海賊たちが動き回って意趣返しに大砲を撃っていた。妙なことに、二人はどちらも自分たちの船が海賊船を突き破ったことにまるで気づいていなかった。

やがて、ポコボニト号はただ一隻《せき》、ビロードのような黒い海を高速で走っていた。その航跡の中では、黄色い光が不意にふっつりと消え去り、砲声は夜の闇の中に吸い込まれてしまった。まるで亡霊さながらの幻影などまったく存在しなかったような感じだった。

「スロットルはそのままにしておけ」ピットはガンに助言した。「このあたりは危険が一杯だ」

「私たち、幻覚を起こしていたのかしら」ルネはつぶやいた。彼女の顔はペーパータオルのように白かった。「それとも本当に、幽霊船を突き破ったのかしら」

ピットは彼女の肩に腕を掛けた。「あなたが見たのは四次元の映像です——高さ、奥行き、幅、それに動きがある——すべて記録され、投影されたホログラム」

ルネはまだ呆然としているようで、夜の闇の奥を見つめていた。「すごくリアルだったし、とても説得力があったわ」

「義足をつけた〝宝島〟のロング・ジョン・シルバーや、手鉤を操る〝ピーター・パン〟のキャプテン・フック、さらには眼帯のホレイショ・ネルソンのほうが、あの偽船《にせ》長の倍も真に迫っていた。それに、あの旗も問題だ。血がまるで場違いな場所に垂れていた」

「だけどなぜなの？」ルネは誰にともなく訊《き》いた。「なぜ、こんな海の真ん中で上演するの？」

ピットの目は操舵室の戸口越しにレーダースクリーンを見ていた。「われわれがここで出会ったのは現代の海賊行為の一例さ」

「だけど何者が、ホログラフ映像を投影したのかしら？」

「私も分からないんだ」ダッジが言い添えた。「ほかの船は見当たらなかったが」

「あなたたちの目も心も幻影に吸い寄せられていた」ジョルディーノが答えた。「ピットと私は左手の大型ヨット、それに右手の艀を観察していた。共に幻影から三〇〇メートルほど離れていた。どちらもまったく灯りをつけていなかった」

ルネの頭がひらめいた。「彼らがホログラムの光束を投射していたのね？」

ピットはうなずいた。「この海をいつまでも航海する運命《さだめ》の幽霊船とクルーの幻影を、投射していたんだ。連中はエロール・フリンの古い映画を何本も見て、ハントの船を作ったに違いない」

「レーダーから判断するに、問題のヨットはわれわれを追跡している」ジョルディーノが注意した。

舵輪の前に立っているガンは、スクリーン上の二つの輝点を検討していた。「いっぽうは動いていない。これは艀だろう。問題のヨットはわれわれの航跡をおよそ八〇〇メートル背後から追っているが、引き離されつつある。連中はすっかり頭にきているだろうな、くたびれた漁船が残す水泡の中に置いてけぼりをくらうのを目の当《ま》たり《あ》にしているのだから」

ジョルディーノが安堵《あんど》の喜びを戒めた。「連中が迫撃砲やロケット砲を持っていないことを祈ったほうがいい」

「もうすでに火蓋《ひぶた》を切っていそうなものだ——」ガンの言葉は、明け切らない夜空を衝《つ》いて飛びだしたミサイルに断ち切られた。ミサイルはうなりを上げながらレーザードームを掠《かす》めてポコボニト号を通過し、大きな音もろとも五〇メートルほど前方の海面を打ち据えた。

ピットはジョルディーノを見つめた。「君たちが、連中に知恵をつけずにいてくれればよかったのだが」

ガンは答えなかった。彼は三〇秒ごとに飛来し始めたロケットを回避するために舵輪を大きく切って調査船を左へ右へと鋭く転進させ、闇雲に蛇行させることに忙殺されていて、それどころでなかった。

「航行灯を消せ！」ピットはガンに叫んだ。

彼の答えは即座の闇となって返ってきた。NUMAの小柄な次官はメイン照明スイッチをパチッと切った。うねりは一メートル近くなっており、いまや幅の広い船殻はほぼ一〇〇キロ近い速度で波頭を跳ね飛ばしながら突き進んでいた。

「われわれの武装は？」ジョルディーノが冷静な口調でガンに訊いた。

「四〇ミリ擲弾《てきだん》発射装置つきのＭ4カービン銃が二丁」

「重火器はないのか？」

「簡単に隠せる小型の火器しか、提督が搭載するのを認めなかったのだ。ニカラグアの巡視艇に停船させられて臨検を受けた場合の用心さ」

「私たちが麻薬の密輸者に見えるかしら？」ルネが答えを迫った。

ダッジが皮肉な笑いを浮かべて彼女を見つめた。「麻薬の密輸者ってどんなふうに見えるのだろう？」

ピットが知らせた。「私はいつものコルト45を持っている。どうだ君は、アル？」

「口径五〇のデザートイーグル・オートマチック」

「あの連中を沈めることは出来ないだろう」ピットは言った。「しかし、少なくともこの船に乗りこんでくるやつらは撃退できる」

「ただし彼らがその前に、われわれを木っ端《こっぱ》みじんにふっ飛ばさなければの話だ」別のミサイルが、ポコボニト号の船尾後方一五メートル足らずに撃ちこまれ、ジョルディーノがぼやいた。

「彼らのロケットが自動追尾装置を備えていない限り、目視できない標的に命中させることは出来ない」

自動火器が発射を開始し、彼らの背後の闇の中で銃火が点滅した。現代の海賊はレーダーを頼りに、おおよその方向に狙《ねら》いをつけていた。曳光弾《えいこうだん》が右舷五〇メートル足らずの海面上空にばら撒《ま》かれて躍った。ガンは一か八か、調査船の向きを短く左へ変えてから、改めて直進させた。曳光弾は夜空でしごくゆっくりと螺旋《らせん》を描きながら餌食《えじき》を探し求め、やがてポコボニト号がいるべきはずだがいまや無人の黒い海面に落下していった。

さらにロケット弾が二発、夜の闇に弧を描いて飛び去った。海賊たちは賭《か》けに出て、レーダー上の輝点に対して、二発のロケットをほぼ平行に発射した。狙いは的を射ていたのだが、彼らが発射した時点で、ガンはほんの一時的に直線の針路を取ってから、左に転じると見せて右へ向きを変えた。ロケットは調査船の左右一五メートル以内に着弾し、デッキは二つの滝の飛沫《ひまつ》に見舞われた。

やがて発射は途切れ、調査船の上空一帯はすっぽりと静寂《しじま》に包みこまれた。台座の上で力を振り絞っている強力なエンジンの鼓動、排気音のうなり、船首に割かれて過ぎ行く水の音が、わずかに沈黙を破っていた。

「あきらめたのかしら？」ルネが望みを掛けてつぶやいた。

レーダーを見つめていたガンが、操舵室の戸口越しにうれしそうに知らせた。「連中は向きを変えて引き返しつつある」

「ところで何者なの？」

「地元の海賊どもならホログラムなど使用しないし、ヨットからミサイルを発射したりもしない」ジョルディーノがそっけなく応じた。

　ピットは考えこむように漁船の背後を見やった。「われわれのオデッセイの友人たちが、いちばん有力な容疑者だ。われわれの死体がこの海の底に横たわっていないことを、彼らが知りえるわけがない。われわれはこの特定の海域に紛れこんだあらゆる船舶に備えた待ち伏せに捕まったに過ぎない」

「彼らはご機嫌斜めだろうな」ダッジが言った。「われわれに一度ならず二度までも逃れられたことを知ったら」

　ルネはますます当惑した。「だけど、なぜ私たちなの？　殺されなければならないようなことをしたかしら？」

「われわれは彼らの猟場に入りこんだのだろう」ピットは論理的に割り出して言った。「カリブ海のこの一帯に、われわれにも誰にも見られたくない何かがあるはずだ」

「麻薬の密輸だろう、たぶん？」ダッジが水を向けた。「スペクターが麻薬取引に関係しているのだろうか？」

「ありうる」ピットは答えた。「しかし、私のささいな知識によれば、彼の帝国は掘削と建築のプロジェクトで膨大な利益を上げている。麻薬取引は彼らの時間や努力に引き合わないだろう、たとえ副業としても。そうとも、この地域でわれわれは麻薬密輸や海賊行為をはるかに超えたものに直面しているのだ」

ガンは舵輪を自動操縦にセットして操舵室から出てくると、けだるそうに長椅子《ながいす》に座りこんだ。「では、コンピューターにどんな針路をプログラムする?」

長い沈黙が生じた。

ピットはこのうえみんなの命を危険に曝《さら》したくなかったが、彼らは使命を帯びてここに来ているのだった。「サンデッカーは例の褐色汚濁の背後に潜む真相を突き止めさせるために、われわれを派遣した。汚濁の発生源へ導いてくれるものと希望を託して、引き続き汚濁の最高濃度を探し求めよう」

「それで、彼らがまた追ってきたら?」ダッジが指摘した。

ピットはにこやかに微笑《ほほえ》んだ。「われわれは逃げまくる。いまやすっかり上手になったのだから」

22

何もない海に夜明けが訪れた。レーダーは五〇キロ以内に船影をまったく捉《とら》えていなかった。一時間前に一台のヘリコプターの灯りが通過したほかには、褐色汚濁源の探索に邪魔は入らなかった。ひたすら安全を願って、彼らは一晩中、照明をつけぬまま走った。

偽の幽霊船との対決後間もなく南へ転じた彼らはいま、プンタゴルダ湾を航行中だった。海水中の毒性の臭跡は強まるいっぽうで、彼らはそれに導かれていった。これまではずっと好天に恵まれ、ごく軽いそよ風と弱い風が吹いているに過ぎなかった。

ニカラグアの沿岸はわずか三キロあまり先だった。低地帯は、巨大な手がT定規と黒インクのペンを使って記入したように、一本のおぼろげな線となって水平線に横たわっていた。靄《もや》が海岸を覆《おお》い、西寄りの低い山地の丘陵地帯へ漂い流れていた。

「なんとも奇妙だ」ガンは双眼鏡を覗《のぞ》きながら言った。

ピットが顔を上げた。「何が？」

「プンタゴルダ湾の海図によると、唯一の集落はバラ・デル・リオマイスという小さな漁村だけだ」

「それで？」

ガンは双眼鏡をピットに手渡した。「ちょっと見て目に留まったものを教えてくれ」

ピットは自分の目に合わせてレンズの焦点を絞ると、沿岸を見渡した。「あれは孤立した漁村ではない。コンテナ用の本格的深水港のようだ。二隻のコンテナ船が、クレーンのある大きなドックで荷下ろしをしているし、ほかにも二隻が投錨《とうびょう》して順番待ちをしている」

「それに広大な地域が倉庫群に当てられている」

「れっきとした活動拠点だ」

「この状況を君はどう解釈する？」ガンは訊いた。

「目論《もくろ》んでいる海と海をつなぐ高速鉄道建造のために用具や補給品が集められている、としかおれには見当がつかない」

「なんとも密かにことを運んだものだ」とガンは言った。「このプロジェクトが実際に資金を得て着手されたと報じた記事など、読んだことがない」

「船のうち二隻は、中華人民共和国の赤い旗を揚げている」とピットは言った。「それが資金にまつわる疑問への答えだ」

彼らが入りつつあった大きなプンタゴルダ湾一帯の水が、突如として醜い褐色に一変した。全員の注意が海水に向けられた。誰一人ものを言わなかった。身動きをする者もいなかった。大量の褐色の汚濁物が、ボウルに入ったオートミールさながらに、濃い朝靄の中から現れたのだった。

彼らは無言のまま立ち尽くして、疫病《えきびょう》にでも取りつかれたような海水を船首が切り裂いて進むさまを見守った。船首の表面は、画家のパレットにあるような焦《こ》げ茶色に塗り上げられていた。その仕上がりは、紅褐色の斑紋《はんもん》を描いていた。

舵輪《だりん》の前に立ち、火のついていない葉巻をかんでいたジョルディーノがエンジンの回転数を落とす傍らで、ダッジが水中の化学物質を猛然と記録し、分析していた。

長い夜の間に、ピットはルネやダッジと親しみを深めていた。ルネはフロリダ育ちで、若くしてダイビングの名人になった。水中の生物たちに魅せられた彼女は、海洋生物学の修士号を得た。ポコボニト号に乗りこむ数ヶ月前に離婚が成立して、心に傷を負った。海上での長いプロジェクトで家を空けたルネが、ソロモン諸島での長期にわたる調査計画を終えて戻ると、愛する人は家を出て別の女性と暮らしていた。男性はもう関心事ではない、と彼女は強調した。

ピットはことあるごとに何か面白いことを言って、彼女を笑わせようと心がけた。

彼のウィットは、ことダッジには通用しなかった。寡黙《かもく》でとにもかくにも幸せな結婚生活を三〇年送ってきた彼には、五人の子どもと四人の孫がいる。彼は設立以来、NUMAで働いてきた。化学博士号を持ち、水質汚染が専門で、NUMAの研究所の職員だった。しかし一年前に妻に先立たれて、フィールドワークを志願したのだった。ピットが冗談を言って面白がらせようとすると、うっすらと笑いを浮かべることもあるが、声に出して笑うことはなかった。

彼らを取り巻く海面は、新たな陽射《ひざ》しの許《もと》、疎《うと》ましい褐色汚濁に分厚く覆われていた。それは油膜ほどの濃度を備えていたが、一段と密度が高く、海面を平坦《へいたん》にしていた。いかなるうねりもそれを突き破ることは出来ず、ジョルディーノはポコボニト号の速度を十八キロに落とした。

ブルーフィールズ港の外で爆発を回避し、海賊ヨットの虎口《ここう》を辛うじて脱出してからというもの、夜の間に増大した緊迫感は、手を差し出せば感じ取れるほど濃密な靄になったように思えた。ピットとルネは汚濁物質をバケツで数杯くみ上げ、ワシントンにあるNUMAのいくつかの研究所で分析してもらうためにガラス容器に収めた。彼らは汚濁物質中に漂っている海棲《かいせい》生物の死体も、ルネの研究試料として収集した。

そうこうするうちに、ジョルディーノが不意に操舵室から叫んだ。彼の手ぶりはイタリア系の血筋だけに派手だった。「船首の左前方！　海中で何か起こっている！」

その瞬間に、全員が目撃した。あたかも巨大なクジラが死の苦しみにのたうっているかのように、海がざわめいていた。誰もが、彫像さながらに立ちつくしていた。その間に、ジョルディーノは調査船の船首を一二度転じて波動に向けた。

ピットは操舵室へ入って深度計の示度を確認した。海底が急速に上昇しつつあった。まるで、グランドキャニオンから急激に立ち上がっている斜面を過《よぎ》っているようだった。露出している汚濁物質は見苦しく、その海域は泡立っている泥沼さながらだった。

「信じられん」ダッジが催眠にかかったようにつぶやいた。「この一帯の海図に記されている深度によれば、示度は一八〇メートルのはずなんだ」

ピットは何も言わなかった。彼は双眼鏡を目に押し当て船首に立っていた。「まるで海が沸騰《ふっとう》しているようだ」彼は舵輪脇《わき》の開け放たれた窓越しに、ジョルディーノに知らせた。「火山が原因ではありえない。蒸気も熱波もない」

「海底が信じがたい速度で上昇している」ダッジが声を掛けた。「汚濁物質は火山から噴き上げられているような感じだが、溶岩は見当たらない」

海岸が近づいてきて、三キロ足らずになった。波は激しさを増し、四方八方から殺到した。船は巨大な振動機に揺さぶられているように、激しく揺れた。褐色の汚濁物質は厚みを増し、やがて混じりけのない純粋な泥のような様相を呈した。

ジョルディーノは操舵室の戸口まで行って、ピットに呼びかけた。「水温が急にはね上がった。この二キロ足らずのうちに、通常の二八度に戻ったぞ」

「どういう訳だろう？」

「おれにも分からん」

ダッジは何ひとつ理解しかねていた。水温の急激な上昇、海底の表示されていない隆起、どこからともなく湧《わ》きあがって来る信じがたい大量の褐色汚濁物質。なんとも理解しかねた。

ピットも納得がいかなかった。彼らが発見したことは、既知の海の法則に反していた。火山が深海から隆起することは知られているが、泥や沈泥《ちんでい》を押し上げはしない。ここはさまざまな魚が生息する、生命を育《はぐく》む透明な環境であってしかるべきなのだ。ところがここには生物がまったくいない。かつては海底を、生き物たちが泳いだり這《は》ったりしていたはずだ。いまや彼らは死んだか、汚濁物質の山に埋もれたか、あるいは清らかな水域へ移動したのだ。何も生えず、何も生きていない。死の世界であり、どこからともなく現れた感じの有毒な汚濁物質に覆われていた。

ジョルディーノは船の平衡を保つために苦闘していた。波はせいぜい一・五メートル程度と高くはないが、嵐《あらし》に伴う風に煽《あお》られた一方向の波とは異なり、調査船をコンパスのあらゆる角度から打ちつけ、翻弄《ほんろう》していた。さらに二〇〇メートル近く前進すると、海水は抑制しようのない激しい狂態を示した。

「大量の狂える泥は」ルネは蜃気楼《しんきろう》でも見ているように言った。「きっと間もなく島になるわ――」

「あんたが考えているより早く」ジョルディーノがスロットルを後退に叩《たた》き込みながら怒鳴った。「しっかりしがみつくんだぞ。この下で、海底が隆起している」船は偏走したが遅すぎた。船首は隆起している汚濁物質に衝突してがっちり食い込んでしまい、全員が前方に投げ出された。船首の波は消え失《う》せ、スクリューは泥を叩き切って白みを帯びた茶色の残滓《ざんし》にしながら狂乱の態で水を掻《か》き、ポコボニト号を謎《なぞ》の隆起から引き抜こうとした。船が泥に押さえこまれ、彼らは何の役にもたたない傍観者のような心境に陥った。

「エンジンを切れ」ピットはジョルディーノに命じた。「一時間後に、高潮になる。それまで待って、やってみるさ。その間に、重い材料や補給品を船尾へ移動させよう」

「数百キロの重量を動かすだけで、泥の山からすっぽり抜けるほど船首が浮かび上がると、本気で思っているの？」ルネが疑わしげに訊《き》いた。

　ピットはすでにロープの大きな束を一つ、船尾肋板《ろくばん》のほうへ投げ出していた。「それに三〇〇キロあまりの人体を加える。誰に分かるね？　ひょっとしたら、運《つき》にめぐまれるかもしれない」

　それから一時間近く、男性全員と一人の女性は、それに自分たちの命が懸かってでもいるかのように、手荷物、食料品、必要不可欠ではない用具や備品を可能な限り船尾デツキに積み重ねた。船体の擬装に用いた魚網や籠《かご》は、船首の錨《いかり》と同様に、船外へ放り出した。

ピットは潜水時計ドクサの指針を見つめた。「高潮は一三分後にはじまる。そのときこそ正念場だ」

「そいつは君が考えているより早く来たぞ」ジョルディーノが知らせた。「レーダー上に、北から接近中の一隻《せき》の船が現れた。しかも、高速で接近中」

ピットは双眼鏡をひったくるように取り上げると、遠くを覗きこんだ。「ヨットのようだ」

ガンは東の空の太陽に手を翳《かざ》すと、褐色汚濁の先に目を凝らした。「昨日の夜、われわれを襲った奴《やつ》か？」

「闇《やみ》に包まれているので、暗視双眼鏡では船影はよく見えなかった。しかし、同じヨットであることにまず間違いなさそうだ。お友だちは追跡を続けていたんだ」

「今をおいてないぞ」ジョルディーノが言った。「相手を出し抜いてスタートするのなら」

ピットはみんなをポコボニト号の船尾肋板の縁いっぱいに集めた。ジョルディーノは舵輪を握ると、船尾方向を見やった。全員が手すりをしっかり握っているのを確かめると、ピットはうなずいて全速後進の合図をした。ジョルディーノがスロットルを限度いっぱいまで押し込むと、強力なディーゼルエンジンがうなりを発した。船は横滑りして船尾を振ったものの、がっちり食い込んだままだった。分厚い褐色汚濁物質が粘着材の作用をして、ポコボニト号の竜骨に密着していた。乗員や一トンもの物体が密集して船尾肋材に重力を掛けているのに、船首前部は五センチ余りしか上がらなかった。脱出には十分ではなかった。

ピットは波が船首を持ち上げてくれることを願っていたが、波はまったく来なかった。エンジンは張りつめ、スクリューは汚濁物質に食いこんだが、何事も起こらなかった。

全員の目は、高速でまっすぐ自分たちに向かってくるヨットへ向けられた。

陽光の中にはっきりと視認したピットは、ヨットの全長は四五メートル以上と見当をつけた。大型ヨットは、ドックにいたオデッセイのピックアップトラックがそうであったように、標準的な白ではなく藤色《ふじいろ》に塗り上げられていた。職人芸の傑作であるそのヨットは、豪華な外洋ヨットの典型だった。補給船たる全長六メートルのモーターボートと六人乗りのヘリコプター一機を備えていた。

十分近づいたので、金文字で記されたヨットの名前を読み取ることが出来た。〝エポナ〟（訳注　ローマ神話の馬とラバの女神）。その船名の下の第二デッキの隔壁には、オデッセイ社の例の駆けている馬の社章が横に広がっていた。通信用アンテナに翻《ひるがえ》っている旗も、藤色の地に金色の馬を誇示していた。

　ピットが観察していると、二人の乗組員がしきりに補給船を下ろす準備をするいっぽう、ほかの数人は手に武器を携えてそれぞれの持ち場についていた。誰一人として、身体《からだ》を隠そうとしていない。彼らは漁船が歯向かうわけがないと安心しており、何の予防手段も取っていなかった。ピットの首筋の毛が一瞬逆立った。二人組の男が、発射機にロケット弾を一発装塡しているのを目撃したのだ。

「あの船は、こっちをまっしぐらに目指している」ダッジが不安げにつぶやいた。

「あいつらはおれがこれまでにものの本で読んだどの海賊にも似ていない」ジョルディーノが操舵室の中で、エンジンの騒音に負けぬ声を張りあげた。「優雅なヨットで船舶を奪い取った連中などいた例《ためし》がない。まず間違いなく、あれは盗んだ代物《しろもの》だ」

「いや、盗品じゃない」ピットは撥《は》ねつけた。「オデッセイのものだよ」

「まさか、連中はどこにでもいるわけじゃあるまいな？」

　ピットは振り向いて叫んだ。「ルネ！」

　彼女は船尾肋材に背中をもたせかけて座っていた。「何？」

「調理場へ降りていって、見つかった瓶を片端から空にして、発動機のタンクの燃料油をいっぱいに詰め込んでくれ」

「なぜエンジンの燃料油じゃないんだね？」ダッジが訊いた。

「ガソリンのほうが重油より発火しやすいからさ」ピットは説明した。「瓶詰めが終わったら、布を押しこんで栓を閉める」

「火炎瓶か」

「まさにその通り」

ルネが下に姿を消すか消さぬうちに、エポナ号が大きな弧を描いて彼らに向かってきた。真正面から、急速に接近してくる。新しい角度から見ると、船殻が二つの双胴船だった。「この泥の山から抜け出られなければ」ピットはいらだたしげに言った。「ひどく不愉快な苦境に立たされるぞ」

「ひどく不愉快な苦境だと」ジョルディーノは切り返した。「そんな言い方しか出来んのか？」

つぎの瞬間、呆然《ぼうぜん》とする全員を尻目《しりめ》に、ジョルディーノは不意に操舵室から走り出し、屋上へ通じる梯子《はしご》を猛然と上ると、一瞬、オリンピックの飛び込み選手さながらに姿勢を整えて立ち、ピットとガンの間のデッキに飛び下りた。

運《つき》と呼ぶべきか、洞察力あるいは運命《さだめ》と呼ぶべきか。ジョルディーノの体重と船尾デッキを打った落下の惰力が、船を揺さぶって脱出させる誘因を強化した。じわじわと数センチずつ、船は執拗《しつよう》な汚濁物質から滑るようにゆっくりと後退した。やがて竜骨はスリップして完全に離脱し、船は大きなバネで引き寄せられたように後方へ飛んだ。

ピットの目尻に笑い皺《じわ》が刻まれた。「ダイエットをするがいいなどと、二度とおれに言わせるんじゃないぞ」

ジョルディーノはにっこり微笑《ほほえ》んだ。「言わせるものか」

「さあ、たっぷり練習ずみの逃亡作戦の開始だ」とピットは告げた。「ルディ、操船を頼む、できるだけ低くしゃがみ込んでくれよ。ルネとダッジは、船尾に積み重ねた雑多な物の陰で身を低くする。アルと私は重ねられた魚網の下に潜りこむ」

ピットがそう言い終わるか終わらぬうちに、豪華なヨットのクルーの一人が手持ちのロケットランチャーを発射した。ミサイルは操舵室の左ドアを通り抜けて右の窓から出て行き、船腹の五〇メートル足らず先の海面を叩いて爆発した。

「助かったよ、まだ持ち場についていなくて」ガンは公園を散歩でもしている風に装《よそお》いながら言った。

「分かったろう、しゃがみ込んでいろと言った意味が？」

ガンは操舵室に飛びこむと舵輪を大きく切って、海中から湧きあがってくる汚濁物質から船殻を引き離した。しかしまだ速度を上げきる前に、別のミサイルが船殻中央部に突入し、右舷《うげん》エンジンに命中した。奇跡的にミサイルは爆発しなかったが、叩きつぶされたエンジンからこぼれたオイルが引火して炎上した。ほとんど反射的に、ガンは間髪を入れずにスロットルを閉めて、損傷したいずれの導管からも燃料オイルが炎に飛び散るのを防いだ。

ダッジは自発的に行動を起こして機関室へ繋《つな》がるハッチを下りて行き、隔壁に配備されている消火器をひったくった。安全ピンを引き抜くと引き金を絞って火勢を制圧したため、やがて開け放たれたハッチから黒い煙が渦を描きながら一筋、吐き出されるだけに留まった。

「浸水しているのか？」ピットは魚網の下から叫んだ。

「ここは目も当てられない状態だが、船底は水に漬かっていない！」ダッジは発作的な咳《せき》の合間に怒鳴り返した。

煙の柱が船内から噴出しているのを目の当《まあ》たりにした海賊ヨット上の者たちには、漁船が致命的な被弾をしたように思えた。漁船の乗組員は命を落とすか負傷がひどくて抵抗出来ないものと信じこんで、ヨットの船長はエンジンの回転数を落として速度をゆるめ、漂いながらポコボニト号の船首に差しかかった。

「まだ動力はあるか、ルディ？」

「右舷エンジンは死んだが、左舷のはまだ回転している」

「とすると、彼らはいままさに大きな誤りを犯した」ピットは冷たい笑いを浮かべて言った。

「それは何だね？」ガンは訊いた。

「あの海賊船を覚えているか？」

「そりゃもちろん」ガンは相手に一杯食わせるために、作動しているエンジンのスロットルを切って小型調査船を完全に停止させた。この策は功を奏した。相手《てき》は今にも沈むと確信したヨットの船長は餌《えさ》に食いつき、ゆっくり接近してきた。

時は這《は》うように過ぎ、やがてヨットはほぼ彼らの頭上の直射できる射程内に入ってきた。船上には動きがまったくなく、煙が依然として船内から噴出しているのを見て、一見して死に瀕《ひん》している船には小火器の銃弾すら降り注がなかった。やがて髭面《ひげづら》の男がヨットの操舵室《そうだしつ》の窓から身を乗り出し、携帯拡声器越しにアメリカ深南部訛《なま》りで話しかけた。

「みんなよく聞け。船を放棄しなければふっ飛ばして炎上させる。一切の通信装置は使わないように。繰り返す、通信はしないこと。探知装置を搭載しているから、送信したら直ちにこっちに分かる。かっきり六〇秒以内に、水に飛び込め。全員無事に、最寄りの港へ向かえることを約束する」

「応答するのか？」ガンは訊いた。

「やつの言う通りにすべきかも知れんな」ダッジがつぶやいた。「もう一度、子どもや孫たちに会いたい」

「あんたが海賊の言葉を信じるなら」ピットは冷ややかに言った。「こっちはニュージャージー州ニューアークに金の鉱山を持っているので、安く売ってやりますよ」

ヨットを無視しているかのようなピットは立ち上がって彼らの視界に入っていき、船尾の重ねられた装置類に上ると、船尾肋材に立っているニカラグア国旗がはためく旗柱に近づいていった。彼は旗を降ろすと固定具からはずして片付けた。今度はシャツの中に入れて持ってきた包みを取り出した。間もなく、絹地で縦九〇センチ、横一五〇センチの国旗が掲げられた。

「これで、われわれがどこから来たか連中にも分かる」とピットは言った。みんなは、風を受けて雄々しくはためいている星条旗をうやうやしく見つめた。

ルネがガソリンを喉元《のどもと》まで詰められたガラス瓶二つとワインボトルを一本持って、デッキへ戻ってきた。たちどころに状況を読み取った彼女は、不意に思い当たった。「相手に突っ込むわけじゃないでしょうね？」と彼女は叫んだ。

「いつでも声をかけてくれ」はったりをかまして賭《か》け金をせしめようとするポーカープレーヤーの無表情な顔をしたガンが、期待に研ぎすまされた声で怒鳴り返した。

「よして！」ルネがうめくように言った。「あれはホログラムじゃないわ。実体のあるものよ。突入したら、ローレンス・ウェルクのアコーディオンみたいに畳まれてしまうわ」

「それが頼みの綱なんだ」ピットは撥ねつけた。「君とダッジはわれわれが衝突した瞬間に、芯《しん》に火をつけて投げ出せるよう準備をしてくれ」

もはや逡巡《しゅんじゅん》はなかった。ヨットはポコボニト号の船首をすべるように過《よぎ》りつつあって、いまや三〇メートルほどしか離れていなかった。

ジョルディーノがM4カービン銃の片方をピットに投げ渡すと、彼らはヨットを銃撃した。ジョルディーノはフルオートマチックで、5・56ミリNATO弾を操舵室に浴びせ、ピットはロケット発射装置を構えているクルーに狙《ねら》いを定めて正確に一発ずつ撃って、二発めで標的を仕止めた。別の男が武器を拾い上げようと屈《かが》みこんだが、ピットはその男も片づけた。

ポコボニト号が浴びせてきた予想外の反撃に仰天して、ヨットのクルーは抵抗せずに物陰へ駆けこんだ。ジョルディーノは知らなかったが、彼の銃弾は船長の肩に食いこんでおり、船長は操舵室のデッキに倒れこんで視界から姿を消した。その瞬間に、操舵士が銃弾のシャワーを見舞われて命を落としたために、ヨットは操縦性能を失い針路から逸《そ》れた。ポコボニト号は一基のエンジンしか動力を提供していないので、最高速度のほぼ半分まで落ちてしまったが、それでも任務を十分果たせるだけの機動力を伴って船首で敢然と波を切り進んだ。

誰一人として、隔壁に身を寄せて座って両方の腕で頭を護《まも》れ、と命じられるには及ばなかった。ルネとダッジは、先ほどガンから手渡されたオレンジ色の救命胴衣を不安げな顔で見詰めた。ガンは操舵室にしっかり立って両手で舵輪を握りしめ、手の甲は乳白色になっていた。単一のスクリューが水を噛《か》み、調査船を大きく豪奢《ごうしゃ》なヨットへまっすぐ駆り立てていた。そのクルーたちは恐怖と信じがたさに茫然《ぼうぜん》自失の態《てい》で見つめ返していた。たわいなげな漁船がタオルを投げ入れる気がないどころか、激突して自分たちに襲い掛かろうとしていることに思い当たったのだ。羊の皮をかぶったキツネがもたらすまったき驚愕《きょうがく》。ほかのどの船舶も、まるで抵抗することなく拿捕《だほ》されたものだった。同時に彼らは、予期せぬアメリカ国旗の出現にも動揺していた。

　ピットとジョルディーノは圧倒的な銃撃を続け、ポコボニト号が近づいていく間も掃射してヨットのクルーをデッキから追い払った。彼らが操舵室のすぐ後ろの中央部を目指して急行するにつれ、エポナ号はますます大きく見えてきた。デッキには誰一人いなかった。怯《おび》えたウサギさながら、クルーは下のデッキに身を隠してしまった。迫り来る船から降り注ぐ正確な銃火に身を曝《さら》す危険を避けたのだ。

　ポコボニト号はまるで地獄から現れた船だった。機関室のハッチから吐き出される黒煙混じりの排気煙霧は、船首を吹きぬける風に九〇度の角度で船尾方向へ吹き戻されて棚引いていた。ガンは地中海一帯からサダム・フセインの勢力を一掃する戦闘で、イラクの潜水艦に体当たりを食わせたミサイル駆逐艦の先任将校だった。しかしそのとき目視できたのは、潜水艦の司令塔だけだった。いまの彼は、頭上にそびえたつ大きながっしりとした船体を見つめていた。

衝突まで一〇秒。

23

ピットとジョルディーノはそれぞれのカービン銃の脇《わき》に腹ばいになり、衝突に備えて身構えた。身体を丸めて甲板室の隔壁に寄りかかっていたルネは、彼ら二人の顔が平然としており、不安や緊張の気配がまったくないのを見て取った。まるで、土砂降りの中で座り込んでいる一対のアヒルさながらに、関心なげだった。

操舵室では、ガンが連続して取るべき自分の行動を組み立てていた。彼は船首を、ヨットのメインダイニングサロンのすぐ後ろの機関室に突入させる狙いをつけた。衝突後には、次の手としてエンジンを逆転させて、開けたばかりの穴からポコボニト号を引き出し、敵が海底へ片道旅行をする間も浮上していられるように祈る。エポナ号の均整の取れた船体が、いまやごく間近に見えた。叩《たた》き割られた風防ガラスの中へ手を伸ばせば、横長の馬の像に触れられそうな心持ちがした。

ヨットが眼前に迫り、陽光が遮られた。つぎの瞬間、混乱に混乱が重なり、あらゆる動きがスローモーになり、いつまでも止みそうにない嚙み砕く音が鈍い尾を引きながら、大気をつんざいた。ポコボニト号ははるかに大きな敵対者に食い込んでV字形の深手を負わせ、大型双胴船の右側の機関室の隔壁を破壊し、中で作業中の全員を押しつぶした。ルネとダッジは立ちあがり、燃料油がいっぱいまで詰まり、浸したぼろきれが燃えている瓶を投げつけた。一本は割れずにチーク材のデッキを転げたが、もう一本は砕け散って引火し、火の玉がヨットの側面を滝さながらに下っていった。間髪を容れずにガラス瓶を、次にワインボトルを投げつけると、いずれも炸裂《さくれつ》してヨットの半分を炎で包んだ。かつて壮麗だった船は、まるで精神に錯乱をきたした者の悪夢に閉じ込められたような感があった。

調査船がまだ惰力を失う前に、ガンはすでに後進一杯にスロットルを引いた。息詰まる数秒、ポコボニト号は微動だにしなかった。押しつぶされた船首はエポナ号に二メートル近く食い込み、万力に挟まれた拳《こぶし》さながらに捉《とら》えられており、スクリューは痙攣《けいれん》でも起こしたように水を打ち据えていた。一〇秒、一五秒、やがて二〇秒。食い込んでいる砕けた船首がヨットの船殻の破口から抜け出ると、褐色汚濁物質が氾濫《はんらん》した河川のように殺到した。ヨットはたちどころに大きく傾いた。

エポナ号の反対側で身を護られていたクルー二人は、気を取り直してポコボニト号に自動火器を発射しはじめた。彼らの狙いはあいまいなうえに低かった。右舷が沈み込みつつあったので、射線に影響が出たのだ。銃弾は調査船の周囲に水を撥《は》ね散らし、一部は貫通していくつか小さな穴を開け、そこから水が噴出した。

ピットとジョルディーノは煙の中へ闇雲《やみくも》に発射し、ヨット船上の抵抗が途切れるまで撃ちつづけた。上部構造は炎と煙に覆い隠された。悲鳴と叫喚が火炎地獄の中から聞こえてきた。軽い風に煽《あお》られて、右舷に穿《うが》たれた大きな穴から炎がちらちらと触手をのぞかせていた。いまや双胴船は深く水中に沈みこみ、無傷の左舷は海面上に持ち上がっていた。

ポコボニト号の全員は手すりに集まり、瀕死のヨットを陶然と見つめた。エポナ号のクルーが必死でヘリコプターに乗りこむと、パイロットはエンジンを作動させて回転数を上げた。パイロットは炎上中の船から離昇させるとバンクして陸地を目指し、負傷者は焼死なり溺死《できし》するにまかせた。

「そばに寄せてくれ」ピットはガンに命じた。

「どれくらい?」小柄な彼は案じ顔で訊《き》いた。

「飛び移れる近さまで」

ピットに逆らっても無駄なことを心得ているガンは肩をすくめると、損傷のひどい調査船を船首から中央部まで炎上しているヨットのほうにじわじわと向けはじめた。エンジンは後進に入れたまま、破砕された船首部分に流入する海水の水圧を軽減するために船尾から接近していった。

そのいっぽう、ジョルディーノはポコボニト号の容赦なく破壊された機関室の中を猛然と動き回って、船体を浮上させて動力を維持するために必要な修理を行なっていた。ルネは無用の器具類を舷側《げんそく》から放り出して、デッキを一掃した。煙で黒く煤《すす》けたダッジは下へ行って可搬式ポンプを船首部へ引いていき、前部隔壁まで押しつぶされた船首から流れこんで嵩《かさ》を増すいっぽうの水に戦いを挑んだ。

ガンがポコボニト号を慎重に操ってエポナ号に並列させる傍らで、ピットは両船が接触するほど近づくのを待って手すりの上に立つと飛び移り、メインダイニングサロン背後の露天チークデッキに下り立った。ありがたいことに、風は炎を前部へ吹き寄せていて、後部はまだ火炎の影響を受けていなかった。生存者を探しだすなら、均整の取れたヨットが深みに沈む前に行動しなくてはならなかった。手の施しようのない火炎の発する音は、鉄路を走り去る蒸気機関車の轟音《ごうおん》を髣髴《ほうふつ》とさせた。

ピットはダイニングサロンを走りぬけたが、人気はなかった。下の船室を手早く調べても、クルーやオフィサーの気配は認められなかった。豪華な絨緞《じゅうたん》敷きの階段を上って操舵室へ出ようとしたが、火の壁に押し戻された。煙が鼻をへて肺へ忍びこんだ。刺激の強い煙のために涙がとめどなく流れ、目玉が眼窩《がんか》から焼け落ちそうに感じられた。髪や眉毛《まゆげ》が焦《こ》げ、捜索をあきらめて切り上げようとしたとたんに、調理場で人体に蹴《け》つまずいた。腕を伸ばして手触りで確かめると、小さなビキニしか着けていない女と分かり愕然となった。彼女を肩に担《かつ》ぎ上げるとよろめいて咳《せ》きこみ、片方の腕で左右の目をこすりながら船尾デッキへ出た。

ガンは瞬時に状況を把握し、調査船をさらにヨットに近づけたので船腹がぶつかり合った。そこで彼は操舵室から駆け出し、ピットが手すり越しに差し出したぐったりした女性を受け取った。炎の熱のために、調査船の両舷のペンキが火ぶくれになりはじめるなか、ガンは長いストレートの赤い髪をしていると意識しただけで女性をデッキに優しく寝かせると、急いで舵輪へ引き返してポコボニト号を火炎から引き離した。

目がすっきりせずほとんど見えないままにピットが女の脈を取ると、きちんと打っていた。呼吸も正常だった。額に降りかかっている燃え立つような赤毛を払いのけてやると、卵大のこぶが現れた。衝突の際に頭を打って意識を失ったのだ、と彼は見当をつけた。顔、両腕、すらりと伸びた左右の脚は、一様に陽に焼けていた。目鼻立ちは整っていた。肌は美しく、唇もふっくらと魅惑的だった。そり気味の鼻は顔のほかの造作と見事に調和していた。目は閉じられているので、色は見られなかった。判断しうる限り、彼女はたいそう魅力的な女性で、ダンサーのようなしなやかな身体をしていた。

ルネは漁網用浮きの入った箱を船外へ投げ終わると、デッキに横たわっている女性に駆け寄った。「下へ連れて行くから手を貸して」ルネは言った。「私が介抱するわ」

まだ十分に目は利《き》かなかったが、ピットはヨットの女性を抱えて階段を下り、自分の船室へ行くとベッドに横たえた。「頭にひどいこぶが出来ている」彼は知らせた。「しかし、いずれ意識を取り戻すはずだ。潜水タンクのエアを吸わせてやると、肺から煙を排除する役に立つだろう」

主甲板へ上っていったピットは、ちょうどヨットの最期《さいご》に出くわした。

かつて藤色《ふじいろ》だった船殻と上部構造が火炎のせいで黒ずみ、褐色汚濁物質のために汚れたヨットは水の下に滑りこんでいった。秀麗な船の悲しくも無残な末期だった。ピットは自分が葬《ほうむ》ったことを悔いた。だがつぎの瞬間、冷酷非情な条理が侘《わび》しさに取って代わった。ポコボニト号が同じ運命を強いられ、クルー全員が死亡する事態を思い描いたのだ。彼の悔悟は、自分や友人が無事に生きている至福感に取って代わられた。

双胴船の右側の船殻は、褐色の水の下に完全に沈んだ。左側の船殻は、上部構造が海面下に滑り込む際に瞬間的に宙に留まっていただけで、渦を描きながら立ちのぼる蒸気と煙を残していった。磨き上げられた青銅のスクリューは陽を浴びて煌《きら》めき、その一瞬後には姿を没した。炎を押し殺す海水の放つシューという音を除けば、あたかも己の醜くなった姿を隠そうとするかのように、逆らうことなく静かに沈んでいった。最後に視認できたのは、例の金色の馬を描いたペナントだった。やがてそれも、無情の褐色の海に呑《の》みこまれた。

ヨットが姿を消すと、燃料油が浮上して汚濁物質一帯に広がり黒く変色させ、陽を受けて虹色《にじいろ》の筋を反射していた。気泡が昇ってきてはじけ、変形した破片が海面にぽっかり浮かび上がり、海流と潮がどこか遠い海岸へ運んで行ってくれるのを待って、そこに留まっているかのようだった。

悲劇から目を転じて、ピットは操舵室《そうだしつ》へ入っていった。デッキに散らばっている叩き割られたガラスが、彼の靴に踏まれて音を立てた。「どんな調子だ、ルディ？　海岸までたどり着けそうか、それとも筏《いかだ》に乗り込むか？」

「たどり着けないでもない、アルがエンジンの回転を確保してくれて、ダッジが船首に殺到する水流を遅らせてくれれば。だがそれは無理なようだ。流入量がポンプの処理能力を上回っている」

「それに、喫水線下を貫通した銃弾の穴からも水が入り込んでいる」

「下の倉庫に、大きな防水シートがある。それをマスクのように船首に下ろせたら、ポンプが追いつける程度まで流入を遅らせられるかもしれない」

ピットが船の前方を見通すと、船首部が六〇センチほど沈みこんでいた。「おれがやってみる」

「あまり手間取らんでくれよ」ガンは念を押した。「こっちは後進を続けて、流入をやわらげる」

ピットは機関室のハッチから覗《のぞ》きこんだ。「アル、下のパーティーはどんな調子だ？」

ジョルディーノが現れて見上げた。彼は褐色汚濁の水に膝《ひざ》まで漬かって立ち、着ているものはぐしょぬれで、左右の手や腕、顔は油まみれだった。「どうにかこうにか凌《しの》いでいる。断っておくが、パーティーどころじゃないぞ」

「上で、手を貸してくれんか？」

「五分くれ、ビルジポンプの目詰まりを直すから。数分ごとにフィルターを洗ってやらんと、汚濁物質が詰まってしまうんだ」

ピットは下のデッキへ行くと、並んでいる船室の横を通り過ぎて保管ロッカーへ行き、折りたたまれた大きな防水シートを探し出した。それは重く嵩ばったが、なんとか引きずりながら梯子《はしご》を上り、ハッチを抜けて前部甲板へ出た。タール坑にはまったような形《なり》のジョルディーノが間もなく加わり、二人で力を合わせてキャンバスを広げ、四隅にナイロンロープを結わえつけた。端の二ヶ所には、ロケット弾を受けて飛散した断片を重石代わりに取りつけた。用意が出来たところでピットは振り向き、身振りで後進のスピードを落とさせと知らせた。

ジョルディーノとピットは協力して、四隅のロープの端を握りしめてキャンバスを破砕された船首越しに水中へ放り出した。彼らが待つうちに、シートの重石をつけた側が徐々に汚濁物質の中に沈んでいった。そこでピットはガンに呼びかけた。

「いいぞ、ゆっくり前進しろ！」

　ピットたちは船首の両側に立って、重石をつけた側の末端が船首の残骸の下に垂れるようにロープを繰り出した。今度は下側のそのロープを縛りつけ、上側の両端が損壊箇所を覆うように引っ張って広げると、船内に入り込む水の量が大幅に減った。まもなく上側のロープが固定されると、ピットは前部デッキのハッチを引きあげ、ダッジに確認した。

「どんな具合だ、パトリック？」

「あいつは効いた」ダッジはくたびれながらもほっとした様子で答えた。「奔流が優に八割がた減った。これなら、ポンプが自力で対抗できる」

「おれは機関室へ戻らねばならん」ジョルディーノが告げた。「下はかなりひどい有様なんだ」

「君にしてもそうさ」ピットは笑いながら話しかけ、ジョルディーノの肩に腕を回した。

「手が欲しいときは知らせてくれ」

「君なんか邪魔になるだけだ。あと二時間もすれば、万事、整然たるものさ」

　そこでピットは操舵室へ入っていった。「さあ、航行していいぞ、ルディ。つぎ当てが効いているようだ」

「コンピューター航法制御装置が無事生き延びてくれたとはついているよ。針路をコスタリカのバラ・デル・コロラド行きにプログラムした。海軍時代の旧友の隠居先で、あるフィッシングロッジの隣に暮らしている。彼のドックに繫留《けいりゅう》すれば、フォートローダーデイルにあるNUMAの艇庫へ向かう航海に必要な修理を行なえる」

「当を得た判断だ」ピットは身振りで海面を渡っている巨大な謎《なぞ》めいたコンテナ船を示した。「あそこへ入り込んでいったら、揉《も》め事に巻きこまれかねない。後悔するより安全のほうがいい」

「まったくだ。われわれがヨットを一隻《せき》沈めたことをニカラグアの官憲に突き止められた日には、全員逮捕されるだろう」彼は片頰の傷口からにじみ出て流れ落ちる血を、布切れで軽く押さえた。「君が救ったあの女性には、どんな曰《いわ》くがあるのだろう？」

「意識を取りもどしたら、さっそく聞き出すさ」

「君が提督に連絡を取って報告をするか、それとも私がしようか？」

「おれに任せてくれ」ピットは調理室に入り、コンピューターに向かって座った。クルーはそれをもっぱら楽しみや、家族当てのeメール、それに時おり衛星経由でのインターネットでの調べ物に使っていた。彼はヨット名のエポナを打ち込んで待った。一分もしないうちに、馬の像と簡単な説明文がスクリーン上に現れた。ピットはそれをしっかり記憶にとどめると、端末を切って調理室を後にした。

彼は両側の客室を隔てている通路でルネと出会った。「彼女の様子はどう？」

「好きにしていいのなら、あんな傲慢《ごうまん》な馬鹿《ばか》女など海へ放り込んでやるわ」

「そんなにひどいの？」

「もっと悪いわ。意識を取り戻して何秒も経《た》たないうちに、嫌がらせをはじめたのよ。あれこれ要求するだけでなく、スペイン語しか話さないの」ルネは黙り込むとにんまり微笑《ほほえ》んだ。「あれは芝居よ」

「どうして分かる？」

「母がイバラの出身なの。私のほうがあの客人より立派なスペイン語をしゃべれるわよ」

「彼女は英語で答えようとしないの？」ピットは訊いた。

ルネは首を振った。「私が言ったように、芝居なの。調理室でこき使われていた貧しいメキシコ人に過ぎないと信じさせる気なの。メーキャップやデザイナー・ビキニが何よりの証拠よ。あの女には気品がある。流し場のメイドじゃないわ」

ピットはベルトのホルスターから古びたコルト45を抜き取った。「彼女とひと勝負させてくれ」彼は謎の客人のいる船室に入っていき、女に近づくと銃口を鼻に当てた。

「悪いが君を殺さねばならない、美しいのに。しかし目撃者をこのあたりに残しておくわけにいかないのだ。分かっているな」

琥珀色《こはくいろ》がかった目はいらだたしげに大きく見開かれ、銃を見つめた。冷たく硬い銃身を肌身に感じると女の唇がにわかに震え、ピットの捉《とら》えどころのない緑の目を覗きこんだ。「やめて、やめて、お願い！」彼女は英語で叫んだ。「殺さないで！　お金ならあるわ。生かしてくれたら、お金持ちにしてあげるわ」

ピットはルネを見上げた。彼女は口を開けて突っ立っていた。ピットが女を実際に撃ちはするまいと思いながらも確信が持てないのだ。「君は金持ちになりたいか、ルネ？」

ルネは罠《わな》をかけているのだと察知して調子を合わせた。「金ならすでに何トンも船に隠してあるわ」

「ルビー、エメラルド、それにダイヤモンドもお忘れなく」ピットはたしなめた。

「私たちだって、彼女を二日間、サメの餌食《えじき》に曝《さら》すのはやめておく気になるかもしれないわね、もしも彼女が偽装海賊船について話し、海賊たちが私たちを皆殺しにしたうえで船を沈めようと、夜の半分を費やしてまで追跡した理由を打ち明けるなら」

「そうします。はい、お願いです！」女はあえぎながら言った。「知っていることしか言えないわよ！」

ピットは信頼感を損なう異様な光を彼女の目に見た。「伺いましょう」

「あのヨットは夫と私のものです」彼女は話しはじめた。「サヴァナ市を発《た》ってパナマ運河経由でサンディエゴに向けて北上するクルージング中に、悪意のなさそうに思えた漁船の接触を受け、クルーが怪我《けが》をしたので医薬品がないかと船長に求められたのです。不幸にして、夫のデイビッドがこの計略にはまってしまい、彼が反応する暇《いとま》もなく海賊たちが船に乗り込んできたのです」

「話を続ける前に」ピットが口を挟んだ。「私の名前はダーク・ピット、こちらはルネ・フォード」

「失礼しました、命を助けていただいたのにお礼も言わず。私はリタ・アンダーソンです」

「ご主人やクルーはどうしたのです？」

「彼らは殺され、死体は海に投げ込まれました。私が難を逃れたのは、通りがかる船を誘惑するのに利用できる、と彼らが考えたからです」

「誘惑するってどんなふうに？」ルネが訊《き》いた。

「彼らは考えたのです、デッキにビキニの女を見かけたら、襲撃して捕獲できるほど船が近寄ってくるだろうと」

「それが唯一《ゆいいつ》の動機で、あなたを生かしておいたのだろうか？」ピットが疑わしげに訊いた。

女は無言でうなずいた。

「海賊の正体なり本拠地の見当はつきますか？」

「彼らは地元ニカラグアの強盗で、海賊に転向したのです。夫と私はこの海域を航海するなと警告されていたのですが、沿岸の光景がのどかに見えたものですから」

「地元の海賊がヘリコプターの飛ばし方を知っているなんて妙ね」ルネは息を殺してつぶやいた。

「海賊たちはあなたのヨットを利用して何隻捕獲し、破壊したのだろう？」ピットはリタに迫った。

「私が知っているのは三隻です。クルーを殺して船内の値の張るものを略奪したが最後、船は沈められました」

「私たちがあなたのヨットに衝突したとき、あなたは何処《どこ》にいたの？」ルネが訊いた。

「あれはそのせいだったの？」彼女は漠然と応じた。「私は船室に閉じ込められていました。爆発音と銃声が聞こえたわ。そのうちに強いショックに襲われてヨットが震え、続いて火事が起こった。気絶する前に最後に覚えているのは、船室の壁が私の周りに崩れ落ちてきたことです。気がついたら、あなたたちのこの船にいた」

「衝突と炎上にいたるまでに、何かほかのことを覚えていないかしら？」

リタは首をゆっくり左右に振った。「何ひとつ。彼らは私を船室に閉じ込めて、また船を捕らえる準備をするときだけ外に出してくれたのです」

「海賊船のホログラムはどういうこと？」ルネが訊いた。「あれは海賊行為というよりは、船舶をこの海域から閉めだすための仕掛けのように思えるけど」

リタは理解しかねるような顔をした。「ホログラム？　それがどんなものなのかさえ、よく分からないのだけど」

　ピットは胸のうちで笑った。リタ・アンダーソンは出鱈目《でたらめ》放題な話をでっち上げているとしか思えなかった。ルネの言う通りだった。リタの化粧は夫が殺されるのを目の当《まあ》たりにし、海賊たちにむごい扱いを受けてきた女のものではなかった。リップグロスを施したベージュローズの口紅はあまりにも正確に引かれており、目は濃い栗色《くりいろ》のライナーでくっきりと縁取られ、額には煌めくハイライト——すべてが優雅な生活を描き出していた。ピットは急所を攻め立て、反応を細大漏らさず見守ることにした。

「あなたとオデッセイとの関連は？」彼は不意に切り出した。

　はじめのうち、彼女は何のことか分からなかったようだ。やがてこの連中が実直な漁師ではないことに気づき始めた。「何のことをおっしゃっているのか、分からないんですけど」彼女は躱《かわ》した。

「ご主人は、複合企業オデッセイの一員ではなかったのですか？」

「なぜお訊きになるの？」彼女は無造作に応じ、時間稼ぎをして態勢の立て直しを計った。

「あなたのヨットには、オデッセイの社章とまったく同じ馬の像があしらってあった」

　引き抜いて完璧《かんぺき》に整え、書き上げられた眉毛《まゆげ》が、ほんのわずかだがしかめられた。手強《てごわ》いな、とピットは思った。実に手強い。彼女は簡単には取り乱さなかった。リタは金持ちのありきたりの女房ではない、と彼は悟りはじめた。支配することに慣れ親しんでいるし、振るうべき権力も持っている。彼女が側面攻撃に転じて、形勢の逆転を計っているので、ピットは愉快になってきた。

「あなたたちは何者なの？」リタはにわかに答えを迫った。「漁師じゃないわね」

「そうさ」ピットは効果を計算してゆっくり答えた。「国立海中海洋機関の者で、褐色汚濁の発生源を突き止めるための科学遠征隊だ」

彼女は平手打ちを食らったも同然だった。冷静な態度が突然崩れさった。押し殺す暇もなく、思わず口走ってしまった。「ありえないわ。あなたは——」彼女は思いとどまり、声は途切れた。

「ブルーフィールズ水路での爆発で死んだはずだけど」ピットは彼女に代わって最後まで言ってやった。

「知っていたの？」ルネはあえぎながら言うと、まるでリタの首を絞めかねない勢いでベッドへ向かった。

「彼女は知っていたさ」ピットは認め、ルネの手を優しく摑んで思いとどまらせた。

「だけど、なぜなの？」ルネは詰問《きつもん》した。「私たちが無残な死に値するような何をした？」

リタはもう答えようとしなかった。彼女の表情は驚きから憎しみの混じった怒りのそれへと変わった。ルネはリタの顔に拳骨《げんこつ》を一発叩《たた》きこみたそうだった。「この女をどうするつもりなの？」

「どうもしないさ」ピットは軽く肩をすくめながら言った。これ以上脅しても無駄なことが分かっていたのだ。言うつもりでいたことを、リタはもうすっかり話してしまったのだ。「コスタリカに着くまで、船室に閉じ込めておく。ルディに前もって電話を掛けさせて、彼女を拘束するために地元の警察に待機してもらう」

疲れがピットに襲い掛かってきた。彼は心底疲れていたし、ほかの者たちも同様だった。ちょっと仮眠をとる前に、もう一つ済ましておかねばならぬ用件があった。長椅子《ながいす》を求めて辺りを見回しているうちに、ルネが船外へ放り出したことを思い出した。偽装用の魚網が片付けられたデッキで身体《からだ》を伸ばすと隔壁に背中をもたせ掛けて、グローバルスター・トライモード衛星電話のダイヤルを回した。

サンデッカーは怒っている感じだった。「なぜもっと早く連絡をよこさなかったのだ？」

「忙しかったもので」ピットはつぶやくように言った。それから二〇分費やして提督に予備知識を与えた。サンデッカーは口を挟まずに、ピットがリタ・アンダーソンとのやり取りを話し終わるまで辛抱強く聞いていた。

「スペクターはそのどれかに関係していそうなのか？」サンデッカーの声には混乱の響きがあった。

「現時点で私に出来る最も確かな推測は、彼が隠しておきたい秘密を抱えており、その領域に紛れこんだ船舶のクルーは殺すつもりでいる、ということに尽きます」

「連中はニカラグアとパナマ全域で、中華人民共和国と建造契約をいくつも結んでいると聞いている」

「ローレンが言っていました、先日夕食をしている際に。その繋《つな》がりについて」

「オデッセイの活動について調査を命じることにする」サンデッカーは言った。

「それに、リタとデイビッド・アンダーソン、それとエポナという名のヨットについても当たってみてください」

「イェーガーにさっそく調べさせるとしよう」

「この女性が今回の一件とどう結びついているか見届けるのは、きっと見ものですよ」

「褐色汚濁の発生源は発見したのか？」

「海底から湧《わ》きあがっている地点に出会いました」

「では自然現象のようじゃないか？」

「パトリック・ダッジはそうは考えていません」ピットはあくびを嚙《か》み殺した。「汚濁を形成している鉱石の成分が、海底から大砲で打ち出されたように上昇することは絶対にないと力説しています。きっと人工的な湧昇《ゆうしょう》だと言っています。〝ミステリーゾーン〟に匹敵するような何かよからぬことが行なわれているに違いない」

「それでは、振出しに逆戻りだ」とサンデッカーが言った。

「そう決めたものでもありません」ピットは静かに言った。「自発的に、小遠征をやってみたいと思っています」

「NUMAのジェット輸送機をリオコロラドロッジ近くの空港へ派遣ずみだ。ポコボニト号のクルーとの交代要員が乗りこんでおり、彼らは北へ航海することになる。ガン、ダッジ、フォードはワシントンへ移送される。君とアルにも同道してもらいたい」

「任務はまだ終わっていませんが」

サンデッカーは言い争わなかった。ピットの判断が総じて正しいことを、ずっと以前から知っているのだ。「どんな計画だ？」

ピットは白砂の海岸の向こうに聳《そび》えている、緑の森に覆《おお》われた沿岸山地を海越しに見つめた。「サンファン川を遡上《そじょう》してニカラグア湖に至ることになるかと思います」

「海と褐色汚濁からそんなに遠く離れて、何を見つけるつもりなんだね？」

「答えです」ピットは心中ですでに川を遡《さかのぼ》りながら答えた。「この騒動全体に対する答えです」

QD弾頭を回収せよ
C・カッスラー
中山善之訳
地球に終末をもたらすQD微生物の入った弾頭2発が、アフリカ革命軍団の手に渡った！　そしてワシントンが砲撃の的に狙われている。

タイタニックを引き揚げろ
C・カッスラー
中山善之訳
沈没した豪華客船・タイタニック号の船艙に、ミサイル防衛網完成に不可欠な鉱石が眠っている！　男のロマン溢れる大型海洋冒険小説。

マンハッタン特急を探せ
C・カッスラー
中山善之訳
条約書はどちらも水の底だった。沈没した客船と、ハドソン河底のマンハッタン特急の中に……。ダーク・ピット・シリーズ第三作。

氷山を狙え
C・カッスラー
中山善之訳
氷山に閉じこめられたまま漂う、死の船の謎――ダーク・ピットが体力と知力のかぎりを尽して、恐るべき国際的な野望に立ち向う。

海中密輸ルートを探れ
C・カッスラー
中山善之訳
エーゲ海の島が、一次大戦のドイツ機に爆撃された。旧式飛行艇で応戦したピットは、謎の密輸ルートに挑戦することになる……。

大統領誘拐の謎を追え（上・下）
C・カッスラー
中山善之訳
ポトマック河畔の専用ヨットから、大統領・副大統領ら政界の実力者四人が失踪した。呼び出されたピットの活躍。シリーズ第六作。

C・カッスラー
中山善之訳

スターバック号を奪回せよ

米海軍の最新鋭原子力潜水艦スターバック号が、極秘裡の航行試験中に行方不明となった。〈ダーク・ピット・シリーズ〉幻の第一作。

C・カッスラー
中山善之訳

ラドラダの秘宝を探せ
（上・下）

キューバ海域に没した財宝を追ったダーク・ピットは、月面の所有権をめぐる米ソの熾烈な争いとカストロ暗殺の陰謀に直面する——。

C・カッスラー
中山善之訳

古代ローマ船の航跡をたどれ
（上・下）

古代世界最大の規模を誇ったアレキサンドリア図書館収蔵物の行方をめぐり、現代のヒーロー、ダーク・ピットが時空を超える大活躍。

C・カッスラー
中山善之訳

ドラゴンセンターを破壊せよ
（上・下）

漂流船に乗り込んだ男たちは、次々に倒れた。船はやがて爆発し、そのために生じた大地震が、ピットたちの秘密海底基地を襲った……。

C・カッスラー
中山善之訳

死のサハラを脱出せよ
日本冒険小説協会大賞受賞（上・下）

サハラ砂漠の南、大西洋に大規模な赤潮が発生し、人類滅亡の危機が迫った——海洋のヒーロー、ピットが炎熱地獄の密謀に挑む。

C・カッスラー
中山善之訳

インカの黄金を追え
（上・下）

16世紀、インカの帝王が密かに移送のうえ保管させた財宝の行方は——？　美術品窃盗団とゲリラを相手に、ピットの死闘が始まった。

殺戮衝撃波を断て（上・下）
C・カッスラー
中山善之訳

富をほしいままにするオーストラリアのダイヤ王。その危険な採鉱技術を察知したピットは、娘のメーブとともに採鉱の阻止を図る。

暴虐の奔流を止めろ（上・下）
C・カッスラー
中山善之訳

米中の首脳部と結託して野望の実現を企む中国人海運王にダーク・ピットが挑む。全米で爆発的セールスを記録したシリーズ第14弾！

コロンブスの呪縛を解け（上・下）
C・カッスラー他
中山善之訳

ダーク・ピットの強力なライバル、初見参！カート・オースチンが歴史を塗り変える謎に迫る、NUMAファイル・シリーズ第1弾。

アトランティスを発見せよ（上・下）
C・カッスラー
中山善之訳

消息不明だったナチスのUボートが南極に出現。そして、九千年前に記された戦慄の予言。ピットは恐るべき第四帝国の野望に挑む。

マンハッタンを死守せよ（上・下）
C・カッスラー
中山善之訳

メトロポリスに迫り来る未曾有の脅威。石油権益の独占を狙う陰謀を粉砕するピットの秘策とは？全米を熱狂させたシリーズ第16弾。

白き女神を救え
C・カッスラー他
土屋晃訳

世界の水系を制圧せんとする恐るべき組織。その魔手から女神を守るべく、オースチンとザバーラが暴れまくる新シリーズ第2弾！

C・カッスラー
C・ダーゴ
中山善之訳

呪われた海底に迫れ（上・下）

南北戦争の甲鉄艦、ツェッペリン型飛行船、そしてケネディの魚雷艇。著者がＮＵＭＡを率いて奮闘する好評の探索レポート第二弾！

C・カッスラー
P・ケンプレコス
土屋　晃訳

ロマノフの幻を追え（上・下）

原因不明の津波と、何者かに乗っ取られた米軍の潜水艦。オースチンはかつての仇敵と手を組み、黒幕に挑む。好評シリーズ第3弾！

S・ハンター
染田屋茂訳

真夜中のデッド・リミット（上・下）

難攻不落の核ミサイル基地が謎の部隊に占拠された！　ミサイル発射までに残されたのは十数時間。果たして、基地は奪回できるか？

S・ハンター
染田屋茂訳

クルドの暗殺者（上・下）

かつてアメリカに裏切られたクルド人戦士が、復讐を果たすべく米国内に潜入した。標的は元国務長官。ＣＩＡ必死の阻止作戦が始まる。

S・ハンター
佐藤和彦訳

極大射程（上・下）

大統領狙撃犯の汚名を着せられた伝説のスナイパー・ボブ。名誉と愛する人を守るため、ライフルを手に空前の銃撃戦へと向かった。

J・クリード
鎌田三平訳

シリウス・ファイル

極秘任務の最中に友の命を危機にさらした情報部員ジャックは、救出のため死地へと舞い戻る！　冒険小説の真髄を甦らせる新鋭登場。

T・クランシー
村上博基訳
容赦なく（上・下）
一瞬にして家族を失った元海軍特殊部隊員に「二つの任務」が舞い込んだ。麻薬組織を潰し、捕虜救出作戦に向かう〝クラーク〟の活躍。

T・クランシー
村上博基訳
レインボー・シックス（1〜4）
国際テロ組織に対処すべく、多国籍特殊部隊が創設された。指揮官はJ・クラーク。全米を席巻した、クランシー渾身の軍事謀略巨編。

T・クランシー
田村源二訳
大戦勃発（1〜4）
財政破綻の危機に瀕し、孤立した中国は、シベリアの油田と金鉱を巡り、ロシアと敵対する。J・ライアン戦争三部作完結編。

T・クランシー
田村源二訳
教皇暗殺（1〜4）
時代は米ソ冷戦の真っ只中、諜報活動が最も盛んな頃。教皇の手になる一通の手紙をめぐって、32歳の若きライアンが頭脳を絞る。

T・クランシー
S・ピチェニック
伏見威蕃訳
油田爆破
カスピ海に浮かぶイラン石油掘削施設がテロリストに爆破された。この破壊工作に米国高官が関与しているという恐るべき疑惑が浮上。

T・クランシー
S・ピチェニック
伏見威蕃訳
起爆国境
インドの警察署と寺院が同時に爆破された。犯行声明を出したのはパキスタンの過激派組織。両国による悪夢のシナリオを回避せよ！

M・スプラッグ
中井京子訳
果てしなき日々
憎しみと傷を抱えながら老いてゆくふたりの男。自由と愛を求めて逃亡した母と娘。期せずして始まった四人の共同生活の結末とは？

L・ネイハム
中野圭二訳
シャドー81
ジャンボ旅客機がハイジャックされた。犯人は巨額の金塊を要求し政府・軍隊・FBI・銀行はパニックに陥る……。新しい冒険小説。

トマス・ハリス
宇野利泰訳
ブラックサンデー
スーパー・ボウルが行なわれる競技場を大統領と八万人の観客もろとも爆破する――パレスチナゲリラ「黒い九月」の無差別テロ計画。

T・ハリス
菊池光訳
羊たちの沈黙
若い女性を殺して皮膚を剝ぐ連続殺人犯〈バッファロゥ・ビル〉。FBI訓練生スターリングは元精神病医の示唆をもとに犯人を追う。

T・ハリス
高見浩訳
ハンニバル（上・下）
怪物は「沈黙」を破る……。血みどろの逃亡劇から7年。FBI特別捜査官となったクラリスとレクター博士の運命が凄絶に交錯する！

T・ハリス原作
T・タリー脚色
高見浩訳
レッド・ドラゴン
――シナリオ・ブック――
すべてはこの死闘から始まった――。史上最大の悪漢の誕生から、異常殺人犯と捜査官との対決までを描く映画シナリオを完全収録！

新潮文庫最新刊

吉村昭著
大黒屋光太夫（上・下）
鎖国日本からロシア北辺の地に漂着し、帝都ペテルブルグまで漂泊した光太夫の不屈の生涯。新史料も駆使した漂流記小説の金字塔。

内田康夫著
蜃気楼
舞鶴で殺された老人。事件の鍵は、老人が行商に訪れていた東京に――。砕け散る夢のかけらが胸に刺さる、哀感溢れるミステリー。

高杉良著
王国の崩壊
業界第一位老舗の丸越百貨店が独断専横の新社長により悪魔の王国と化した。再生は可能なのか。実際の事件をモデルに描く経済長編。

佐々木譲著
黒頭巾旋風録
駿馬を駆り、破邪の鞭を振るい、悪党どもを懲らしめ、風のように去ってゆく。その男、人呼んで黒頭巾。痛快時代小説、ここに見参。

森博嗣著
迷宮百年の睡魔
伝説の島イル・サン・ジャック。君臨する美しき「女王」。首を落とされて殺される僧侶。謎と寓意に満ちた22世紀の冒険、第2章。

司馬遼太郎著
司馬遼太郎が考えたこと 7
―エッセイ 1973.2～1974.9―
「石油ショック」のころ。『空海の風景』の連載を開始、ベトナム、モンゴルなど活発に海外を旅行した当時のエッセイ58篇を収録。

Title : TROJAN ODYSSEY (vol. I)
Author : Clive Cussler

オデッセイの脅《きょう》威《い》を暴《あば》け(上)

新潮文庫　カ－5－35

Published 2005 in Japan
by Shinchosha Company

平成十七年六月一日発行

訳者　中《なか》山《やま》善《よし》之《ゆき》
発行者　佐藤隆信
発行所　株式会社　新潮社
郵便番号　一六二—八七一一
東京都新宿区矢来町七一
電話　編集部(〇三)三二六六—五四四〇
読者係(〇三)三二六六—五一一一
http://www.shinchosha.co.jp

価格はカバーに表示してあります。

印刷・東洋印刷株式会社　製本・株式会社植木製本所

ISBN4-10-217035-9 C0197